立體的鄉愁

董橋文摘

董橋 著
陳義芝 主編

增訂新版 原書名：董橋精選集

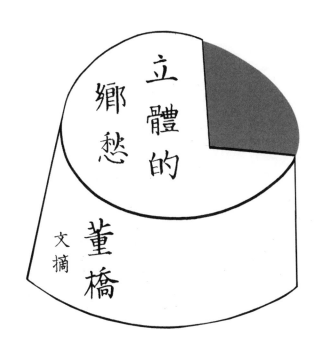

目錄

121

輯四　布爾喬亞

輯五 立體鄉愁

輯六 書窗即事 251

編輯前言

陳義芝

熟識中文創作的人，對先秦諸子散文、漢代紀傳體散文，以及李密、陶淵明、江淹、庾信等人的六朝文，韓、柳、歐、蘇代表的唐宋文，必不陌生。清初吳楚材、吳調侯叔姪編注的《古文觀止》，網羅歷代名篇雖有遺漏，但大體輪廓的掌握分明，仍是研讀古代散文最重要的讀本。

今天我們讀古代散文，除《古文觀止》上的文章，論、孟、莊、荀，也不可棄，因為是源遠流長的文化氣質。歸類為小說的《世說新語》，寫人敘事清雅生動，當小品文讀也不錯，可欣賞它精練的筆觸、機智的餘情。而繼明代歸有光、張岱之後，猶有黃宗羲、袁枚、姚鼐、蔣士銓、龔自珍……

古人說，「文之思也，其神遠也」，又說，「事出於沉思，義歸乎翰藻」，當文統與道統釐清，藝術的想像力與語言的精緻性即獲得高度發揚；迨至明代獨抒性靈，清代提倡義法，民國梁啓超錘鍊的新文體（雜以俚語、韻語及外國語法），兩千年來中文散文的山形水貌，因而更見壯麗。可惜今人不察中文散文有其獨特鮮明的傳統，往往以西方不重視散文為名，任意貶損散文價值，誤導文學形勢。

究實而言，粗糙簡陋的經驗記述，與不具審美特質的應用文字，當然算不得散文，就像這世界充斥許多聲音，只為溝通、發洩之用，或無意為之，毫無旋律可言，也就算不得是音樂。但我們不能因為聲音之產生容易而漠視聲音之創造，同理，不能因「非散文」之充斥而不承認散文所展現的生命價值、啓蒙作用。〈庖丁解牛〉、〈出師表〉、〈桃花源記〉、〈滕王閣序〉之所以千古傳誦，正在於作家內在精神之凝注與文學意趣之揮灑，代代有感應。

清末劉熙載〈文概〉講述作文七戒：「旨戒雜，氣戒破，局戒亂，語戒習，字戒僻，詳略戒失宜，是非戒失實。」分別關切文章的主題、文氣、布局、語字、結構、義理，我們拿這個標準來檢視現代散文，也很恰適。試以現代（白話）散文前期名家的看法為例。

周作人主張散文要有「記述的」、「藝術性的」特質，「須用自己的文句與思想」，「真實簡明便好」。

冰心主張散文創作「是由於不可遏抑的靈感」，並且是以作者自己的靈肉「來探索人生」。

朱自清說：「中國文學大抵以散文學為正宗，散文的發達，正是順勢。」他認為散文「意在表現自己」，當然也可以「批評著、解釋著人生的各面」。

魯迅主張小品文不該只是「小擺設」，「生存的小品文，必須是匕首，是投槍，能和讀者一同殺出一條生存的血路的東西；但自然，它也能給人愉快和休息。」

林語堂說小品文，「可以發揮議論，可以暢泄衷情，可以摹繪人情，可以形容世故，可以札記瑣屑，可以談天說地，」又說散文之技巧在「善治情感與議論於一爐」。

梁實秋特重散文的文調，「文調的美純粹是作者的性格的流露」，「散文的美，不在乎你能寫出多少旁徵博引的故事穿插，亦不在多少典麗的辭句，而在能把心中的情思乾乾淨淨直接了當地表現出來」。

以上這些話皆出現在一九二〇年代，可見白話散文的基礎一開始就相當扎實。

梁實秋以降，台灣文壇的散文名家，從琦君到張曉風，從林文月到周芬伶，從王鼎鈞到簡媜，從董橋到蔣勳，並時聚焦的大家如吳魯芹、余光中、楊牧、許達然，幾乎沒有一個不是集合了才氣、人生閱歷、豐富學養與深刻智慧於一身。他們的散文大筆馳騁自如，頗能融會小說情節、戲劇張力、報導文學的現實感、詩語言的象徵性。散文的屬性被發揮得淋漓盡致，散文的世界乃益加遼闊；散文的樣式不再只循舊式美文、雜文、小品文或隨筆的路徑，科學散文、運動散文、自然散文、文化散文或旅行文學、飲食文學，為人間開發了無數新情境，闡明了無數新事理。

隨著資訊世紀的來臨，文類勢力迭有消長，我預見散文的影響力將有增無減，而每位作家收入一兩篇的散文選，光點渙散，已不足以凸顯這一文類的主流成就。「新世紀散文家」書系（九歌版）因而邀當代名家自選名作彙輯成冊。柳宗元談讀諸子百家的收穫，曾說：「參之《穀梁氏》以厲其氣，參之《孟》、《荀》以暢其支，參之《莊》、《老》以肆其端，參之《國語》以博其趣，參之《離騷》以致其幽，參之太史公以著其潔，此吾所以旁推交通而以為之文也。」必先了解各家的藝術風格、表達技法，方能於自我創作時創新超越。這套書以宜於教學研究的體例呈現，歡迎走文學大道的朋友從散文下手！這批優秀作家的作品見證了一個輝煌的散文時代，他們的創作觀更合力建構出當代中文散文最精萃的理論！

推薦董橋

董橋，一位身懷雅趣而文章自成風格的名家，他讀書多、閱歷廣、悟性高，少有人能及。

三十年墾拓，董橋創造了一座風致雋永的文字花園，「青帘沽酒，紅日賞花」是他筆下的情采，也是他的生命情調。他有說不完的故事——說不完那些有意思的人物、古玩與書中天地，令人沉醉遐想。

董橋敬重深情而有思想底蘊的人，實則他本人正是這樣一種典型。楊照爲本書所寫的序論〈華麗而高貴的偏見〉，是最深刻的董橋導讀。

——陳義芝

華麗而高貴的偏見
——讀董橋的散文

楊照

1

董橋的散文讀起來很特別，因爲他眞的很不一樣。

雖然寫的是中文，不過董橋文章的文類傳承，是英語文學世界裡的 essay 。董橋的文章和五四以降白話文學裡的散文主流，始終保持了相當的距離。雖然大體用的也是現代白話文，可是董橋行文中刻意保留了大量的古文結構、古文字詞，還添加了許多老式老派的英文穿插其間。

這兩項因素，使得讀慣一般散文的讀者，乍遇董橋時不容易習慣。這兩項因素，從另一個角度看，也奠定了董橋在文學史上，邊緣卻獨特的位置。

2

essay這個字，甚至沒有個固定、專屬的中文翻譯。不管作「評論」、「短文」、「小品」，感覺上都是借來敷衍著用的。光是這點，我們就可理解雖然在西方文學傳統裡如此重要、曾經大放異彩，essay這個文類，在中文世界裡多麼陌生、多麼格格不入。

稍稍比較準確些的對應，大概是《蒙田隨筆》的「隨筆」吧。而蒙田（Montaigne）確實也是這個文類最重要的奠基者。essay之所以成立，西方讀者對這種形式的基本概念、印象，最常溯至蒙田。

《蒙田隨筆》最大的特色，一是親切親密的語氣，二是不拘形式的自由，三是高度主觀的判斷，四是熱鬧活潑上天下地的知識內容。要定義「隨筆」是甚麼，很難。如果改用負面表列消去法，也許比較容易可以勾勒出「隨筆」的文類輪廓出來。

「隨筆」不是有明確主旨、目的的論文。「隨筆」不是客觀忠實的報導。「隨筆」也不是正經八百的文告或傷心悲慟的〈與妻訣別書〉。

不過「隨筆」也不是可以撰造角色、想像情節的小說。「隨筆」通常也不會有太多傷春悲秋或憶故懷舊的充沛感情。「隨筆」一般不多議論，不擺出非要說服別人、非要別人接受相信的強硬態度。

「隨筆」可以說是西方個人主義興起中的時代產物。「隨筆」同時也是西方知識開始大爆炸時期的一種對應形式。因爲「隨筆」的基本精神，就是「個人化的主觀知識」。

從蒙田到二十世紀，「隨筆」當然經歷了很多變化，然而不變的是「隨筆」作者的強烈自信與高度好奇心。「隨筆」處理的是知識而不是情感，或者應該說，即使在處理情感時，「隨筆」的基本態度也是將情感知識化，直接發抒自己的情緒與感觸的，就不是「隨筆」。然而探討爲甚麼會有這樣的情緒與感觸，古往今來其他人在同樣境遇中會有甚麼樣的情緒、感觸，才是標準的「隨筆」題材。

「隨筆」用一種隨性的方式，接近知識、挖掘知識及呈現知識。「隨筆」寫的是「對這件事，我知道了甚麼」，而不是「對這件事，我應該知道甚麼」。「隨筆」不會有野心去窮究關係這個主題的文獻資料；「隨筆」也不會有耐心去比對校勘訊息資料的代表性與正確性。所以「隨筆」作者，一定得是個高度自信，甚至高度自我中心的人。在落筆前，他已經先預想預設了，「我所知道的，値得一記、値得一讀」。

因爲隨性，「隨筆」裡處理的知識，很容易會有錯誤。不過錯誤不必然損及「隨筆」的價值，比較重要的是錯的方法。愚蠢的錯誤、偶然的錯誤，與刻意的錯誤、精心設計的錯誤、反覆同樣風格的錯誤，在「隨筆」文類中，有著非常不一樣的價值。

因爲隨性，所以「隨筆」才有辦法去因應許多不同學科不同來歷的知識，將這些在別的地方涇渭分明、不隨便往來的東西，興味盎然地雜混在一起。

從歷史發展的程序看，也許因果要倒過來。近代初期，突然之間在生活裡多了那麼多稀奇古怪的知識，看得人目眩神迷，於是迫切需要一種文體，幫助自己幫助別人解除這種知識爆炸帶來的陌生與焦慮。「隨筆」的一大功能，的確就是把看來很奇怪、聽來很恐怖的事物，經過巧妙轉化，變得跟我們那麼親切，跟我們原本熟悉的事物，東拉西扯全帶上了關係。

再換個角度看，「隨筆」出現在理性知識開始擴張，然而學科壁壘尚未充分建立的特殊交錯過渡時期。在此之前，沒有那麼多理性去挖出來的學問，供人探頭探腦東問西問；在此之後，理性霸權建立，知識慢慢客體化，慢慢遠離了人，自成不容侵犯狎玩的系統。

只有在那個過渡時期，如此多元的知識可能性對人開放，允許東看看西望望，這裡涉獵一些那裡沾惹一些。

現代語言中留下了「文藝復興人」（Renaissance Man）這樣的說法。「文藝復興人」形容的是廣博多聞，跨越學科壁壘，可以進出好幾門學問的人。爲甚麼這樣的人被稱爲「文藝復興人」？藏在這個用法背後的，其實正是文藝復興那個時代的特色特性。在理性的協助下，人對世界的好奇心大大增加了，由觀察而分析而記錄而猜測而建立解釋，這過程中步步是驚奇步步是精彩，人可以悠遊其間、穿梭來回，不受後來才發展出的知識門類界限所拘執。

「隨筆」是文藝復興時代的文類，「隨筆」也是「文藝復興人」用以進行其知識悠遊與呈示其好奇結果的最佳工具。

3

明瞭了「隨筆」在西方的這份特殊歷史、社會性格，我們進一步可以理解：爲甚麼這樣一種文類在近代中國白話文學的歷程裡，相對地只有低度發展？

楊牧編《中國近代散文選》（洪範版）時，在前言裡如此替近代散文分類：

> 二十世紀初葉的散文家轉折崛起，波瀾壯闊，爲近代散文建立了不可顚撲的典型品類。所謂散文，歸納起來，不過以下七類：一曰小品，周作人奠定其基礎；二曰記述，以夏丏尊爲前驅；三曰寓言，許地山最稱淋漓盡致；四曰抒情，徐志摩爲之宣洩無遺；五曰議論，趣味多得之於林語堂；六曰說理，胡適文體影響至深；七曰雜文，魯迅揔其體例語氣及神情。

楊牧分的類別，在散文史上的表現，其實有著清楚的勢力強弱、中心邊陲、主流偏支的差異。七類中影響最大、運用最廣的，首推胡適式的說理文章；其次當然就是以徐志摩爲前鋒的抒情一派了。這兩類，約莫該當是通俗二元論中「理性／感性」的代表風格。

胡適式的理性書寫，求其流暢、清晰，說服力是最主要的訴求目標。這類文字符合「啓蒙」精神之所需，帶有強烈的教化、宣傳使命感，大力地將現代種種知識態度，引介進中國。

至於徐志摩式的抒情文，則搭上中國近代「自我發現、自我表達」沛然難禦的思想、性格解放運動，而大放異彩、成績卓然。

「五四運動」的一個重要價值力量，來自於打倒傳統的束縛。打倒傳統，除了要代之以現代之外，更深層的渴望是要以自由取代原本的僵化拘執，要以自我的淋漓個性取代舊式蒼白單調的集體面孔。徐志摩之所以重要，在他開創了一種大剌剌、理直氣壯以「我」爲中心、以「我」爲對象，自戀地挖掘、發洩「我」的情感意念的語言腔調。這種腔調一出，全國披靡，大家於是紛紛跟著徐志摩的路子去尋找自我、表達自我。

事實上，有這種徐志摩式的自戀腔調，才讓許多人理解到、意識到可以有這樣的「自我」。流風所及，進而就變成了：建立自我最時髦最摩登又最快速的方式，就是學會那套抒情腔調，以抒情來肯證自我，以抒情來標誌自我。

浪漫主義式的抒情文，成爲散文中的另一支主流，一點都不意外。相對於說理文、抒情文，其他散文次類，就被推擠到比較邊緣的位置上去了。

其中遭遇最是委屈的，當屬楊牧文中稱的「小品」，也是最接近西方「隨筆」的一類。這類文章，在周作人優秀作品的帶頭示範下，發展得很早。也編過《周作人文選》的楊牧形容周作人，「其人號稱『雜學』博通，中外學識掌故知之最詳，下筆閑散，餘味無窮」。換句話說，周作人剛好符合「文藝復興人」那種對於各類知識，淵博好奇的特性。

在周作人筆下，「小品」或「隨筆」立刻發展出了一個高潮。周作人涉獵的知識之廣博，在那個時代幾乎難以找到足可匹敵者。他的廣博，在於跨好幾個不同的文明傳統，尤其是古典希臘羅馬歷史，以及日本的異俗故事，讓當時的人看得嘖嘖稱奇。他的廣博還表現在不忌小大、不分精麤，可以非常生活化，更不避諱寫極其瑣碎的事物。東拉西扯、上天下地，構成獨特的、無法模仿也無法取代的趣味。

周作人在「小品」、「隨筆」上的表現，當然刺激，引來了許多追隨著、仿效者。然而看周作人寫來如此喃喃叨叨、輕輕鬆鬆的文章，眞正要模仿起來，哪有那麼簡單！

就像金庸在武俠小說上的驚人成就，阻卻了之後武俠小說的發展，周作人很快就成了「隨筆」這個文類裡，擋在路上跨不過去也繞不過去的一座高山。也像魯迅以一人之力幾幾乎窮究了雜文的變化可能一樣，周作人也以一人之力，走遍了「隨筆」的有限版圖。

這使得後來的人要模仿，格外困難。

再抄一段楊牧對周作人的評斷：

模仿周作人的散文的，半世紀以來前仆後繼。有人學到他的苦澀，竟失去了清純的風味；有人學到他的淡漠，卻少了一份熾熱參與社會和關懷人生的心腸；有人學到了他的沉靜，殊不知他安詳中還有一份湧動的知識慾望；有人學到他雜學豐富，惟不免掉錯書袋之譏；有人學到他以文字語法委婉突兀所企及的幽默，卻誤會了那幽默背後的無奈和嘲諷，反而以戲謔取勝，更因爲看到周作人所獨具的京華風采，乃將那種可貴的雍容文雅隨手惡化，以爲順口的俗套歇後語之類，只要帶上北京和北京城郊的腔調，便可奏效——其實五十年來許多嘻皮笑臉言不及義的雜文都因此而產生。

有周作人這座高峰擋在前面，堵住了小品文發展所需的陽光，讓人東學西學總學不像樣，這已是災難；然而更大的災難還在周作人這座山後來因爲政治、意識型態的因素，轟然崩倒。

周作人與日本占領軍過從甚密，成了他一生中最大的污點，爲此他六十高齡時還鋃鐺下獄，坐了三年的牢。爲此他付出更高的代價是他的文章從此蒙上了陰影，不只是「以人廢言」，甚至是「以人罪言」。

在救國、啓蒙兩股主要力量的推擠下，周作人的小品文、隨筆被視爲他「叛國」的思想來源。這種文體一則閑散清談，表現不出高度民族主義激情；二則游移自由、無可無不可，沒有明確大是大非的中心思想；三則對各式各樣文明知識一般好奇，不作評斷，這三項特色加在一起，就構成了周作人的罪狀。他的文筆證明了他是個沒有民族信念、沒有中心思想的人，與啓蒙、救國兩不相涉，難怪後來會成了漢奸——最強悍、最尖刻的批評者如此論道周作人。

這種說法，當然不公平。最不公平的地方，在於這些人完全不了解、也完全不能領會小品文、隨筆的內在文類精神。隨筆對人類文明最大的貢獻，其實正在其開闊的態度，無可無不可的普遍好奇心，用隨筆的隨心隨散，打破了許多文明戒律堆砌出的壁壘。

不公平的說法，很不幸的，卻成了最流行的說法。從此，周作人躲進了文學史的牆角裡，小品文隨筆也被迫和他一起躲藏。

4

追溯這段隨筆沿革史，以便讓大家更能捕捉董橋之所以突出不同的意義。換句話說，依我看來，董橋的不同，不只是一種個人創意創造力不同於流俗的發揮而已，更重要的，他的不同是建立在小品文隨筆在近代中文傳統的委屈與隱晦上的。

董橋的不同，第一是他刻意地耕耘開發「隨筆」這個文類傳統。十幾年前，董橋在台灣陸續出版的散文集《這一代的事》、《跟中國的夢賽跑》和《辯證法的黃昏》，他的文章還猶豫在「隨筆」與「知識散文」之間。學院的訓練顯然對他還有相當強大的拘束力量，雖然已經發展出一套深具個人風格的文字，用那套帶著「溫婉的犬儒態度」的文字來處理各式各樣的知識主題，不過他對筆下觸及的哲學文學歷史知識的系統框架，還保留了高度敬意（甚至是畏懼），以至於許多文章中規中矩依循著學科知識內的理路，不敢太出格不敢太放肆，只是用自己的語言自己的多姿方式轉述改寫。

那樣的「知識散文」已經非常迷人了，那樣的「知識散文」已經大體突破了中文散文強大的「浪漫自我中心」主流，別闢蹊徑，令人視野大開。

董橋的散文知識多感觸少，寫到知識時講究用文字的整理省約突顯風格重點，寫到感觸時，多下價值判斷少談空泛喜怒哀樂，因而展示出高度理性化與高度風格化，以理性建構風格，以風格推動理性的獨到魅力。

這種獨到魅力主體不變，然而晚近幾年外在客觀環境的條件，卻讓原本介於「隨筆」與「知識散文」間的董式風格，更朝「隨筆」傾斜。

那就是董橋接任了《蘋果日報》的副社長、社長職務，開始固定在報紙上每天寫只有一千字左右的專欄。字數限制使得董橋不可能再中規中矩，也使得董橋不可能周全照顧，他必須有不同的策略來對付這一千字，既守住自己的原則，又給予讀者足夠的閱讀內容。

這一千字的篇幅設計，是很「香港」的輕薄短小。然而背負沉重中西知識傳統，「文人氣」很深很醇很厚的董橋，其實是輕不來也薄不來的。於是他半自覺半強迫地，走上了「隨筆」、「小品文」的路子，大量向西方的 essay 傳統，以及中國到周作人戛然中止的小品文寫作，汲取養分。

幾年寫下來，董橋式的新隨筆體，悄悄地誕生了，而且悄悄地卓然昂立。我們追索這幾年內的董橋散文，可以發現一些變化衍繹的脈絡。例如剛開始時，董橋比較小心比較謹慎，守著用小篇幅談小題目的原則，而且優先選擇自己涵養其中，深潤熟悉的題材。所以我們會看到他講古今中外文人的掌故、講他自己的收藏品，以及講中文該怎麼寫、英文又該怎麼寫得漂亮。

這裡透顯出來的，是一種極有意思的東方化了的 snobbishness。snob、snobbish 在中文裡很難翻，因爲這字背後含藏的貴族品味意義很難用三言兩語表達清楚。snob 當然很驕傲，也表現出高傲，可是他的驕傲單純來自他的品味判斷與抉擇。他懂得你不能懂得的某種事物內在的美學或哲學或文化上的品級高下差異。他因爲掌握了這種神祕評判標準，所以才驕傲。勉強用中文說，snob 表現了一份「我識貨你卻不識貨」的差別心，以「我識貨而你不識貨」的態度鄙視、睥睨其他人。

所以西方，尤其是英國式的 snob、snobbishness，最吸引人的地方在其內在的強烈矛盾。他們那麼臭屁那麼趾高氣昂，讓人看了就討厭；可是他們之所以臭屁之所以趾高氣昂，背後的文明理由、知識品味，卻又讓人不敢否認、不能拒絕。一邊是強大的拉力、一邊是同樣的強大推力，一拉一推之間，藏著這種文化的雙重樂趣。

董橋的散文，尤其是觸及品味的部分，顯然深得英式snob的精髓。不過他有意地對之進行了東方轉化，磨掉了很多英國貴族紳士的尖酸稜角，補上了中國士人的溫雅保留。他不把話說盡說滿，事實上一千字的空間也不夠他把話說滿說盡，於是在文章中，他雖然還是對自己的品味自信十足，但批評起不懂品味的異類時，卻是溫溫吞吞地欲言又止，才言已止。

更晚近的董橋專欄，慢慢地視野擴大了，董橋的筆也漸漸放肆起來了。最大的變化，就是董橋開始不避忌地讓時事政經乃至影藝消息進入文章裡。時事政經、影藝娛樂相關資訊越來越多，不過始終董橋寫的就不是新聞評論。這些消息只是他拿來逗引、連絡出其他掌故知識、故人舊時代的動機而已。然而時事與掌故的差別，前瞻與懷舊的雜混，卻給了這個時期的董橋作品，意外寬闊的格局。

也使得董橋散文，更接近文藝復興時代的隨筆，更接近周作人的小品文。靠著董橋的筆，長期陌生乾涸的隨筆文類之流，終於灌注入了新的水源；而也靠著隨筆這種文類的包容庇護，董橋得以盡情地開發、涵養他那既華麗而又高貴的偏見，不至於淪爲固執尖刻。

隨筆與董橋，相遇相合而相得益彰。

董橋散文觀

NEW CENTURY ESSAYISTS

自己用心寫每一個字，
寫出自己覺得好的作品。
那是我的創作觀了。

輯一

薰香小記

人不可矯情
文字不可矯情
不容易
千百年來
讀書人尤其難闖這一關

薰香記

……到得下午，那老人果然來了。念波堂眾家丁見他鬚髮如銀，背負長劍，雖以七旬之年，步履之間穩健異常，顯是武功深厚的高手，急忙退到堂前小路兩邊，目送他昂然進入正廳。此時廳內一片幽靜，那老人站在一張紫檀木桌旁，伸手摩挲桌面鑲的黃金白玉，遊目環顧四周景物，但見廳內陳設一派華貴，調度得人；左首雕花木櫃上一個宋瓷花瓶，不遠處一座沈石田繪的小屛風，右首長案上是一座五彩鏤空夔紋薰香爐，燒著檀香，爐蓋夔紋空格處散出裊裊青煙。老人認出這薰香爐是他江南祖宅裡的舊物，只今搬來這裡點綴，倒也出落得甚是雅致。紗窗外則叢蕉青翠，修竹搖影，別有一番境界。

那老人嘆了口氣，心道：「碧眼海魔這廝當年攻城掠地，連敗官軍，霸占我家當，搶走我女兒，如今退出江湖，倒會享福！我老矣，十數年來闖蕩南北，浪得武林虛名，骨肉恩仇容待來日了結且也無妨，只是當年師父最珍愛的這座薰香爐康熙瓷器，還有寶劍一把、珮玉一塊，碧眼海魔這廝搶走後抵死不還；眼下中土雖已不復當年異族搜括，如沸如羹，無奈正邪數派高手正爲這祖傳三件至寶爭論不休，不都企望原璧歸還，挽回顏面，消除戾氣，且可藉此激勵眾人，重振武威。萬一今日女兒冥頑，再或海魔作梗，老子非一掌劈倒這念波堂不可！」

正自尋思之際，忽然樓梯上腳步聲響，迎面一張殷紅的帷子掀開，幾名侍衛擁著碧眼海魔走進廳來。這海魔身材魁梧，金髮蓬鬆，滿臉濃鬚，雙目透著藍光，手裡提著一根龍頭拐杖，約莫五六十歲年紀。那老人見他衣領敞開，胸口茸茸金毛叢中，依稀辨出一幅美人魚刺花紋，舊恨新愁一時湧上心頭，不疾不徐解了背上的長劍，緊緊握在手中，臉上登時如同罩了一層嚴霜。碧眼海魔見了這副情狀，笑道：「前輩請坐！」老人大聲喝道：「當年你搶走的妮子，就當是潑出去的水，她不回中土，也是稀鬆平常事。那薰香爐、寶劍、珮玉可是家傳至寶，今日你不原璧還我，休怪劍下無情！」碧眼海魔拱手道：「前輩千萬息怒，天下事豈有不可坐下商量之理？」

碧眼海魔兼修中外數派上乘武功，早已是武林中罕有的人物，老人對他原有幾分忌憚，眼見他已有退讓之意，心想此刻可不跟他破臉，當下把長劍放在紫檀木桌上，與海魔對面坐定，悻悻地道：「你我之間還有甚麼可商量？」說時海魔身後一名侍衛，趨前俯在海魔耳邊，輕輕說了幾句話，海魔連連點頭，侍衛躬身後退三步，轉身走出廳外。海魔左手握住拐杖的龍頭，道：「請恕在下直言，年來體弱多病，正有告老還鄉之意。薰香爐、寶劍、珮玉，決計留交可香，前輩何不探一探可香意向如何？」

老人正欲開口，忽聽得帷子內幾聲人語，一個紫衫少女隨即掀開帷子走上廳來，向老人盈盈拜倒，拜畢站起。這時夕陽正將下山，窗外淡淡黃光照在她臉上，那老人見她容顏甚是秀麗，眼神帶著一絲幽怨，嘴角邊似笑非笑，後頸上一條水紅絲巾將長髮鬆鬆綰了起來，還有幾綹則散在胸前，烏溜溜越發顯得一身靈氣。老人一時迷迷惘惘，心道：「想是二十二了吧？若不是此刻可香便在眼前，眞要懷疑兀自身在夢中！」

家丁端出菜餚，篩上酒來。海魔舉杯道：「在下先敬前輩！」老人一飲而盡，說道：「好酒！二十年的女兒紅陳紹。女兒紅，女兒紅……」可香一陣心酸，忙從家丁手中接過酒壺，替老人和海魔斟酒。待到飲酒正酣，那老人無端縱聲大笑，突然伸掌抓住可香的衣袖，森森道：「快將薰香爐、寶劍、珮玉全給我送上來！」一陣北風吹過，窗外獵獵作響。可香目光流轉，從兩人臉上掠過，但見碧眼海魔滿臉脹得通紅，隨即又轉爲鐵青，喝道：誰都不得亂動那薰香爐！

老人甩開可香的衣袖，瞪眼看海魔，狠狠地道：「你敢？」此時海魔身後有兩名侍衛霍地躍到老人左右兩側，那老人雙臂一張，兩名侍衛跌開。老人再用右手掌心罩住桌上青瓷酒杯，內力一吐，酒杯立時整整齊齊嵌入了紫檀木桌之中。碧眼海魔瞧在眼裡，手肘靠桌，潛運內功向下一抵，全身並未動彈分毫，嵌在桌面裡的酒杯突然蹦到半空，海魔霎眼之間抓了一根筷子拋將上去，筷子不偏不斜刺入青瓷酒杯的杯底，筷子撐著酒杯直挺挺殺了下來，扎扎實實插入桌面。

廳堂上一時寂靜無聲，兩人怒目相視，一言不發，竟都不知適才雙方出招之際，可香已退了出去。過了一會，但聞窗外眾家丁竊竊私語，那張殷紅帷子微微拂動兩下，可香飄然出來，有出塵之概。但見她背負名劍，手挽包袱，腰繫珮玉，秀眉微蹙，面有慍色。海魔和老人心下驚愕，一時說不出話來，只得徐徐站起身來，目送她穿過廳堂，走向大門。她倏地立定，回頭冷冷瞄了兩人一眼，右手衣袖一揚，連劍帶鞘劃過廳堂，插入放置薰香爐的長案上，隨即左手衣袖再揚，腰間珮玉唰的一聲飛向長案，緊緊繫在那名劍的劍鞘之上。

薰香爐依舊散出裊裊青煙，廳堂上一片迷濛，可香微微一笑，淡淡地道：「二位自便！」轉身溶入念波堂外的蒼茫暮色之中。此時後院傳來家丁嘶啞的聲音，說道：「是上燈的時候兒了！」……

——選自圓神版《這一代的事》（一九八六年一月）

親愛的稅務局長……

馮夢龍《笑府》裡說：蘇人有二婿者，長秀才，次書手，岳丈大人常常刻薄次婿，說他不文。次婿恨甚，請丈人出題試他。丈人指庭前山茶要他一詠，詩曰：「據看庭前一樹茶，如何違限不開花？信牌即仰東風去，火速明朝便發芽。」丈人曰：「詩非不通，但純是衙門氣。」所謂衙門氣，當是做官的口氣：限你到時開花你怎麼不開花？命令你明天一早趕緊發芽！雍正硃批諭旨也盡是這樣的口氣：「知道了，應如此者。百凡悉照此據實無隱，自然永久蒙朕之眷注也。勉之！」不然則說：「朕日理萬機，刻無寧晷，毫不體朕，且值歲底事繁，那得工夫覽此幕客閒文！」

皇帝的時代已經過去了，官府對蟻民說話寫信，理應稍微客氣一點。香港標榜法治文明，語文正是顯示這種精神的關鍵環節。稅務局的評稅及繳納稅款通知書，背面的甲、乙、丙、丁、戊各項規定寫得密密麻麻，中英對照，一絲不苟。細讀內文，略感難受，自覺還沒有犯法就先給打了五十大板。舉甲項「對評稅提出反對」一節爲例，中文說：

倘若你反對此項評稅，你必須於本通知書發出日起一個月內，以書面向稅務局局長提出，並詳細列明反對原因。請注意：按照稅務條例第七十一（二）條的規定，除非已獲稅務局長批准可在該項反對或上訴獲判定之前暫緩繳交全部或部分稅款，否則，縱使已提出書面反對或上訴通知，也必須先行清繳稅款。如你並沒有接獲緩繳通知，則必須於繳稅日期或該日前清繳稅款。

這樣的中文當然也純是衙門之氣，行文卻又毫無中國傳統衙門文書之筆力，未免教人氣餒。

說用詞，「你」字用得不好中國人讀起來刺眼刺耳；用「台端」禮貌得多。「必須」這樣、「必須」那樣，顯得高高在上，不可一世，碰到魯莽些的小民，大可以大喝一聲：「你他媽的算老幾，卡著老子脖子硬要老子非聽你說不行?!欠揍了你？」改爲「應」字也一樣表達得出英文的 must。「請注意：」一句，英文是 “Your attention is drawn to... ”；中文不必擺在句子前頭，說完要說的話再來個「尚希注意」也不遲。「請注意：」中文多用在「大聲公」向公眾場所的人群宣布嚴重事情或疏導情緒，當然也可以借來向稅務局的父母官示威陳情：「各位父母官請注意，我們從來不欠稅，也沒有不繳稅的意圖，請不要開口閉口把我們當犯人對待。」

套一句老前輩的話：中秋又匆匆過去，月影淡了，人影遠了，晝漸短、夜漸長之際，還要收到稅務局的繳稅通知書，心情大差，哪得工夫覽此「倘若你反對此項評稅」之衙門孽債！

——一九九六年十月八日

「胴體」原是「屠體」

1

中文大學一名女學生遭男同學在宿舍內安裝隱蔽攝錄機偷拍她更衣的情景，前後拍了五個月才揭穿出來。《明報》上星期有一篇社評論〈中大必須亡羊補牢，爲受害女生鳴不平〉，說到一個人的隱私權受到這樣粗暴的踐踏，中文大學及法律援助署和平等機會委員會等機構都應該替這位女學生出頭討個公道。社評說，受害女生如今最需要的是一紙法庭頒令，要求偷拍照片的男生交出所有與女生有關的紀錄（如果有的話），並禁止任何人私藏和發布這些紀錄，好讓那位女生可以安心繼續過日子，完成學業。

這篇社評一筆點出案件的癥結，說明一個法治社會應有的法律責任，立論精闢，殊可敬佩。我讀完全文，只對文中「胴體」一詞生疑，擔心可能不甚貼切。社評那句話說：「在一個女孩子的私人房間內擅自裝設攝錄機，偷拍人家的胴體，雖技術上不致構成非禮罪，卻顯然侵犯了當事人的私隱權，並造成了性騷擾。」「胴體」這個詞，好多年前就有人拿來形容豔星的玲瓏身材，語帶猥褻。按《玉篇》上說：「胴，大腸也」，豬腸因稱豬胴。「胴」也指軀幹；「胴體」其實是指牲畜屠宰後的軀幹部分，《辭源》於是說「胴體」即「屠體」：「家畜屠宰後的軀幹部分。商業上豬的屠體指除去鬃毛、內臟（保留板油及腎臟）、血、頭、尾及四肢下部（腕及跗關節以下）後的整個軀幹；而牛、綿羊則須再除去皮。」《現代漢語詞典》（補編）「胴體」條則說：「軀幹，特指牧牲屠宰後，除去頭、尾、四肢、內臟等剩下的部分」。「正編」中「胴」字只標兩個意思：一、軀幹；二、〈書〉大腸。由此可見，形容女性身體用「胴體」未必恰當，也帶侮辱。再說，案中那位受害人並不是出賣色相的豔星，而是大學裡的女學生，用「胴體」去形容既冒昧，連用「玉體」也顯得輕佻，不如直說「身體」來得莊重。

2

「肢體語言」向來是比較敏感的傳意方式。中文形容女性的身體各個部位常常因襲文言文說法，用「玉」、用「纖」、用「粉」、用「冰」、用「雲」，用多了反見陳腐。英文有 body English 之說，喬志高先生的《最新通俗英語詞典》說：語言不一定要動口，還有所謂「身體語言」（body language），包括一切傳達情感、意旨和思想的身體動作和面部表情。他說，「眉飛色舞」和「眉目傳情」、「趾高氣揚」和「脅肩諂笑」、「搔首問天」和「鞠躬如也」，都是傳達信息的「身體中文」。英文的 body English 比較狹義，多半用於體育，尤其用於高爾夫球和保齡球兩種運動上。打高爾夫球揮棒擊球進洞之際，球未進而擊球者故意誇張順勢動作，彷彿想用身體助球以一臂之力，那就叫做 to use body English 了。

寫女人的身體講究的是符合「被寫者」的身分。杜甫描寫楊家姊妹遊春情景的〈麗人行〉，從「三月三日天氣新，長安水邊多麗人」到「炙手可熱勢絕倫，愼莫近前宰相嗔」，就算心中很想多看兩眼親近親近，通篇用字遣句倒是乾乾淨淨的，讀來不會教人想到楊貴妃的「胴體」。

——一九九七年六月五日

1

毛孟靜在乎，我也在乎

人不可矯情，文字不可矯情，不容易，千百年來讀書人尤其難闖這一關。唐朝詩人劉禹錫跟著內相王叔文推行永貞革新，反對宦官與藩鎮割據勢力，失敗，貶官，後來任太子賓客加檢校禮部尚書。他的學問詩文都好，跟柳宗元、白居易有交情，八百首詩作傳世，本該看得開，不要再去懷戀那鳥官的生涯。可是，夢得先生心中的酸醋氣味始終不能消散，寫了那篇千古傳頌的〈陋室銘〉，據說是爲了激勵自己，蔑視權貴，不慕財富，表現風骨。害死幾百代人。

山不在高，有仙則名。水不在深，有龍則靈，斯是陋室，維吾德馨。苔痕上階綠，草色入簾青。談笑有鴻儒，往來無白丁。可以調素琴，閱金經。無絲竹之亂耳，無案牘之勞形。南陽諸葛廬，西蜀子雲亭。孔子云：「何陋之有？」

既有青苔，又有草色：既有素琴，又有金經；太好了。鴻儒未必可愛，白丁往往可交。絲竹悅耳，案牘謀生，天公地道。諸葛亮有學有術。諸葛廬受人三顧；楊子雲天生口吃，不能劇談，以文章名世；二公居所好壞無關緊要。劉禹錫感嘆人事滄桑的消極情緒不見得是根深柢固。他的哲學著作《天論》認定自然的職能在於「生萬物」，人的職能在於「治萬物」，駁斥了當時的因果報應、天人感應之說，看似相當進步，可是後來對佛教竟頗有妥協。「陋室」之銘，當是一時的矯情而已。

2

近日讀陳魯民寫古今矯情百態，很是痛快。矯情者，故意違反常情以示高超的言談舉止也。晉代謝安領揚州刺史，前秦苻堅率兵入侵，舉朝驚恐。謝安故作鎮定，邀客下棋，心中卻焦急，幾次下出昏著。直到侄子謝玄大敗苻堅，捷報傳來，他還故意輕描淡寫說：「小兒輩已破賊兵了！」客人走後，謝安喜形於色，過門檻一不小心竟把木鞋都碰斷了。我見過一件竹雕筆筒，刻的正是這個報捷的故事，高浮雕的叢林中一人騎馬馳來，謝安與客人在桐蔭下對弈，神態自若，很有趣。陳魯民還說，杜甫聞官軍收河南河北，直說「漫卷詩書喜欲狂，白日放歌須縱酒」；李白懷才不遇，慨嘆「抽刀斷水水更流，舉杯銷愁愁更愁」；該喜就喜，該悲就悲。

我還在上海《文匯讀書週報》上看到談瀛洲談「魏晉風度」裡的名士作風，那其實也是矯情到了巔峰。當時盛行佛教講虛無，老莊講無爲，名士於是以髒爲美，不打掃、不換衣、不洗澡。嵇康愛說自己「性復疏懶，筋駑肉緩，面常一月十五日不洗，不大悶癢，不能沐也」。文人矯情，自古已然，於今猶有，包括我在內。多年力戒，往往非常舒服。記得毛孟靜有一次在專欄裡說，去書展看到我的《英華沉浮錄》第二卷，立刻打開來看我寫到她的那篇文字有沒有收進去、刪改了沒有，因爲：「我在乎」。她那篇文章題目正是〈在乎〉。其實我又何嘗不是這樣？毛小姐文章裡提到我，我也在乎，也沾沾自喜。

——一九九七年七月十一日

又見童話變神話

電子書蓄勢革命之際，書卷意識濃烈的一代人常常忍不住要爲傳統書籍辯護。一邊是電子專家預言電子文本傳遞系統肯定會消滅膠裝印刷書本；一邊是John Updike這樣的名作家撰文歌頌紙印讀物：拿一本隨便裝幀的書在床上翻讀，也比瀏覽最輕便的電腦舒服。這位老作家寫過五十多本書，當然有權宣示他對縹囊緗帙的情愛。我向來不很喜歡看John Updike的作品，讀了他這篇短文倒是高興的。

就在書香文化似乎慢慢變得不那麼清香的時候，愛丁堡女作家J. K. Rowling的兒童故事Harry Potter系列創出了千百萬銷量的神話，造出了狄更斯當年殺死小妮爾以來西方文學最壯觀的聲勢。內地朋友在長途電話裡說：「太神了！葫蘆裡賣的是甚麼藥那麼管用？」我說：「天要下雨娘要嫁人，書要暢銷人要發財，命中注定的，吵甚麼！」《衛報》上Anthony Holden的文章說，他是出任書籍獎評審才第一次讀《哈利波特》系列第三部*The Prisoner of*

Azkaban。他說他抱著讀《愛麗詩夢遊仙境》和《金銀島》，甚至《彼得潘》的心情去看那本書，看到的竟是深悶無趣的妖怪故事。他抱怨羅林筆下不合文法的文字；他抱怨故事不是兒童對大人世界價值觀的質疑。尋回內心童稚無可厚非，他說，不願意擺脫稚氣則相當教人擔心了。

羅林是獨立帶大女兒的單親媽媽，生計苦得家裡用不起取暖設備。這樣的逆境，其實正是她掙扎著帶大筆下波特的靈感，一心讓波特具備制勝的魔法去對付世間的凶惡勢力。在階級意識至上的英國人眼中，羅林揚名立億不啻挑戰了他們世襲的價值觀，連她比較傾向通俗口語的文字都成了罪過。

Bloomsbury雖然獨具慧眼出版了企鵝退稿的這套書而財源廣進，卻因爲這套童書太大眾化而不很自在，屢次對外說出版社每年出版兩百五十種書，題材廣博，好多職員都不參與波特系列的出版工作：「他們都在編印一些眞正的好書」（“They're producing really good books.”）。虛僞之餘竟故意損了羅林一句，實在新鮮。

我星期天買了一本《烈火酒杯》，眞的是磚頭那麼厚。美國人Gail Collins說厚成這樣，她寧願看Jacques Barzun的《從黎明到頹廢：西方文化生活五百年》！我挑著翻讀，故事誘人，文字也不見得那麼不堪。今日讀書識字淪爲功利技能（utilitarian skill），波特的魔法居然誘發出小孩看書的樂趣，那是Gail Collins覺得欣慰的現象。只要《封神榜》能喚回社會上失落的看書風氣，我其實也不會介意電子書搶走紙印書籍的一些市場。

——二〇〇〇年七月十二日・選自未來書城版《回家的感覺眞好》

回家的感覺眞好

城中話題的大新聞拐一個彎隱入尾聲之際，厭惡的感覺油然接成序曲：庸俗的現實政治吹皺了一池政治的學術春水，整個夏季就這樣渾渾噩噩地消磨過去了。暑假之後的九月，原該是霏霏秋雨的期待：Autumn Rains: Storm of Books Floods France。昨天的《國際先驅論壇報》上終於打出這樣一句特稿標題，說是假期結束了，學校開學了，上班的人都回到辦公室裡去了，這樣的 **la rentrée**，這樣的「回家」，居然引來法國出版商趕印出五百五十多種小說類和四百多種非小說類新書，讓回了家的人們工餘課餘都回到文字的消閒天地裡去。

家家戶戶暑假都花掉不少錢了，初秋是開源節流的季節。特稿說，書市的生意未必賺錢，可是，積年累月的傳統把九月化成新書推介的月分，報章雜誌都騰出大大的篇幅刊登書評，刊登作家剪影。於是，每一家出版商都抱著僥倖的心理等待奇蹟的降臨：一夜成名的新秀，一炮打響的新書。他們都寄望他們的書在十一月公布的三大文學獎中拿獎，一部小說一旦中獎，那起碼是二十萬本銷量的保證。就這樣，九月的法國體現了書香社會的憧憬……

我從來不期望香港會變成一個飄著書香的社會，我只期望書香洋溢在香港的幾家大學裡。在經費充裕、花木扶疏的校園裡，知識的散播和文化的傳承畢竟是大學的天職。香港大學副校長黃紹倫的辭職聲明裡說，他出任副校長之職，深知做出一些犧牲是難免的，甚至「還會影響我的研究和著述工作」。我認識黃紹倫的時候他是港大年輕的講師，經常替我主編的刊物寫文章。我不熟悉他研究的學科，卻相信他投身副校長行政工作之後雖然對權力之慾不無滿足之感，犧牲學術研究與著述工作倒眞的有點失落了。經過這次尷尬的經歷，他一定另有一番省悟，退下來做回教研工作，視野自然不同了，那對提升他的學術境界是會產生正面作用的。那其實也是另一種 la rentrée，另一種「回家」。

回家是美好的意識和行爲，象徵的是守回本分的「承諾」（promise）。美國一位最高法院法官 Anthony Kennedy 今年二月來香港最高法院演講，吳靄儀給我看過他的講稿，我永遠忘不了的是那一句："The law is a promise. It is a promise of neutrality."。在不偏不倚的公正承諾都給背棄的今天，在當權者拒絕回家、拒絕守本分的今天，香港社會遲早只剩下懷念固有價值觀的一片「鄉愁」……

——二〇〇〇年九月八日・選自未來書城版《回家的感覺眞好》

李嘉誠先生不罵娘

初到台灣讀書，我很想學說一口道地流暢的國語而摸不到竅門。跟北方同學混久了，口音慢慢正確了，語調差一截，差的是他們話裡穿插的罵娘助詞。那就好辦了：說兩句加個「他媽」，果然行雲流水。我是泉州人，說的閩南話也跟台灣人說的不一樣。後來天天跟台灣籍的同學瞎扯淡，發現他們的閩南話也不斷在跟女性親熱。我依樣畫葫蘆，開口閉口「幹」得痛快淋漓，大家從此是一家人了。來到香港，才知道這裡的娘也給丟得滿街都是，我竟有賓至如歸之感。我的英語文而不武，剛到英國，往來盡是下巴翹得挺高的識字分子，英語操得雪亮，俏皮俏到極點也不會牽涉性器官。在大街小巷蹓多了，聽慣江湖上各流英語，漸漸也學會在一句話裡插個傳宗接代的動詞，公共關係大有起色。

聽說英國現在已經變成「罵娘之國」（“a nation of swearers”）了。A. N. Wilson 在 *Evening Standard* 上寫文章說，過去，粗話都留給粗人說，中產階級聽了都會暈倒。如今階級成見消除了，說髒話是流行病（endemic），公司董事、律師大狀甚至神職人員都互相罵娘。但是，他也承認社會變形，壓力增大，粗口穢語也許正是消氣解憂的良方。

斯文人卻不容易這樣做。香港富豪李嘉誠先生前幾天在記者會上談到他贊成香港成立「保障私隱報業評議會」，霸氣雖然十足，怒氣呼之欲出，語言始終沒有爆粗。李先生那一席話如果穿插國語罵娘的助詞，相信一定更能表達他的心聲：「說句公道話，如果改天我他媽辦雜誌辦報紙，整天他媽派狗仔隊去跟蹤你們，又去他媽報導一些一成真、九成假的鳥消息，你會怎麼辦？如果報紙雜誌全他媽走這條路，其他正正當當的報紙，銷量一定他媽輸給你。……說到他媽隱私權，老子今天他媽想毀掉哪一個就他媽毀掉哪一個，成嗎？天下事他媽離不開一個理字，沒了這他媽理字，管你他媽祖宗十八代有多屌也受不了。」

李先生這樣的世界級公眾人物，當然吃過不少新聞自由的苦頭，憋了一肚子氣，才會不避官商相護之嫌而出來發炮。李先生不罵娘，新聞自由又不像地產發展那樣可以用盈虧去衡量，誰都沒有理由反問李先生說：「你他媽一成本錢九成盈利，我們他媽一輩子供貴樓，政府他媽怎麼不成立樓價評議會！」

——選自未來書城版《心中石榴又紅了》（二〇〇一年六月）

最要緊是有種！

明朝志明和尚住在南京牛首山，寫過四十首打油詩，題目叫《牛山四十屁》。我沒有讀過這些詩，只在施康強的《詩與屁》裡讀到其中的一首：「春叫貓兒貓叫春，聽他越叫越精神。老僧也有貓兒意，不敢人前叫一聲。」和尚要守許多戒條；和尚是人，當然也有七情六慾，尼姑思凡、和尚思春的故事代代都有。志明和尚直抒胸臆，說出苦況，施康強說他「敢道凡僧所不敢道」，「乃佛門之獅子吼，勝過晨鐘暮鼓多多也」。

新聞工作者常常也像苦行的僧侶，要守不少戒條。犯規的誘惑隨時出現，內心的定力難免動搖，加上和尚做到寺廟香火鼎盛、香客男善女信就功德圓滿，新聞工作者做出來的新聞紙卻是見仁見智的產品，彈讚由人，毀譽由人，壓力其實比不敢叫春的老僧要大得多。

香港新聞行政人員協會草擬的〈專業操守守則〉，用意正是提醒同行不忘青燈古佛下的戒律，身在市井而心在廟堂，乾乾淨淨執行職務。

協會的〈守則〉著重的是操守，十條規律既合情理也不難遵守。可是，新聞從業員除了要注意這些運作上的分寸，一樣重要的是個人修養的提升。好幾年前，我紹介過 Arthur Brisbane〈怎麼當一名更出色的記者〉，其中所列十條指南，關注的正是記者的學養和識見。第一條要求記者看得清楚，寫得簡明。第二條要求記者緊記請不起公司律師而買得起一份報紙的大眾；報人忠於貧窮讀者，律師忠於富裕顧客，報老闆一富往往忘了窮的滋味。第三條提醒記者寫稿要讓讀者讀來歷歷如親眼目睹事件事主。第四條說採訪不忘拍照。第五條勸記者寫淺白簡明的文章。第六條鼓勵記者天天養腦如養身（“Feed your mind as you feed your body, every day.”）。第七條要記者多讀佳作。第八條還是要記者多讀書，看前人的信仰與事跡。第九條列出必讀作家一覽表。第十條要記者刪改潤飾自己的原稿。

新聞行政人員協會和 Brisbane 的守則和指南都是正經的指示，有點沉悶。做報紙雜誌最忌沉悶，一沉悶就太有使命感太偉大了，讀者都掉頭跑了。學問好了，還要俏皮，還要生動，還要敢承擔，敢說真話，不要有太沉重的讀書人包袱。志明和尚不會去找女人，起碼敢說他想要，有種。

香港的人文空間

李歐梵說：「我感覺香港缺少一個人文思想的空間，像北大一樣。」不論校外交通怎麼亂，空氣怎麼髒，政治氣壓怎麼不穩定，李歐梵覺得北大校內的人始終不食人間煙火。他清晨在未名湖邊散步，看到的是老先生老太太悠哉游哉，年輕學生苦讀英文，「不管動機如何，畢竟使我這個在美國學院長年忙得昏頭轉向的人，在此得到一點暫時的調劑」。

李歐梵在台灣念完書後到美國深造，在美國當教授，一住數十年，偶爾來香港的大學客座，鍾情香港和香港的通俗文化，對香港格外偏心。他過去說過香港缺少咖啡店和書店，這回又在《明月》上批評香港沒有人文空間。他心中想的其實只是在郊外蓋一所人文研究所，有小圖書館，有小會議室和小書房，每年請人文學者來住一星期或一年，跟香港的學者探討學問，也可以請香港的學者來避靜（retreat），思考問題，創新理論。

這樣迷人的地方我也想去。在倫敦、在牛津、在劍橋的學院裡，伏在圖書館的小書案上看書，躲進小書房裡記筆記寫論文，那眞是樂趣，我消受過了。在台灣讀書的那年月，每個清晨，校園裡的池塘邊、樹蔭下，都有教授在散步聊天，有學生在背誦英文。那些大學裡的人文空間實在夠大了，也夠安寧了。香港專上院校的校園也幽靜漂亮得教人妒忌。港大憑幾株老樹幾幢老房子加上孫逸仙、許地山、張愛玲那一大串姓名，就夠香遍校園裡的所有廁所了。中大外觀雖然沒有庭院深深的書卷霉味，錢賓四先生辭世之後，早期的畢業生兩鬢斑白之後，校園也跟著染上幾許風霜了：「學」一老，才成「術」。科大夠大夠新，名副其實，正是孕育小矽谷的胎盤，再聘請多幾位具有人文修養的科技人才，也就撐起來了。

香港從殖民統治者開天闢地以來，始終是個華洋商賈招財進寶的勝地，現在連行政首長都是船王之後，股票地產炒來炒去之外，矽谷硅谷才是新歡，當然不會有剩出的情感和精力去營造甚麼人文空間了。政府願意綠化城市，願意少砍幾株百年老樹，那算是人文精神的體現了。我倒覺得我們幾家院校校園的風景實在迷人，正是教授和學生傳播和吸收人文品味的空間。我疑心歐梵厚道，不忍點破，他圖的其實也只是在校園裡指點半壁人文江山。

輯二

閱微志異

文字和繪畫風情一樣
工筆細活是基本功
摸清造句門路
是十年八年的少林生涯
下了山才去學
吳爾芙的意識流不遲

「只有敬亭，依然此柳」

聽過明末清初說書藝人柳敬亭說書的人，大半印象深刻：顧開雍聽他說宋江軼記一則，但覺「縱橫撼動，聲搖屋瓦，俯仰離合，皆出己意，使聽者悲泣喜笑」；周容在虞山一連聽了幾天，古人古事宛然在目，「劍棘刀槊，鉦鼓起伏，髑髏模糊，跳繞座，四壁陰風旋不已。予髮肅然指，幾欲下拜，不見敬亭」；吳梅村有一闋〈沁園春〉贈柳敬亭，說是「楚漢縱橫，陳隋遊戲，舌在荒唐一笑收。誰眞假，笑儒生誑世，定本『春秋』！」王猷定聽他說「景陽岡武松打虎」之後寫詩紀感，其中兩句尤好：「一曲景陽岡上事，門前流水夕陽西」；張岱也聽過這段白文，說柳麻子「聲如巨鐘，說至筋骨處，叱咤叫喊，洶洶崩屋。武松到酒店沽酒，店內無人，驀地一吼，店中空缸空甓皆甕甕有聲。閒中著色，細微至此」；黃宗羲雖然有封建士大夫思想，只把柳敬亭當作倡優，說「其人本瑣瑣不足道」，但後來改寫《柳敬亭傳》，還是肯定其藝術成就，承認聽到他晚年的說書，令人感到「亡國之恨頓生，檀板之聲無色」。

藝術刻劃國破家亡的哀思，並非一定扣人心弦。謝皋羽、鄭所南在南宋覆亡之後慟哭西台，坐必向南，時刻緬懷故國，所作文字都帶淚帶恨，結果流傳後世者並不膾炙人口。陶淵明的作品沒有直寫東晉滅亡之痛，筆下反而處處追摹人與大自然的和諧關係，婉轉表現虛無而溫馨的恕道，其感染力竟然世世代代縷縷不盡。張岱明亡後披髮入山，變成野人，所著《陶菴夢憶》的自序雖然說到「作自輓詩，每欲引決」，畢竟感人不深；全書價值反而在其「繁華靡麗，過眼皆空」的佛前懺悔心情，充分流露遺民滄桑之感。同樣寫國破的詩，「王師北定中原日，家祭無忘告乃翁」實在遠不如「商女不知亡國恨，隔江猶唱後庭花」來得深刻：放翁一往情深，失之浮泛；牧之不存幻想，忍痛揭露殘酷的現實。張宗子說：「瓶粟屢罄，不能舉火，始知首陽二老直頭餓死，不食周粟，還是後人妝點語也」，當是眞話。

柳敬亭生逢明末異族入侵的亂世，在殘酷的新舊蛻嬗現實裡過獻藝生涯雖然足以餬口，個人際遇卻跟當時的政治環境串成唇齒關係，不但哀樂不能自已，連棲止遊息也往往不由自主，最終難免惹出一些同時代人的陰忌和身後的是非。名學者伯林（Isaiah Berlin）論猶太人遭逢劇變落難四海的世代悲劇，分析他們在西方社會安身立命的坎坷經歷，說到有些人面對陌生的茫茫新天地畏縮不前，寧願躲回陰暗的舊猶太區裡作繭自縛；有些人壯志凌雲，滿懷理想，一味樂觀追逐希望的曙光；有些人跟異族外人稱兄道弟，打成一片，不惜忍受身心的折磨，爲的是揚棄故我，改變信仰和習慣；還有一些人心理背景作祟，明知不可自絕生路，依然傲骨嶙峋，不甘同流合污，拒絕抹殺本性去奉承新主子，結果落得蕩漾河心，兩岸渺茫，甚或彳亍於廢園荒島之中，顧影自憐，孤芳自賞，自尊心無限膨脹，不然就是自暴自棄，覺得鑽不進自己夢想的階級，反而被那個階級奚落、遺棄。這些現象，其實並不只發生在猶太圈子裡，而是民族主義愛國精神潛移默化之下的普遍心態：明知迎合新形勢、順從新權貴是命運興旺之關鍵，無奈遺民孤臣孽子的心理包袱始終不容易甩掉，結果是聚光燈照明圈內的人疑神疑鬼，照明圈外的人怨天尤人，彼此陰陽相剋。

柳敬亭算是清朝照明圈外的人，周旋明季諸賢最久，生平長揖公侯，平視卿相，沒有絲毫婞婜。但是，時局變幻中，他到底不能靜靜置身在民族矛盾和階級矛盾的狂潮之外。他一度是左良玉的座上客，「每夕張燈高坐，談話隋唐間遺事。寧南親信之，出入臥內，未嘗頃刻離也」。左良玉死了，他酒後談起寧南舊事，都欷歔灑泣。後來馬逢知叛明降清，當上提督，駐兵松江，柳敬亭竟也出入其門下，可惜馬逢知不過以倡優遇之，結果鬱鬱不得志；事後雖說馬提督有通鄭成功之嫌，被清廷誅戮，柳馬這段因緣，陳汝衡還是說他是藝人，「很難夠得上談忠義節操」。到了康熙元年，柳敬亭又隨蔡士英到清政府所在地北京，《舊都文物略》裡說他是「爲睿親王所羅致，利用其技藝使編詞宣傳」。他在北京算不算得意很難說，但當時吳偉業、龔鼎孳、汪懋麟等人都有詩詞勸他南歸倒是眞的。「江畔逢君訴遺事，斷腸如遇李龜年」，離落心事，不忍說破！

柳敬亭說書有「白髮龜年暢談天寶」的滄桑之感，也帶幾分懺悔心情，名卿遺老這才賦詩張之。他一生關心江山百姓的安危，對新政治局面雖然說不上信心，忠厚人的尋常幻想總是有的。王漁洋儘管瞧不起他，笑他說書之技與市井之輩無異，他起碼不像漁洋要南書房代爲延譽，面試見到天顏嚇得寫不出字，由「文端公代作詩草，撮爲丸置案側」，才得以完卷，搖身成清朝照明圈內的顯宦！不必說甚麼傲骨嶙峋，不必抹殺本性，不必妝點山河變色後悲泣喜笑的矛盾：「只有敬亭，依然此柳，雨打風吹雪滿頭！」吳梅村說的。

——選自圓神版《這一代的事》（一九八六年一月）

小紅被門檻絆倒

《閱微草堂筆記》講鬼故事，說有人趕路遇雨，夜投廢寺，頹垣荒草，只有山門可以一棲。黑暗中突然傳來女子聲音，求賜紙衣一襲。那人怖不敢動，結結巴巴問她是甚麼因由。鬼泣曰：「妾本村女，偶獨經此寺，為僧所遮留。妾哭詈不從，怒而見殺。時衣已盡褫，遂被裸埋，今百餘年矣！雖在冥途，情有廉恥；身無寸縷，愧見神明，故寧抱沉冤，潛形不出。今幸逢君子，儻取數番彩楮，剪作裙襦，焚之寺門，使幽魂蔽體，便可訴諸地府，再入轉輪。惟君哀而垂拯焉。」那人答應了她，事後卻無暇再經其地，終於沒有給她燒紙衣，害那女鬼茹恨黃泉！

紀曉嵐小品文筆很好，故事動聽，夜雨燈下當床邊書經常翻翻，中文必定進步。最近有讀者說我筆下難得一見「被」字，是不是認為被動詞組不像中文。我對「被」字的確相當敏感，總不會用，只好少用。紀曉嵐這個故事裡那句「衣已盡褫，遂被裸埋」，實在用得毫不唐突。整部《閱微草堂筆記》，我注意到只有此處這樣用「被」字；可見他也很小心。《紅樓夢》裡寫小紅丟了手帕子，賈芸給撿回來，小紅禁不住粉面含羞，問道：「二爺在那裡拾著的？」賈芸笑道：「你過來，我告訴你。」一面說，一面就上來拉她。「那小紅臊的轉身一跑，卻被門檻絆倒。」曹雪芹用「被」字也用得很自然。

「被」是「受」，是「遭」。《史記・項羽本紀》中的「項王身亦被十餘創」，正是「遭受」也。表示被動之詞的「被」字猶言「爲」：爲他所害，即被他害了。無名氏《賺蒯通》第三折云：「今有韓信已被某家著人賺的來，將他斬了」，還是很順。時下常見的「被認爲」、「被委任」，我倒覺得不很恰當。《現代漢語辭典》上「被」字的例句說：「解放軍到處被（人）尊敬」、「這部書被人借走了一本」，似乎用得都不很好。說解放軍到處受人尊敬，這部書給人借走了一本，肯定順當得多。我漸漸同意了一種說法：形容不太好的事情不妨用「被」；敘述好事避之則吉。女鬼被裸埋；小紅被門檻絆倒；項羽被十餘創；韓信被人騙走。都不錯。黛玉被寶玉追求，紀曉嵐的書被人傳誦，大將軍的英勇事跡被讚揚。都不好。

——一九九六年五月七日

兩般彩筆，一樣風情

1

中國國畫家都有一顆百年孤寂的心靈。中國國畫家必須百遍千遍萬遍不斷臨摹古老的山神、花魂、樹精，爲的是帶領自己走回古人的精神天地，然後指望有一天突然穿過一道道的月亮門，昂然邁進今日的現實世界之中，以湖筆、徽墨、宣紙、端硯搖搖曳曳的傳統薪火，燭照這一生的悲歡離合。他們有的像幽蘭之不食煙火，在深谷中獨善其身；有的像臘梅之堅毅冷傲，拒絕雪中之暖炭；有的像松竹之高風亮節，永遠不向權勢低頭。廖承志寫他的母親何香凝北伐後眼見工人、農民和共產黨員大批遇害，到處是斷肢殘骸，而那些魍魎魑魅卻朝衣玉帶，相慶彈冠。何香凝於是化滿腔悲憤於丹青之中，集中精力畫梅、畫松、畫菊，偶然也畫些老虎獅子。歷經滄桑的革命老人，縱使畫藝沒有達到一定的高度，作品還是應該傳世的。何香凝企圖用她的畫去闡釋她的政治信念。同樣是傳統中走出來的畫家，齊白石血管裡流的雖然不是革命的熱血，心中卻始終洋溢著他對人間的關愛：他同情老百姓受苦受難；他痛恨父母官欺下媚上。他畫過一幅〈不倒翁〉，頭戴烏紗，手搖白扇，十足小丑，題上這樣一首詩：「烏紗白扇儼然官，不倒原來泥半團；將汝忽然來打破，通身何處有心肝！」清白如話，不失韻味，還見膽識。

2

深厚的功底加上率眞的性格，往往是老一輩畫人墨客筆下風采之所自。齊白石詩、書、畫可貴之處在於濃郁的民俗風味。他的木匠生涯帶給他一生受用不盡的鄉土情懷；他跟王湘綺讀書，則帶給他一生受用不盡的生猛腦筋。他的題畫詩跟明代民間歌曲一樣雋永，在浪漫主義色彩中滲入清新純樸的價值取向。白石老人一定背誦過明朝那首有名的〈鎖南枝・風情〉：「傻俊角，我的哥，和塊黃泥兒捏咱兩個。捏一個兒你，捏一個兒我，捏的來一似活托，捏的來同床上歇臥。將泥人兒摔碎，著水兒重和過。再捏一個你，再捏一個我。哥哥身上也有妹妹，妹妹身上也有哥哥。」民間文學發展到這樣精緻性感的境界，顯然已經跟當時天津楊柳青、蘇州桃花塢年畫藝術隔江呼應，挽救了士大夫階級漸見蒼白的館閣筆墨。

3

張大千練成一手工筆畫的細活才脫胎潑墨。這正是畢加索說的"There is no abstract art. You must always start with something. Afterwards you can remove all traces of reality."臨摹自然是侵用上帝之作品;闡釋自然則是藝術家之所爲也(Copy nature and you infringe on the work of our Lord. Interpret nature and you are an artist.)。這是 Jacques Lipchitz 說的。文字和繪畫風情一樣,工筆細活是基本功;摸清造句的門路是十年八年的少林生涯,下了山才去學吳爾芙的意識流不遲。臨摹名家筆調是不算犯法的入門侵權行爲;最後學會用自己的心力去闡釋文字、創造句法、開闢文路,那是造化。李漁在〈情愛豪豔〉中慨嘆現在的小說幾乎沒有一篇不寫性活動,大都寫得「器官橫陳,體液亂流」,「使人以爲如果不是中文不適合寫性,就是性還是個新題目」。李渝於是舉《鶯鶯傳》纖膩冶豔蕩漾的文字證明慾和情和景是可以「精緻化」的。寫「性」豈可一味潑墨、潑體液!

——一九九七年六月三日

閱微志異

1

高陽好像格外喜歡紀曉嵐的《閱微草堂筆記》，有一段時期寫文章常常想到《筆記》，借題寄意。〈楊絳與她的《六記》〉裡引楊絳說她一向不問有鬼無鬼，反正就是怕鬼，沒想到「三反」中整個徹底變了，忽然不再怕鬼，夜裡十一、二點獨自一人從清華的西北角走回東南角的宿舍，竟一點都不怕了。高陽於是想到《閱微草堂筆記》中的一個故事，說是乾隆年間工部尚書裘日修的賜第是前明宰相周延儒的故居，以後又成了吳三桂之子吳世璠的府第，周、吳都死於刑戮，所以此屋是京師凶宅之一，有一間屋子常鬧鬼，只有琴工錢生不怕，因為錢生極醜，有人開玩笑說鬼也怕錢生。高陽說，楊絳本來怕鬼，「三反」後一點不怕，「正以經歷了三反時，中共幹部比鬼還可怕的猙獰面目；相形之下，鬼就毫不可怕了。」

高陽的〈閱微新記〉一文記紀曉嵐的大著作是《四庫全書總目提要》，但消遣之作的《閱微草堂筆記》似乎更引人入勝。他認爲此書光怪陸離不可方物，與蒲松齡的《聊齋志異》同工，他於是用「現代的語言」翻譯了若干精采片段，要我們看看兩百年前中國人的「生活是由怎樣的幾個觀念在支配」。他譯了〈柳青〉、〈測字奇驗〉、〈牛救主〉和〈菜人兩則〉。〈菜人兩則〉的第二則是這樣寫的：

> 當五省大饑荒時，有人經過山東德州，在一家旅店進餐，看見一個裸體的少婦，伏在大砧板上，手足綑住，屠夫正在用水洗滌；那少婦面上的表情恐怖極了。此人大動惻隱之心，出錢贖了她的命，少婦釋縛起身，此人便幫她著衣服，無意中觸及她的乳房，少婦頓時變色：「你救了我生命，我終身服侍你，亦是情願的。不過可以做奴才，不可以做小。我就是不肯另嫁人，所以賣到這裡來。你怎可以這樣子輕薄？」說完，她將正要上身的衣服，往地上擲，仍舊伏身砧板，閉目等死。
>
> 客人一番好意，不想招來這一頓羞辱，交易自然告吹。屠夫恨她不過，活生生割下她身上一塊肉，少婦終無悔意。

2

傳統中國的貞節觀念是一束非常深奧複雜的思想體系，只能從歷代正史野史乃至民間傳說的無數大小個案去摸索個中的信息，很難歸納爲貫徹始終的一套通則。清代沈起鳳《諧鐸》中〈節母死時箴〉的節母臨終召孫曾輩媳婦，囑吩她們萬一青年居寡，自量可守則守之，否則上告尊長，竟行改醮。她說她十八歲居寡，冷壁孤燈，頗難禁受。見表甥貌美，下榻外館，不覺心動，夜半心猿難制，幾次移燈出戶，終於長嘆而回。倦而入夢，夢見自己到了外館與表甥各道衷曲，攜手入帷，帳中坐著一個首蓬面血的人，拍枕大哭，「視之，亡夫也」！這段故事最足以概括貞節迷霧中的女性心理，宜古宜今，寓意遠比伏身砧板的少婦故事深沉得多。

——一九九七年十月十六日

1
狐媚偏能哄人

「狐」是中國神話傳說中的精怪，也稱狐仙，稱狐狸精。相傳狐狸能修煉成精，化爲人形，處處神通，一旦觸犯，必受其害，民間尊爲「大仙」，清朝各官署中常常供奉「守印大仙」之位，以防被盜。狐善魅人，中文乃有「狐媚」之說，駱賓王所謂「掩袖工讒，狐媚偏能惑主」，因稱陰柔手段迷惑他人爲「狐媚」。《紅樓夢》第二十回裡寶玉的奶娘李嬤嬤拄著拐棍罵襲人的話用了這詞兒：「忘了本的小娼婦！我抬舉你起來，這會兒我來了，你大模大樣的躺在炕上，見我來也不理一理。一心只想裝狐媚子哄寶玉，哄的寶玉不理我，聽你們的話。你不過是幾兩臭銀子買來的毛丫頭，這屋裡你就作耗，如何使得！好不好拉出去配一個小子，看你還妖精似的哄寶玉不哄。」英文稱詭計多端的人爲 fox，體態誘人的則稱 foxy lady，正是狐媚之姿。印象中中文「狐」字比英文的fox更偏向陰性，「狐」於是在中國人的理念中多含香豔的寓意。紀曉嵐的筆記談鬼固多，說狐更多，不少牽涉情慾。

《閱微草堂筆記》之〈灤陽消夏錄〉有一則狐的故事特別。京師一幢老房子貼近一處空園圃，園中多狐仙。有一位俏麗的婦人夜逾短垣，勾引鄰家少年私通。婦人擔心姦情洩漏開去，起初詭託姓名，不說眞話。後來歡昵難忍，實在捨不得分開了，只好假冒身分，說自己是園中的狐女。少年太迷戀她了，既不懷疑也不害怕。過了一段日子，婦人住處屋頂上忽然傳來扔瓦片大聲叫罵的聲音，說：「我居園中那麼久，小兒女遊戲扔石驚動鄰居難免的，我卻從來不冶蕩，不做迷惑人家的事，你憑甚麼要誣衊我？」少婦與少年偷情的事從此傳開了。紀曉嵐說：「異哉，狐媚恆托於人，此婦乃托於狐。人善媚者比之狐，此狐乃貞於人。」

2

紀曉嵐常常譏笑人不如狐，男人女人都不中用。他說，有個讀書人夜坐納涼，忽聞屋上有噪聲，駭而起視，但見兩個女人自檐際跳下，厲聲問道：「先生是讀書人，姊妹共一婿，有這道理嗎？」讀書人噤不敢言，那兩個女的催他快說。他戰慄囁嚅說道：「我是人，只知人禮。鬼有鬼禮，狐有狐禮，我實在不知道。」兩個女人罵道：「此人模稜不了事，我們另找個了事的人吧！」糾結而去。紀曉嵐認爲模稜不敢下斷語，原是自全的善計，可是，世故太深，自謀太巧，不必迴避的都見迴避了，應該做的都不做，往往坐失事機，留爲禍本，終致不可收拾，「此士人見誚於狐，其小焉者耳」。

中國人藉狐警世的觀念源遠流長，中國文學中狐仙鬼怪懲惡揚善的恆言因此格外生動。《霍小玉傳》裡李益負了小玉，小玉有絕命誓詞說：「我爲女子，薄命如斯。君是丈夫，負心如此。韶顏稚齒，飲恨而終。慈母在堂，不能供養。綺羅絃管，從此永休。徵痛黃泉，皆君所致。李君李君，今當永訣。我死之後，必爲厲鬼，使君妻妾，終日不安。」小玉的鬼魂結果雖只是化爲美女與俊男，卻仍然發揮了復仇的效果。劉燕萍在一篇談論《霍小玉傳》與《鶯鶯傳》的論文裡說，那「並非『厲鬼』而收到報復之效，乃是從精神乃至心理上對李益進行報復所致」。可見裝狐媚子哄人是有用的。

——一九九七年十一月二十六日

輯三

後園點燈

蘇雪林打著黑雨傘趕著去講楚辭
莎士比亞用京片子教羅蜜歐與茱麗葉談情
馮君來夾著英國文學史帶學生踏上喬叟進香路
沙岡的微笑浮蕩在古都舞廳華爾滋旋律中
冷雨一連兩天窸窸窣窣
染得台南那個校園都成了一幅淡彩水墨畫

這一代的事

書房窗外的冷雨

父親坐在書房裡靠窗那堂軟墊沙發上，兩手捧著一盞新沏的鐵觀音，白煙裊裊，淒淒切切半蒙住他那張有風有霜的臉。沙發的藍絨底子灑滿翠綠竹葉，襯著窗外一叢幽篁，格外見出匠心。因是雨後黃昏，院子那邊的荷塘傳來幾聲蛙鳴，書房反而更顯寂靜了。十八歲少年屏息站在沙發四五步外的紫檀木書桌邊，不必抬頭都背得出左壁上掛的一幅對子：「南雲望氣千重紫，華露羅香萬畝蘭」；右邊盆景花架後面那一幅則是：「傳家有道惟存厚，處世無奇但率眞」。朝南花格圓窗兩側整整齊齊立著一對烏木玻璃書櫥，小時候父親一出門，總是偷偷翻遍櫥裡的舊書和存畫，宋代花鳥明人山水清朝碑帖自忖都可以閉著眼睛臨出來。壁燈如夢；瞄一瞄案頭青花筆筒裡那一叢粗粗幼幼的毛筆，想起童年，竟無端討厭起何紹基來了。父親啜了一口茶說：「到了台北趕緊先去看宋伯伯，知道嗎？」「知道了。」「國家多難，生活更應該樸素，專心向學。」「是。」蛙鳴越來越鬧，窗外又下起冷雨了。

捲起那半幅竹簾

冷雨一連兩天窸窸窣窣染得台南那個校園都成了一幅淡彩水墨畫了。蘇雪林打著黑雨傘趕去講楚辭。教三民主義的老師聲震文理學院的屋瓦。莎士比亞用京片子教羅蜜歐與茱麗葉談情。軍訓教官對著黑板上的秋海棠葉吹起一陣陣的火藥味、血汗味。馮君來夾著英國文學史帶學生踏上喬叟的進香路。美國傳教士給草葉集的詩人唱一遍又一遍的安魂曲。教雪山盟的英國女士把臉偎在海明威毛茸茸的胸膛上聽不見下課的鈴聲。排骨飯加荷包蛋的晚餐和綠豆湯配棺材板的消夜都填不飽胃裡沙特的存在主義。沙岡的微笑浮蕩在古都舞廳的華爾滋旋律之中，天一亮竟紛紛沉澱到文星雜誌文星叢刊的豆漿碗裡去了。康梁遺墨和胡適文存只能推開近代史的一條門縫，十一點鐘在女生宿舍門口說的再見才算捲起中國文化的半幅竹簾。燈熄了，隔壁的教官拋下蘇俄在中國打著鼻鼾趕回萊陽老家探望年邁的母親。悄悄到宿舍後面洗臉的時候，聽見退了伍的工友老吳在廁所裡用沙啞的聲音自言自語道：「他媽的，卡賓槍又壞了！」

送給列寧的禮物

"Damn you, England" 約翰・奧斯本的怒吼並沒有驚破愛麗詩的仙境：英國人都躲在維多利亞女王的圓裙底下撿十八世紀的麵包屑充飢，躡手躡腳不敢聲張，生怕吵醒老祖宗罵他們沒出息。倫敦是一座靜靜的圖書館：人的膚色、出身、階級像圖書館裡的書，分門別類，劃清界線。誰都不必自作多情：「親愛的」、「甜心」、「打令」順口吻得你滿臉唇印爲的是兩鎊九十九便士的生意成交。一九七六年左派批評政府削減經費，財政大臣希利破口罵他們："Out of their tiny Chinese minds."！西方文化的神髓是："In God we trust, the rest pay cash."；在這樣超然的思想背景下，西方人反共只爲了求證一套哲學理論、親共只爲了挑剔一條政治公式，這裡面沒有一滴血的激情、一點淚的鄉愁。美國西方石油公司董事長 Armand Hammer 一九二三那年送給列寧一座青銅雕塑品，雕一隻猴子坐在一疊書本上對著人類骷髏沉思，其中有一部書是達爾文的物種起源！到了前幾年，海默和夫人在莫斯科籌辦貿易中心，布里滋涅夫聽說海默夫人不喜歡長住觀光旅館裡的列寧套房，馬上下令送他們一所公寓房子。那年那天，倫敦大學一位南韓同學提出一個問題：「漢賊不兩立英文怎麼說？」

「我沒工夫細想。我後天就走了，回香港。」

香港，安定的香港

達達主義宣言：「再也沒有畫家，再也沒有作家，再也沒有音樂家，再也沒有雕刻家，再也沒有宗教，再也沒有保皇黨人，再也沒有帝國主義者，再也沒有無政府主義者，再也沒有社會主義者，再也沒有布爾什維主義者，再也沒有政客，再也沒有無產階級，再也沒有敵人，再也沒有警察，再也沒有國家，再也沒有這些說夢的癡人，再也沒有，再也沒有，沒有，沒有，沒有。」——只剩「有人暈倒」的政府和「有人請客」的新聞社。

將軍，你可以這樣做

在桃園中正機場餐廳裡跟一位少將談起香港前途和兩岸統一的問題。少將說：「統一？那過去幾十年我們不都白幹了嗎?!」沒有風雨，飛機準時起飛。

——選自圓神版《這一代的事》（一九八六年一月）

仲春瑣記

都說雅道陵遲，我近日偏偏雅致起來，與閒章、印石、古瓷、書畫結緣，很有深味，幾乎眞的拋了壯懷坐享無事之福！過眼的閒章有的喜其佳句，有的喜其布局，刀法則未敢遽言優劣，蓋平素於此毫無會心，多憑直覺取捨而已。月前偶過古玩鋪，信目遊觀，隨手取兩枚內地印人新作，索値甚微，遂得收之。這兩方閒章一方文曰「杏花春雨江南」；另一方文十五字，曰：「我是箇郇郎，只合守篷窗、茅屋、梅花帳。」我老早中了田園的毒，一眼愛上文中意境，不計其他；其實兩印印法毫無多字閒章應有之「盤錯」功力可言，但見逐字整齊，占地相等，如布算子、鄧散木看了一定斥爲「平板可厭」！印石當然也不是甚麼田黃雞血了；古意衰頹，退而求其次的風雅，只能這樣將就將就。

田黃雖貴，氣質深不可測；昌化雞血則美豔勝似紅豆，惹人相思。起初是友人棣純兄收得一枚昌化水坑雞血凍，質理細膩，四面全紅幾不見地，玩賞半天不忍釋手。後來我在坊間賤價買得一塊頑石，深灰地，局部紅，嘗乞諳於此道者鑑定之，謂石質枯燥堅頑而多砂釘，必是蒙古所產，斷非昌石。從此更不罷休，到處訪求，果然陸續覓得幾枚賞心眞品，頗合陳從周先生所教「六面方者始可入品」的標準，但所費已足夠數星期澆裹！清風明月竟不便宜，只得戒「色」。

「戒」的滋味並不好受。售雞血石的那家筆墨莊兼營古今字畫，一日，在其廊上偶見「賈島詩意圖」一幅：夜色蒼涼，草徑入園，孤松參天，庭院岑寂，一老僧輕輕敲門；遠處竹叢越去越淡，終於隱入雲煙之中！圖作枯墨素描，幽影裡浮現輕赭之色，一派文人氣；左上角錄〈題李凝幽居〉一首，署名吳山明。我向來不計較畫人名聲大小；看畫難得這般愜意，議價亦甚順利，竟收不得手。歸而懸掛壁間，與案頭豆青雙龍戲珠古瓷筆筒並爲夜讀良伴。古瓷筆筒花瓶也是解語物，立春以來在文武廟外那條短巷裡撿得數款，不拘清末民初，但求巧拙。喪志到底！

玩物弄人之際，忽來台北張佛千先生的信，謂近日嵌得「董橋」一聯，並求得梁實秋先生親筆於佳紙，拳拳勉勵，感悉莫可名狀！聯云：「董遇三餘學乃博，橋松千尺龍其飛」；董遇教人讀書當以三餘，「冬者歲之餘，夜者日之餘，陰雨者時之餘」，語雖樸淺，卻名理醰醰，顚撲不破，對此能不收拾閒散之心，補讀未完之書耶?!

——一九八六年三月

英倫日誌半葉

晨起陰晦，微風小有春寒；在羅素廣場車站前購日報數份，回旅次喝咖啡讀報：新聞沉悶，社評清新，副刊一塵不染，大報書評版大致可觀。十時至街角羅素飯店看舊書展。入門書味撲鼻，未可言香。數十攤位井然有序，逐一瀏覽，知書價比兩年前漲二三成。版畫舊插圖似甚暢銷，Eric Gill 爲其妻雕畫之藏書票一枚，標價竟九十英鎊，殊蠻橫！過一專營飛禽書籍之攤位，攤主少婦坐攤邊露乳爲懷中嬰兒餵奶，濃髮過肩，肌白如水，姿態柔美，彷彿 John Buckland Wright 木刻插圖 Hymn to Proserpine 中之女像；攤前有臃腫老叟一邊翻書一邊與之搭訕，相貌舉止酷肖邱吉爾，因憶邱翁軼事一段：邱吉爾在美赴自助午宴，主菜凍炸雞；邱翁吃畢一碟再要一碟，很禮貌地說：「我可以要一份胸肉嗎？」女主人在旁插嘴曰：「邱吉爾先生，敝國不作興說胸肉，我們說白肉或黑肉。」邱翁頻頻致歉。翌日，女主人忽得邱翁派人送來之蘭花一朵，附便箋曰：「請將此花別於夫人白肉之上，不勝感激！」英人多小器，心中尤其小覷美國英文；邱翁生平字斟句酌，豈可不報白肉黑肉一語之仇？思至此，攤前觀書顧客已增四五人，飛禽古籍忽見熱門矣！十一時三十分匆匆看畢，得袖珍插圖本《書癡語錄》一冊、本世紀初泛黃淑女照相明信片數款。出羅素飯店，但見漫天豔陽，對街小公園綠影婆娑，一片盛夏氣息。驅車至 Handover Sq. 之聖喬治街畫廊參觀 Forbidden Library 春宮插圖展覽，兩層小樓掛滿十八世紀至今之小幅版畫春宮，春色關不住矣！《泰晤士報文學增刊》選登之匈牙利畫家 Zichy「擁抱」一幅果然最是精絕，售價一百一十二英鎊，惜已爲識者所訂；其他稱意者亦都注明「已售」。據聞世間收集春宮畫最富者係二位女士，一爲伊朗王姊姊，一爲披頭士遺孀大野洋子。英國自去年第一次舉辦淫書插圖展以來，古版春宮市場如春筍勃發，檯底交易轉爲檯上買賣，歐陸各地精品亦紛紛流入倫敦豪門書齋之中。原作既不可近狎，只得購彩色插圖本畫展目錄一冊、彩色明信片四款，聊作止渴之梅。正午苦熱，在 Coconut Grove 用膳後，即往另一家畫廊取昨日購下之小畫二幅，皆 Stephen Whittle 之「英國鄉居小品」上彩蝕刻組畫，清淡細緻，予人寧靜之美感。二時回旅次午寢半小時，精神轉佳，漫步至 Shaftesbury Avenue 戲院看 E. M. Forster 小說 *A Room with a View* 改編之影片，全片渲染氣氛恰到好處，對白布局亦甚合英國書香世家心態，不著氣魄，盡得風流。散場斜陽滿街，依原路散步回羅素廣場，途經大英博物館附近之深巷，忽聞 Whitehall 小客棧之酒館傳出悠雅鋼琴聲，皆陳年舊曲；入內喝啤酒一杯，滿室冷清，不見酒客，但見琴手老暮，獨自閉目輕拂琴鍵，爛醉於如詩如酒之往昔情懷中。

——一九八六年七月

中年是下午茶

1

中年最是尷尬。天沒亮就睡不著的年齡。只會感慨不會感動的年齡；只有哀愁沒有憤怒的年齡。中年是吻女人額頭不是吻女人嘴唇的年齡；是用濃咖啡服食胃藥的年齡。中年是下午茶；忘了童年的早餐吃的是稀飯還是饅頭；青年的午餐那些冰糖元蹄蔥爆羊肉都還沒有消化掉；老年的晚餐會是清蒸石斑還是紅燒豆腐也沒主意；至於八十歲以後的消夜就更渺茫了：一方餅乾？一杯牛奶？總之這頓下午茶是攪一杯往事、切一塊鄉愁、榨幾滴希望的下午。不是在倫敦夏蕙那麼維多利亞的地方，也不是在成功大學對面冰室那麼蘇雪林的地方，更不是在北平琉璃廠那麼聞一多的地方；是在沒有艾略特、沒有胡適之、沒有周作人的香港。詩人龐德太天眞了，竟說中年樂趣無窮，其中一樂是發現自己當年做得對，也發現自己比十七歲或者二十三歲那年的所思所為還要對。人已徹骨，天尚含糊；豈料詩人比天還含糊！中年是看不厭臺靜農的字看不上畢卡索的畫的年齡：「山郭春聲聽夜潮，片帆天際白雲遙；東風未綠秦淮柳，殘雪江山是六朝！」

2

中年是雜念越想越長、文章越寫越短的年齡。可是納坡可夫在巴黎等著去美國的期間，每天徹夜躲在沖涼房裡寫書，不敢吵醒妻子和嬰兒。杜思妥也夫斯基懷念聖彼得斯堡半夜裡還冒出白光的藍天，說是這種天色教人不容易也不需要上床，可以不斷寫稿。梭羅一生獨居，寫到筆下的約翰·布朗快上吊的時候，竟夜夜失眠，枕頭下壓著紙筆，輾轉反側之餘隨時在黑暗中寫稿。托瑪斯·曼臨終前在威尼斯天天破曉起床，沖冷水浴，在原稿前點上幾支蠟燭，埋頭寫作二三小時。亨利·詹姆斯日夜寫稿，出名多產，跟名流墨客夜夜酬酢，半夜裡回到家裡還可以坐下來給朋友寫十六頁長的信。他們都是超人：雜念既多，文章也多。

中年是危險的年齡：不是腦子太忙、精子太閒；就是精子太忙、腦子太閒。中年是一次毫無期待心情的約會：你來了也好，最好你不來！中年的故事是那隻撲空的精子的故事：那隻精子日夜在精囊裡跳跳蹦蹦鍛鍊身體，說是將來好搶先結成健康的胖娃娃；有一天，精囊裡一陣滾熱，千萬隻精子爭先恐後往閘口奔過去，突然間，搶在前頭的那隻壯精子轉身往回跑，大家莫名其妙問他幹嘛不搶著去投胎？那隻壯精子喘著氣說：「搶個屁！他在自瀆！」

3

「數卷殘書，半窗寒燭，冷落荒齋裡。」這是中年。《晉書》本傳裡記阮咸，說「七月七日，北阮盛曬衣服，皆錦綺燦目。咸以竿掛大布犢鼻於庭。人或怪之。答曰：『未能免俗，聊復爾耳！』」大家曬出來的衣服都那麼漂亮，家貧沒有多少衣服好曬的人，只好掛出了粗布短褲，算是不能免俗，姑且如此而已。

中年是「未能免俗，聊復爾耳」的年齡。

——選自圓神版《跟中國的夢賽跑》（一九八七年一月）

父親加女兒等於回憶

Veronica：

你在聖誕卡片上祝我的佳節假期充滿甜美的回憶，我看了高興得說不出話來。

我很喜歡聖誕節，不知道爲甚麼。今年你不在身邊：第一次不在我身邊過聖誕節。我對自己說：「不要緊，這樣她才會長大。這樣她才會長大！」不再讀狄更斯的聖誕故事給你聽了；不再跟你站在倫敦家裡南窗前看平安夜的雪景了；不再教你怎麼生壁爐裡的火了；半夜裡不再偷偷把給你的禮物放進紅襪子裡了；不再餵你吃媽媽烤爐裡烤出來的火雞了；再也看不到你拖著弟弟到聖誕樹下去數一包包的禮物了。你長大了；弟弟也長大了。你不在身邊；弟弟還在身邊；再過一兩年，弟弟也該到你那裡去念書了，到時家裡會更靜。你們的聖誕節會越來越熱鬧；我們的聖誕節會越來越寂寞。一直到有那麼一天，你們都帶著你們各人的孩子們回來過聖誕節，我們的聖誕節才會又熱鬧起來。可是那種熱鬧畢竟是不同了。據說人生就是這樣。我不知道。快樂是人想像出來的：

> "Heap on more wood!— The wind is chill;
> But let it whistle as it will,
> We'll keep our Christmas merry still."

記得Sir Walter Scott的這幾句詩嗎？不但是聖誕節，一年到頭都應該這樣。外頭眞冷；我是越來越怕冷了，只好多躲在家裡。可是我還是懷念倫敦的雪。今年下了雪沒有？你幾次來信都忘了提，只顧告訴我們你計劃怎麼跟你的朋友過聖誕。眞是！我當然知道我自己是"At Christmas I no more desire a rose"而你正是渴望一朵玫瑰的年齡。那天看到你收到男朋友送你的玫瑰，你的臉是那麼亮，你笑得那麼開心，我心中一驚，好久好久才想起你小時候在媽媽懷裡的那張臉！我知道你終於開始要在憂傷中想像快樂的滋味了。我不知道你心中的愛情是甚麼滋味，大概也差不多是那種滋味吧。你不會告訴我；我也不會問你。不論是成是敗，每一個人都以爲自己的愛情是最特別的、最動人的；這是好的，也是對的；不然誰會有勇氣跟一個陌生人分享一張床，而且一睡就好多年？誰都希望自己收到的聖誕禮物比別人多。你還要過好多好多個聖誕節，還要收到好多好多禮物。你慢慢等吧！其實，世界上的人天天、時時、刻刻都在等禮物，只是有的人等不到。我只想告訴你：不要只顧等玫瑰花！天下禮物好多種，你永遠猜不到你會收到哪一種。這是人生的樂趣，也是人生的煩惱，誰都避不了。那個可憐的 George Grossmith 說了一句名言一傳傳到現在：“I am a poor man, but I would gladly give ten shillings to find out who sent me the insulting Christmas card I received this morning.”你懂嗎？

看到你在談戀愛，我心裡又擔憂又高興。道理是說不通的。我沒有理由擔憂，也沒有理由高興。你是我的女兒，可是我到底不是你。我憑甚麼爲人家送你的一朵玫瑰花而擔憂、而高興？文學害人不淺；沒有文學渲染，玫瑰花根本不會那麼可愛，也不會那麼可怕。幸好你念的是政治、是歷史，不然我更睡不著了！人活著就離不開政治；人一開始學會穿衣服遮羞之後，戀愛就離不開政治手腕。政治是管理別人的藝術或科學。愛情離得開「管理」嗎？說一對男女相處得幸福，意思是說這兩個人很懂得互相「管理」的藝術。至少我是這樣想的。說齷齪大概也有齷齪的時候吧。「我愛你」三個字聽聽好聽，想深一層就不那麼簡單了。不是潑你冷水；想通了這一點道理，你會比較容易快樂。我也是不快樂了好久才悟出這個道理的；現在當然無所謂快樂或不快樂了，總之是舒服多了就是。文學教你怎麼說「我愛你」；政治教你怎麼解釋「我愛你」；歷史則教你從別人對另一個別人說的「我愛你」之中學會甚麼時候不說「我愛你」。

你放心，「甜美的回憶」就是這樣累積起來的。

Dad的字

——選自圓神版《跟中國的夢賽跑》（一九八七年一月）

古玩鋪

回倫敦已經夠高興了，在倫敦跟你見面更等於是在舊書鋪裡撿回自己當年忍痛賣出去的一部絕版書。絕版書是眞朋友，太難找了。起初以爲你去了百慕達度暑假，想不到那天你眞在火車站裡等我十點十四分的那一班火車。滑鐵盧車站那麼多人，幸好你身上那條白底藍花的裙子還沒有褪色，不然我也找不到你。你們倫敦人到底是倫敦人，懷舊得很；如今樣樣設計都帶古風，你衣櫥裡的維多利亞花裙子白襯衫都派上用場了。「文化就是這樣保存起來的」，你會說。其實，我到現在還不明白文化是甚麼東西。你當年在牛津跟我大談艾略特的"Notes towards the Definition of Culture"和喬治・史泰納的"In Bluebeard's Castle: Notes toward the Redefinition of Culture."，我至今印象模糊；倒是詩人Heinz Johst的那句名言歷久彌新：「一聽到文化，我就想拔槍！」你們英國人實在保存了太多舊東西了，始終捨不得拔起槍來毀掉幾樣舊東西。難怪英國人都那麼文靜，那麼內向：你們心裡都有一爿古玩鋪，古花瓶舊彩瓷堆了一大堆，高聲談笑恐怕會把這些寶貝震破！……我又在反英了，你說。其實不然。心裡有一爿古玩鋪是好的；人最終差不多都是孤獨的；一切靠自己。每一個人雖然都是社會的一分子，可是最後他會覺得實在可以「例外」。古玩很難跟人家共玩；撿到一二件心愛的古花瓶舊彩瓷，總是擺在自己案頭清玩舒服。這不是自私，是自救。D. H. Lawrence那一篇短篇 "The Rocking-Horse Winner" 我很喜歡：開場句子尤其精到：「有一位婦人天生漂亮，萬事起頭她都占盡優勢，可惜她運氣不好。」你們英國人就是這個婦人；其實這個世界上的每一個人都是這個婦人。占盡優勢是一回事，運氣不好又是另一回事。到了最終孤獨，也就更捨不得心裡古玩鋪剩下的那幾件古花瓶舊彩瓷了，終日把玩，也無所謂惆悵不惆悵了。那天在那家舊書鋪隔壁的咖啡館裡你問我對英國當代文學有甚麼新的心得，我一時答不出來，現在想想，還是你們心中那爿古玩鋪在作崇。不瞞你說，近年過眼的英國文藝作品都有一個共同點：纖巧有餘，磅礴不足！這跟你們出產的 Wedgewood 瓷器一樣，細緻得很，擺在玫瑰園裡喝下午茶或者端到客廳裡喝咖啡是再適合不過了，要說拿到倫敦街邊當做吃快餐的餐具就有點滑稽了。你們英國人的政治又何嘗不是這樣？英國報上社論都抱怨你們的政治家跟中共談判香港問題節節讓步，尊嚴掃地。說眞的，柴契爾夫人和賀維這批人也是英國人，心中也有一爿古玩鋪，加上起頭占盡優勢，如今運氣不好，只好決定把剩下的幾件香港古花瓶舊彩瓷搬回唐寧街十號擺一擺作個紀念算了，還跟中共計較甚麼？至於香港人，英國人只好對他們說：給你們來點代議制吧，來點民主吧。這些帶點裂痕的古玩古瓷也算骨董，雖不值錢，擺在客廳裡還可以充充古雅。頂多是這樣。香港兩局議員跑到倫敦去抱怨Wedgewood的瓷杯有裂痕，漏水；又跑去北京抱怨景德鎮的青花太脆，不經擺；這又何必呢？牛津與劍橋跟哈佛與耶魯一樣，是世仇；你有沒有聽過這樣一則笑話：一位牛津學生和一位劍橋學生在運動場的男廁所裡碰上了；小解之後，牛津學生馬上洗手，劍橋那位竟不洗手。牛津學生自以爲抓到對方的小辮子，訕笑道：「你們劍橋的老師沒有教你們小便之後要洗手嗎？」那位劍橋學生毫不動容盯著他說：「我們的老師教我們小便不要弄髒自己的手！」彼此道不同，還有甚麼好爭的？那天你問起香港的前途，我不想談，這裡順筆答你幾句。老實說，我蠻欣賞你們英國人人心中都有一爿古玩鋪。世間人人都是收藏家；收藏家是孤獨的。而人的孤獨就是人的尊嚴。寫到這裡，想到你家後園裡那株櫻桃樹，櫻桃長得多極了，又那麼甜。你說：「這株櫻桃樹懂得保持自己的尊嚴，長出來的櫻桃每年一樣甜，不必施肥。」……跟你見面太高興了；讓我又帶回一兩件古玩，藏在心裡的古玩鋪中。……

——選自圓神版《跟中國的夢賽跑》（一九八七年一月）

桂花巷裡桂花香

人到中年格外依戀帶著鄉土氣息的景物人事。前夜燈下讀《晚春情事》，窗外微風細雨，沒有人影，沒有車聲，彷彿回到了兒時的古宅舊院之中，只是聽不到老樹下池塘裡的那幾聲蛙鳴。我眞的很惦念書中那個叫春燕的女人：她把頭髮打散，慢慢抹上桂花油，濃密的青絲頓時顯得又黑又亮。她纖秀的雙手匆匆把頭髮綰成一個鬆鬆的髻，再插上一朵水紅的小花，同時在臉上頸上打上一點薄薄的香粉，走起路來飄著一陣香風。到了「夏日炎炎的午後，偌大的張家宅院悄無聲息，濃濃密密的樹葉在陽光中輕輕搖曳，春燕幽幽地步出臥房，下了樓梯，穿過長長的走廊，穿過天井，出了後門，來到對街朱家店鋪裡買繡花線。早上張母替她擦的胭脂還部分殘留在臉上，看起來別有一番豔豔的風韻」。

小說拍成了電影，演春燕的是陸小芬，十足台灣南部小鎮富貴人家的少艾：清素的螺髻，水靈的眼神，嘴角永遠透著幾分倔強、幾分柔情。她演的那部《桂花巷》也教人低徊不已；巷子裡那一幢深深庭院我依稀認識，像三十幾年前一位老同學的老家，天井裡一株七里香的花氣至今難忘。

不必老到清末、不必舊到民初，張愛玲筆下的洋場金粉也盡是樟腦的味道了。最近到台北歷史博物館看「流金歲月」展覽，那些舊廣告畫舊月分牌都凝成二三十年代的殘夢，襯著一套套的紅木傢具，手搖的電話，鐵鑄的熨斗，高䠷的花几，黃澄澄的燈光下，人人苦苦等候張愛玲睡醒下樓見客。走完博物館的石階向左一拐，但見露亭一角，賣茶賣水，亭邊矮籬藤蔓青翠，一株老樹開的小花如殘雪點點，紛落一地。老台北灰濛濛的天空竟見三兩啼鳥匆匆飛過，原來再走幾百步就是植物園了。我突然聞到淡淡的荷香，心中浮起學生時代讀《蓮的聯想》的哀愁。“Sometimes the details in a poem will remind me of a day I would otherwise have forgotten.”

文學原是記憶的追悼。語言文字的魂魄藏在奶奶的樟木箱子裡、藏在爺爺的紫檀多寶格裡、藏在母親煎藥的陶壺裡。Arthur Brisbane勸新聞記者一生俯首讀莎翁（Read Shakespeare all through life.），還要讀一些經典古籍。他要新聞記者緊記歌德的話：在默默中培養才華，在世界潮流中鍛鍊品格（Talent is built in the silence, character in the stream of the world.）。台灣的高樓大廈我都覺得陌生，只有小巷小弄裡殘存的紅門灰瓦不斷喚回前塵影事。評審聯合報散文獎的時候，我偏愛的竟是那幾篇描繪老字號和舊情懷的文字。對著語文，我聞到的是春燕身上的桂花香。

——一九九六年八月二十二日

雲對雨，雪對風

1

堯讓天下於許由，許由恥之逃隱是個很有趣的故事。王玉民的〈「跑官」札記〉，錄了這個傳說：「堯帝追許由到箕山，求他出任九州長。許由堅辭，並認爲是受了奇恥大辱，急匆匆跑到河邊去洗耳朵。正巧碰上飲牛的巢父，巢父問了緣由，竟怒斥許由：『你若深藏不露，不介入世俗，誰能找上你？而你來洗耳，無非又是一種沽名釣譽！我在下游飲牛，你在上游洗耳，這不是要弄髒我的牛口嗎？』說著，便憤然向上游走去。」最痛快的是罵許由借洗耳去沽名釣譽。明朝末年有個詩人說：「斷送江山八股文」；其實，知識分子的八股文意識至今不知毀掉多少學人書生的前程。清初中醫徐靈胎勸世的「道情」小調有一首云：「讀書人，最不齊。爛時文，爛如泥。國家本爲求材計，誰知道變作了欺人技。三句承題，兩句破題，便道是聖門高第，可知道三通四史是何等文章，漢祖唐宗是哪一朝皇帝。案頭放高頭講章，店裡買新科利器。讀得來肩臂高低，口角噓唏。甘蔗渣嚼了又嚼，有何滋味？辜負光陰，白白昏迷一世。就教他騙得高官，也是百姓朝廷的晦氣！」

2

中國傳統讀書人修練文章的方法現在當然都過時了，迂腐的八股老早都扔進茅坑裡去了。上個星期有人在一次講座上說到《資治通鑑》一類的經典古籍讀了是不是可以學會做文章的竅門。我總覺得博覽博讀一定很好，只是大部頭的書現代人往往望而生畏，不如閒閒散散讀些小說筆記有趣。毛澤東淵博，生平讀書破萬卷，卻說格外喜歡《容齋隨筆》。去年我在書展中買到一套南昌百花洲文藝出版社出的《閒雅小品集觀——明清文人小品五十家》，閒中翻翻，頗覺適意。古籍浩瀚，有緣多讀一些明清的作品其實已經很管用了。寫詩作詞大可不必，詩詞倒不妨多念，給自己文章添幾分韻味。陳寅恪要學生學做對聯，說明對仗偶句是中文的一環特色，以此打打根基，可能真有好處。

3

我少年時在萬隆跟亦梅先生讀書，他一度要我多讀康熙車萬育作的《聲律啓蒙》。這本書啓功先生也談過，是按照《佩文詩韻》分韻部，每韻作歌訣三段：「一東（上平）：雲對雨，雪對風，晚照對晴空。來鴻對去燕，宿鳥對鳴蟲。三尺劍，六鈞弓，嶺北對江東。人間清暑殿，天上廣寒宮。兩岸曉煙楊柳綠，一園春雨杏花紅。兩鬢風霜，途次早行之客；一簑煙雨，溪邊晚釣之翁。」這樣優美的景象和氣韻，我都背了不少，跟當時英國先生教的詩一樣醉人：

Was this the face that launch'd a thousand ships,
And burnt the topless towers of Ilium?
Sweet Helen, make me immortal with a kiss!
Her lips suck forth my soul: see, where it flies!
Come Helen, come give me my soul again……

——一九九六年十二月九日

晴雯挽著頭髮闖進來

1

遠地的朋友到江浙一帶去找當代中國竹刻家的竹刻，說是去時秋已晚，一城一鎮慢慢尋夢，快到立冬才經香港搭飛機去南洋，竟只在杭州看中徐素白的一件竹臂擱，刻花鳥，聊勝於無了。他來香港停留一夜，在我的書房裡看到常州范遙青刻的臂擱，是晴雯，右上角刻「霽月難逢卿輩人」，空三字位刻小小「晴雯」二字，喜歡極了。他說他有范遙青刻的花卉筆筒，沒有他刻的仕女：「《紅樓夢》裡我最鍾情晴雯。記得林語堂寫的那篇〈晴雯的頭髮〉嗎？」我隱隱約約記得有這樣一篇文章，不記得老先生持的是甚麼觀點。朋友要我寫信問問范遙青肯不肯替他刻一件晴雯。我說我試一試；遙青有藝術家脾氣，未必肯。

2

晴雯確是美的。王夫人對鳳姐說：「上次我們跟了老太太進園逛去，有一個水蛇腰，削肩膀兒，眉眼又有些像你林妹妹的，正在那裡罵小丫頭；我心裡很看不上那狂樣子。」後來王夫人見到晴雯抱病，釵彈鬢鬆，衫垂帶褪，冷笑幾諷道：「好個美人兒！眞像個病西施了！你天天作這個輕狂樣兒給誰看！」王夫人怕晴雯把寶玉勾引壞了。寫《漫話紅樓奴婢》的周錫山說王夫人有戀子情結，說到晴雯語氣總是酸溜溜的。鳳姐也承認丫頭們裡誰都沒晴雯長得好，可是，「論舉止言語，她原輕薄些」。其實晴雯一點不輕薄，倒是周錫山說的那句：「性格極爲剛烈，嫉惡如仇，脾氣又急，聞名全園」。傻大姐拾到一個香囊，掀起抄檢大觀園的風波，抄到怡紅院，晴雯正病在床上，一聽「挽著頭髮闖進來」，掀開箱子把東西倒了一地，破口大罵王善保家的，大快人心。寶玉的雀金裘燒了個洞，晴雯怕老太太、太太罵寶玉，抱病「一面坐起來，挽了一挽頭髮，披了衣裳」，咬牙捱著補了一宵，力盡神危，寶玉忙命了小丫頭來替她捶著。

3

曹雪芹想必跟林語堂一樣喜歡晴雯的頭髮。隨便翻翻寫晴雯的段落，「釵彈鬢鬆」自是媚態的表徵，也是狐狸精的符號。後來又見她「挽著頭髮闖進來」、見她「挽了一挽頭髮」補雀金裘。濃郁烏亮的長髮加上那匆匆一挽的姿態，早就成了中國言情文學的關鍵語言。一本陶慕寧的《青樓文學與中國文化》，確是從唐朝一路拖著長長的秀髮拖到晚清：花映垂鬟轉，香迎步履飛；髮鬢垂欲解，眉黛拂能輕；髻鬢低舞席，衫袖掩歌唇；歲歲逢迎沙岸間，北人多識綠雲鬟；風流誇墮髻，時世鬥啼眉；眉殘蛾翠淺，鬟解綠雲長；口動櫻桃破，鬟低翡翠垂；亂蓬爲鬢布爲巾，曉踏寒山自負薪；嬌鬟低嚲，腰肢纖細困無力；才過笄年，初綰雲鬟，便學歌舞；起來綰髻又重梳，弄妝仍學書；嫺嬌弄春微透，鬟翠雙重；綠鬢雲垂，旖旎腰肢細。可憐晴雯被趕出大觀園重病回家，還要靠在床上對寶玉說：「只是一件，我死也不甘心：我雖生得比別人好些，並沒有私情勾引你，怎麼一口死咬定了我是個狐狸精？我今兒既擔了虛名……早知如此，我當日……」剃光了頭髮就沒事。

——一九九七年十一月十九日

歷史的臉得獎了

一九七六年初秋的一天下午，我在倫敦 Long Acre 一家賣好多插圖畫的舊書店裡挑書。我那時期搜羅了藍姆好幾種版本的 *The Essays of Elia*，那天還僥倖買到一部 Sybil Tawse 的二十四幅彩色插圖本。付錢的時候，戴著老花眼鏡的老闆娘給我看一小幅墨黑線條的圖畫，說是德國鼎鼎大名的作家、插圖畫家 Günter Grass 畫的插圖眞跡，售價六英鎊五十個便士。畫紙黃黃厚厚的，畫的是帶點歐洲風味的街景。我說這幅畫蠻漂亮，可惜我買不起。老闆娘說：「他的眞跡坊間不多，你應該藏一張。你常來，我們都熟了，我六鎊錢賣給你，你先付兩鎊，剩下的四鎊錢你以後方便慢慢付。」午後斜斜的秋陽照進書店，老闆娘的臉粉粉紅紅的，嫵媚極了。我滿心感激，卻嫌分期付款麻煩，沒要。臨走她還吩咐我說：「改變主意就給我來個電話吧！……」

一聽說 Günter Grass 得了今年的諾貝爾文學獎，我立刻想到二十三年前那位老闆娘的臉和那幅插圖：「忘卻了的歷史的臉」（“the forgotten face of history”）。諾貝爾委員會說，一九五九年《錫鼓》一出，經過了多年的語文與道德的摧殘之後，德國文學終於重新起步了。事實上，二次大戰結束，德國作家基本上分成兩種：一種是Thomas Mann那股純粹德國風格的磅礴創意，永遠燭照著世界文壇的璀璨氣勢；另一種是在巨人幽靈下徬徨的才情之士，作品缺乏的是宇宙視野；而格拉斯的崛起，無疑宣示了德國文學的博大神魄，追回湮沒了的歷史的臉。

那是比較複雜的境界。我到現在還不能掌握《錫鼓》裡那許多跳躍的寓意，只覺得那個天生具有異能的小Oskar拒絕長大確是人類最蒼涼的控訴：錫鼓成了他抗世的武器，像他的聲音那樣可以切斷鑽石，割碎玻璃。他用催情粉末偷偷撒在至愛的肚臍眼上引發她動情，當時該算是格拉斯劃時代的荒謬筆觸了。說他以傳奇色彩和誇張風格反映純粹時代及戰後生活面貌，指的只是小說裡的零星情節；重要的是史詩氣魄的藝術體現。這點，格拉斯顯得弱了些。小Oskar的命運跳不出神經病院的圍牆原是可以細細營造的啓示，可惜作者欠缺了托爾斯泰的厚度。格拉斯一九九〇年批評東西德國統一得太快，提示的正是他的政治認知過於執泥了。諾貝爾文學獎等了四十年才頒給他，爲的也許是讓他的作品多三分陳酒似的歷史的魂，不光是歷史的臉。

——一九九九年十一月

我們吃豬腳麵線去！

當時年紀小，老家擺筵席吃大菜最好玩。大菜分兩款。一款是吉雲居酒家的廣東師傅帶領一隊挑擔的夥計來燒一兩席酒菜，斜陽下香味飄滿後院的大廚房。一款是包給荷蘭流水席的辦館烹飪隊，天一亮一眾能手穿過後門闖進後花園外的籃球場上搭棚起爐灶，大鍋大鍋煮七八樣西餐招待朝夕川流的來客。從大廳到遊廊到花園到陽台都擺滿一小圍一小圍的桌椅餐具，讓穿著雪白制服的侍應穿堂入園上菜收碟。在這樣的大日子裡，我們這幫小鬼四處巡視，坐在芒果樹下歇息的大師傅見了開心，大聲喊小夥計端一大盤炸肉丸子給我們解饞。那是四、五十年代的色香味了，留色留香留味到今天……

也許正是 Marcel Proust《追憶逝水年華》裡懷戀兒時香氣的深情。十七歲離家湖海漂泊之後，我經歷了台灣白菜肥肉的克難生活，也經歷了英國土豆炸魚的清淡日子，飲食口味慢慢隨著知識的涉獵變幻：想起史湘雲想吃一碗蟹肉湯麵；想起李瓶兒想吃一碟鴨舌頭；讀藍姆的隨筆想吃燒乳豬；讀毛姆的小說想吃鵝肝醬。

飲食口味既是文化的聯想，更是聯想的文化。我從小不愛吃蜜棗，那年初秋在北京迷上秋陽中結滿棗子的棗樹，紅紅的蜜棗從此滲出甘甜的往事。我從小不愛吃橄欖，那年仲夏在羅馬市郊愛上了驕陽下翠綠的幾樹橄欖，之後，我不但在日內瓦的書鋪裡買了兩張工筆彩色橄欖樹掛圖，鹹鹹的醃橄欖一入口，也彷彿吞下了意大利山鄉的夏季。難怪 **Anne Fadiman** 在 *The Literary Glutton* 裡說，她不喜歡 **William Wordsworth** 的詩，討厭這老頭天天只愛吃凍牛肉凍醃肉；她喜歡 **John Keats**，瀟灑的騷人給朋友寫信談吃水蜜桃的過程也寫得性感得不得了！

不用說，不認識膽固醇、不認識癌症的饕餮歲月最過癮。我們閩南人老風俗相信吃豬手豬腳可以洗霉氣過難關，老家於是常常有豬腳吃。到了台南求學，深夜裡躺在宿舍的木床上想家想哭了，睡上鋪的同學掀開蚊帳悄悄說：「走！到圓環吃碗豬腳麵線去！」有一年，胡金銓到德國賣片，回程繞道倫敦。我們見他雲鎖眉宇，怕他生意泡湯。「孩子沒娘，說來話長，」他說：「在西德破客棧蹲了七八天，沒吃過別的，天天三餐只吃得起香腸酸菜，你們說我還活不活！」那天晚上，我們弄了一桌大菜孝敬他老人家：從冰糖元蹄魚蝦牛羊到炸醬麵再來一罈花雕，胡導演成了大醉俠，唱京戲說相聲最後學歐洲各國人講英語的怪腔調。子夜一過，他瞇著雙眼說：「朕有點兒睏了……」兩秒鐘後倒頭在沙發上打呼嚕……

——二○○○年十月二十日・選自未來書城版《回家的感覺眞好》

岡山寄來一段夢憶

高雄縣岡山鎮的郭際岡先生給我來信，還影印了一頁周夢蝶先生的舊作〈風耳樓小牘〉，說是給我燈下消閒。信上說，我在一篇小文裡說：寫文言像文言，寫白話是白話，那是基本功；文白夾雜而風格自見，那是造詣；郭先生於是想起「一位很性格的作家周夢蝶先生」。他怕我不記得周夢蝶是誰，加了按語說周老先生今年八十歲，早年在台北武昌街擺書攤過著清苦的日子，後來胃病，收拾書攤隱居朋友家裡。

我其實年紀輕輕就喜讀周夢蝶的新詩，白裡透文，讀起來像詞，有好幾首直似姜白石作品的白話本。那是余光中《蓮的聯想》紅遍校園的年月，他們既是同時代的詩人，又是朋友，不同的是余先生的詩靈巧，周先生的詩沉酣。我後來讀他的散文小品，那是明朝人的心井和墨痕了，三分像張岱的《陶庵夢憶》。

周夢蝶的〈風耳樓小牘〉似乎都發表在瘂弦主編的《幼獅文藝》和《聯合副刊》上，以一封封信說見聞、說讀書、說人生。郭際岡信上提到當年他給瘂弦寫信，希望周先生這些小品可以出書，瘂弦回信說湊夠字數一定出。十幾二十年過去，書還出不成，瘂弦早就退休，台灣讀書界的品味也許也變了，周公舊作結集當更渺茫了。

我記得我和同學去過周夢蝶街邊的書攤買過一兩次書，印象中離文星書店不遠，走幾段路就是植物公園了，其實是郭先生說的武昌街。周公清臒，遠看酷肖弘一法師，近看正是他〈小牘〉裡說的額頭留著幼時失足跌倒的「疤痕一寸如蠶」，耳薄、頂禿、鼻仰、肩削。我那時聽說他多病，原來是「胃潰瘍、十二指腸杜塞、膝肘寒濕、貧血等種種疾患，殆指不勝屈」！我們抱著仰慕和好奇的心情去買書，怯怯然不多說話。過了多年，我在台灣報刊上發表文章，出了幾本書，朋友才告訴我說周夢蝶頻頻誇讚我寫得好。其實我偷偷學了他不少技巧倒是眞的。

詩人身體合該消瘦，心地合該靜美。周公學佛，筆下常常露出禪機，有一封給裁縫的信說：「裁縫爲實用且嫻雅之行業。嘗聞之先祖母曰：『家有千金，不如薄技在身。』而今而後，出而作，入而息，仰不愧，俯不怍；人間大富貴與眞快樂，寧有適於此者？」這樣的文言最是載得動悲慈之心。一寫到張愛玲，他的文字不免故意白了一點點：「骨秀神清多愁善感的女子，久住嚴寒地區，很可能於一夜之間結晶又結晶，醒來時，人已嬋娟爲一影梅花，在自己的暗香裡悠然微笑」。都說中文不是中文了，周夢蝶這樣的功力當然也沒人願意苦練了……

——二〇〇〇年十二月二十日・選自未來書城版《回家的感覺眞好》

養起一縷乾坤清氣

家藏一件扇面，一面是溥心畬畫秋風仕女，一面是袁世凱次子袁寒雲題一首七絕，都是寫給一位韻孫先生的。袁寒雲行書雅醇，陳巨來說他春冬兩季懶得起床，能平臥床上仰而寫字，雖小楷也工整異常。冬至後必住進旅館取暖，誰來求字都寫，從來未見他對人有輕視之態。溥心畬不然，人情世故不周，篆刻名家王福厂弟子頓立夫送上兩方印章求正，溥先生當面在硯磚上磨去印文，要陳巨來重刻。吳仲桐送來一冊手集古人印拓，溥先生又隨手交給陳巨來說：「送你吧。」陳巨來不便要，溥先生說：「你不要？」轉手丟進字紙簍了事。

溥心畬詩書畫精絕，手高眼高，瞧得上眼的藝苑藝事雖說不多，那樣不留情面，倒是新鮮過頭了。藝術審美品味本來漫無法則，高下之議，雅俗之想，憑的盡是個人學養見聞的一把尺，朦朧意會，朦朧言傳，各代各家毀毀譽譽，都不必認眞奉爲圭臬。只能說，袁寒雲的隨和與溥心畬的率眞俱見境界，眞名士也。

名士難求。上海潘亦孚編印他三、四年來集藏的中國百年文人墨跡，一百三十來幅墨寶，既成百年青史的眉批，更是風雨名士的笑聲和淚影。書裡文人，有的是書家，有的不是，名氣都大，字都成字，那是眞的，不然潘先生也犯不著費心去搜羅。齊白石畫櫻桃，題句云：「若教染上佳人口，言事言情總斷魂」；儻非佳人，自是白染矣！溥儒論宋元山水，說「畫以意爲主，得其意而已矣」；然則文人手跡，以人爲主，得其人，夠了：「一百三十來位文人，可以構成一個文化團體了，這個團體跨越歷史，橫在當代，也活在明天」，潘亦孚說。

我是舊派的人：窗竹搖影、野泉滴硯的少年光景揮之未去，電腦鍵盤敲打文學的年代來了，心中嚮往的竟還是青帘沽酒、紅日賞花的幽情。我從來享受不到潘先生那樣的翰墨因緣，幾十年來畢竟不甘寂寞，機會湊泊，意愜價洽，片紙隻字都收來織夢，求的不外是騙騙自己，覺得養起了「長劍一杯酒、高樓萬里心」的那一縷乾坤清氣。

潘亦孚興許也是這樣的懷抱；難得政治氣氛遷就了他，思想各異的文人墨跡這才綴得成滿園繁花的玉堂氣象。那不光是亦孚命好，書裡文人的後福也厚。玩古玉的人深信歷代玉雕風格都具成規：春秋繁複、秦漢細疏、唐宋密美、明粗清精。其實未必。文化藝術眞可以這樣劃一歸類、劃一鑑賞，文化一定平庸，藝術一定僵硬，潘先生一定提不起興致去搜羅這批藏品，編出來的這部墨跡，也一定轉手給溥心畬丟進字紙簍了事。

——二〇〇〇年十二月二十七日・選自未來書城版《回家的感覺眞好》

溫潤是君子的仁

那年隆冬的一天下午，我在劍橋圖書館裡查完要查的資料，信步到處瀏覽架子上的書。我好奇抽出一本那志良的《典守故宮七十年》，看了幾頁不忍釋手，坐下來一路看下去。看到幾十頁，猛然想起回倫敦的火車時間快到了，匆匆走出圖書館。暮色漸濃，天上飄著冷冷的雪花，我的心還留在那本書裡。過了幾年，我在朋友的書房裡借來那本書，徹夜讀完，思緒起伏，想到國破的山河和文物的命運。

那先生去年九十三歲在台北去世了。他民國前五年在北平出世，姓「那」當是旗人。十九歲進故宮工作，二十二歲開始研究古玉器，一生著述編纂了四十多部專著，成了古玉器鑑賞權威。我沒有見過那先生，對古舊文玩的興趣慢慢濃起來之後，倒讀了老先生寫的一些專書。他學問深而下筆淺，沒把好玩的玉器塞進學術的悶葫蘆裡悶死人。我常用「溫潤」一詞，中國人形容美玉也愛用這個詞，卻說不清是甚麼樣子。那老先生在一本書裡說，他也沒有適當的詞句去形容這兩個字，只能用實物去體現：「比如春天到了，孩子們已然在家裡關了幾個月了，都想要出來走走，你帶他們到公園去，教他們隨意奔跑、追逐。當他們回到你的身邊時，你看他們的臉，那就是『溫潤』的樣子。所謂『白裡透紅，紅裡透白』，看它很透很軟，你不敢摸它，怕是一摸就會觸破了；但若是眞的摸了，它還是很硬呢！」這種現象，古人比之爲君子的「仁」。從此，我認識了溫潤的具體形象，從而也領會文物和文章一樣，到了一定的境界，確有那凝脂之美。

那先生淡淡一句話往往救得了收藏文物生手的錢包。瑪瑙也算作玉，以巧色爲貴，帶點紅色更値錢。有一天，我跟台北來的朋友逛古玩鋪，他看上了一件乾隆工的瑪瑙掛件，白裡沁黑，雕得極精，價錢極貴。我眼看他舉棋不定，痛苦萬狀，悄悄對他說：「那志良有一本書裡引過一句古話，說『瑪瑙無紅一世窮』。這件精品沒紅，我們撤退！」誰都忌諱窮困，朋友一聽如釋重負，空手昂步走出小鋪，彷彿發了一筆橫財！

前兩天，台灣報上有那先生的學生周述蓉回憶老師的文章，寫得眞切。她說，有一次跟老師一起逛古玩鋪，看到一件古玉鳳鳥，琢工沁色都上乘。老師對她笑著眨了眨眼，又怕她不懂，用胳膊撞了撞她，示意教她買下。我有這樣的老師就好了。

——選自未來書城版《心中石榴又紅了》（二〇〇一年六月）

晚風中的薔薇

我最喜愛的演員 Meryl Streep 主演 Music of the Heart，演紐約小提琴教師 Roberta Guaspari 的故事。Guaspari 今年五十一歲，二十年來極力提倡給小孩灌輸音樂品味，不辭勞苦，拿不到足夠的政府資助，四處籌款設立基金，堅持開班。她說：她關心的「不是古典音樂，是古典正統的教育」。她跟美國一大批學者一樣，覺得孩子們會玩樂器會比光坐在電腦前面得到更多的啓示。十多年前寫 *Frames of Mind* 出名的哈佛大學教育與心理學教授 Howard Gardner 說：「大家都急著讓孩子做好準備邁進科技社會，他們幾乎都不敢提音樂了！」

美國政府近年不斷削減人文科目的教育經費是鐵一般的事實。精神文明的荒蕪早就成了社會的隱憂，紐約市政府上個月開始撥出更多的經費去振興文學藝術音樂的教化工作，說是要消滅這個世界文化大都的頹風。哥倫比亞大學師範學院 Maxine Greene 教授的一句話成了晨鐘暮鼓：「音樂藝術具有喚醒人類心智的功能」。Meryl Streep 在 Guaspari 的音樂課堂上泡了幾天之後換來了「滿心的感動」。

那天晚上，我們在芬蘭 Porvoo 附近一家古樸的鄉村飯館裡吃地道的芬蘭菜餚。飯館不大，粗壯的樺木柱子配雪白的四壁，土紅亮麗的方磚鋪滿兩座寬大的廳堂。夏季天黑得晚，落地長窗外的小花園在淡淡的暮色中散發入夜前瞬息的繽紛。我們喝了好多種餐酒，微醺之際，有人低聲唱出一支芬蘭情歌，悽切而深幽。一位大鬍子美國朋友醉意漸濃，走到角落裡掀開鋼琴一邊彈一邊唱 Moon River。幾桌的人都跟著唱。他越唱越起勁，抓我過去替他接著彈。另一座廳堂裡的客人都過來看我們胡鬧，有幾對男女忽然翩翩跳起舞來。

鋼琴彈出 In the Mood 的時候，五六個年輕人一個箭步跑到花園裡的小池邊大跳牛仔舞。那天晚上，我跟大鬍子輪流彈遍古老的歐美歌曲，那麼多不同國家來的人居然都會哼幾段。有個荷蘭中年人說他只會彈小史特勞斯的〈藍色多瑙河〉，坐下來一出手有點生硬，彈第二遍就彈出味道來了。深夜話別，一位芬蘭女教師輕聲對我說：“The man that hath no music in himself / Nor is not moved with concord of sweet sounds / Is fit for treasons, stratagems and spoils...”我沒等她念完就脫口而說：“The Merchant of Venice”！暗黃的街燈下，她甜甜的一笑像晚風中的薔薇。

繆姑太的扇子

古玩發人幽思，也常常惹人豔想。好古之士未必身沾風流之事，萬一遇到薛濤彩箋、飛燕玉印，肯定難禁風流之心。葉遐庵在北平得到黃莘田桃花凍石章，有莘田題句云：「十硯齋頭最可人，年來借此伴閒身；摩挲每上蔥尖手，麗澤更加一倍新。」葉先生看了不禁「神往」，說「不知所謂『蔥尖手』，是指金樱否也？」黃莘田是康雍年間的縣太爺；千金買硯，築十硯軒珍藏平生心愛的絕品；千金買婢，婢名金櫻，必然也是動人的絕色，連遐翁都忍不住遙想她的玉手了。葉遐庵自己也喜藏硯，藏品中有馬湘蘭、顧太清等名媛美女用過的凝英紫石，大慰寂寥。他曾見葉小鸞的眉子硯，在《題詠冊》上一題就是十首詩，慨嘆亂紅凋盡，彩雲惆悵，只剩孤香閣外雨如絲！我完全可以理解葉遐庵的心情。當年叢碧既得了柳如是的蘼蕪硯，又買到錢謙益的玉鳳砵硯，我雖然沒親眼見過這兩件稀世的文物，總覺得河東君那方水岩名品，一定比牧齋老人的玉硯細膩溫潤得多。

金櫻的蔥尖手玩過的石章已經夠銷魂了，寫《琉璃廠雜記》的周肇祥在廠肆得到的東西竟然更爲要命。他說，近日有河南人於古貴人葬地發掘多墓，得了幾枚圓形白玉，比圓幣稍大，外隆而內窪，中有穿。他買了四枚，大小各二，細爲詢問，考其棺中部位，始知是壓乳的玉器。他買的那四枚，大者妃夫人，小者亦貴主；大者嫣紅，小者酣黃，略加摩撫，色復瑩澤。周肇祥趕緊貯以沉檀之匣，韉以蒲桃之錦，題曰「雞頭豔跡」四個字，說是「眞千古銷魂蕩魄之物也」！

我非常羡慕周先生的豔遇，也很爲他的眷戀之情而會心。他一生篤嗜古物，佳器名畫，多所寓目，既不放過幽思豔想的機緣，甚至留心瞬息浮現的美的景致。有一次，他路過眞如寺的殘垣斷壁之間，几椽破屋裡有個女人在梳理長髮，一聽到人聲隨即挽髮迎了出來，周先生說她「面黃而好」，還聽她細說古寺毀了十多年，一木一石都運走了，目下此地是官地云云。訪古訪舊而有這樣的邂逅，確是愜意的經驗。我早年得過一枝乾隆工的玉簪，色如秋葵，斑暈爛然，盤了半天，想到那百合的髮香，已經很好受了。

去年深秋，骨董鋪大雅齋的老先生讓我欣賞一把繆嘉蕙送給慈禧太后的玳瑁摺扇。扇骨一邊刻鳥篆「受命於天，既壽永昌」，下款是「光緒甲辰新正臣妾繆嘉蕙恭巂」；另一邊則有「聲韻辰翰」楷書，四字之間以微雕刻諸葛亮〈出師表〉隔開：「聲」字下面錄十二行，「韻」字下面錄十一行，「辰」字下面錄十行，「翰」字下面錄八行，每行十二、三字不等；用放大鏡看才看出小小行書之挺秀。查光緒甲辰即光緒三十年，公元一九〇四慈禧七十正壽之年。據說，孝欽后七旬萬壽之年，光是藩王送來的貢物就三十箱，有金沙、金豆、珊瑚、瑪瑙、狐豹皮、哈蜜瓜等物。

我對慈禧太后興趣不大，對繆嘉蕙倒很好奇，隨意翻翻十三本《清稗類鈔》找她的倩影。她字素筠，雲南昆明人，嫁同邑陳氏，隨夫宦蜀，夫死子幼，以彈琴賣畫為活。光緒中葉，慈禧怡情翰墨，學繪花卉，又作擘窠大字以賜大臣，很想得一二代筆的婦人，詔各省覓之。慈禧召試嘉蕙，一試大喜，置諸左右，朝夕不離，並免她跪拜，賞三品服色，從此給老佛爺代筆作畫寫字。嘉蕙所得月俸雖然不多，間作應酬筆墨，寄售廠肆，潤金極昂而人爭購之，都愛「繆姑太花鳥」，卒年七十七。

慈禧當時聘請的兩位代筆都孀居，嘉蕙之外是姚彥侍方伯之嫂，不知是誰。據說，繆嘉蕙是雲南繆中書嘉玉之妹，通書史，善篆隸。她參承禁闥，入陪清宴，出侍宸遊，慈禧每於政暇即召入寢宮，賜她坐在地上閒論今古，聽她說學問，內監都稱她為繆先生。她就住在老佛爺寢宮東偏的小室，終日不得擅自出戶，青春就這樣耗掉二十多年，主子過大生日還不能不送禮。

嘉蕙貢奉的這把玳瑁摺扇眞是精美。大海龜背上角質板做的扇骨色近牛角，光可鑑人；二十一檔攤開來都具褐色和淡黃相間的天然花紋，正合包銘新說的「人以此貴之」，何況還是繆嘉蕙的手澤！我燈下看到了字裡行間的她，也看到了字裡行間的慈禧。慈禧有畫像，太難看了；嘉蕙沒有，反而發我幽思，惹我豔想。《清稗類鈔》第一冊三八六頁上說，慈禧太后喜歡在雨中散步，若非大雨，輒不張傘，隨侍宮眷雖然都帶了雨傘，卻不敢用。我掩卷閉目，彷彿看到了清麗的繆嘉蕙在雨中園林步著老佛爺踩過的泥濘，款款走回儲秀宮，淋得滿頭滿身都濕了。我於是決定買大雅齋老先生藏的那把扇子。

那天晚上，我接著翻《清稗類鈔》，就在三八七頁上讀到這樣一則故事：「滇中繆素筠女士以代孝欽后作畫，供奉宮中，軀肥而矮。孝欽嘗覓得大號鳳冠一頂及玉帶蟒袍之類，命著之，侍立於旁，以為笑樂。」我摩撫繆姑太的扇子，終不死心，情願相信她雖「軀肥而矮」，畢竟「面『紅』而好」。

輯四

布爾喬亞

名士往往生活在半真半幻的世界裡
他們在書海中尋求現實世界
又在現實世界中
製造書海裡的人生
最後總分辨不出是真是幻

楊振寧的靈感

楊振寧一九四二年在昆明西南聯大得學士學位，一九四四年得碩士學位，一九四五年聖誕節前後到了芝加哥，一九四六年一月正式報名進芝大當研究生，一九五七年和李政道得諾貝爾物理學獎金。出版一年多的英文本《楊振寧論文選集》（*Selected Papers 1945-1980 With Commentary*）全書五八五頁，前頭八十二頁是他給書中各文寫的「評注」，隱約回顧他大半生的心路歷程，既抒情又平實，英文乾淨而有風韻，很有點近代西方物理學家寫文章的清麗筆調。愛因斯坦的文采早就出了名了，一生所寫的論文、講稿、書信毫不枯澀，感人至深；詹姆士．華生寫《雙螺旋鏈》，談的雖是發現去氧核糖核酸的經過，全書反映出二次大戰後英國的整個氣氛，處處是個人性格和文化傳統的倒影，理性的鋪陳和感性的抒發都恰到分寸；我十多年前編這部書的中譯本，中英文逐字逐句對讀，眞的如沐春風，很替學文科的人擔心出路！這本書在西方暢銷，是意料中事。楊振寧在《論文選集》「評注」裡說，在每一個創作領域裡，品味加上學力、性情和機緣，決定了風格的高低，也決定了貢獻的大小。物理學原是客觀研究物質萬象的學科，說物理學家的品味和風格居然與其對物理學的貢獻影響至深，乍聽有點不可思議；其實，物質萬象自成結構，物理學家對這套結構的觀感概念，對個中萬種特徵的愛惡偏頗，正是個人鑑賞品味其來有自的道理。因此，楊振寧說，品味與風格對科學研究這樣重要並不奇怪，這跟文學、藝術和音樂是一樣的。

物理學家的文章善用隱喻明喻的手法，更可烘托嚴謹的邏輯演繹，化抽象為具象。美籍奧國物理學家P・傅蘭克說，他有一次跟愛因斯坦談起一位研究成績平平的物理學家，說他老愛處理一些極大極困難的問題，可惜始終毫無結果。愛因斯坦聽了竟說：「我佩服這種人；我最看不慣那些只願意在一塊木板上找最薄、最容易打孔的地方鑽許多洞的科學家。」楊振寧在他一九六一年寫的《基本粒子：一篇原子物理學簡史》論文裡引過這段掌故。論文談到物理學上對稱原理的部分，舉了中國格子窗、南朝祭祀銅器方鬲、荷蘭藝術家艾雪的武士策馬圖案作比喻，生動有趣。美籍德國數學家赫曼・瓦爾談到奧國物理學家、哲學家歐納斯特・馬哈試驗磁針與電線平行則磁針偏轉方向會因電流的方向而定時，也用夾在兩堆相同稻草堆中的驢子比喻磁針，說是驢子「沒有理由要決定向左或向右」，簡直一針到肉！楊振寧很欣賞這樣的靈感。

李政道和楊振寧開始研究對稱原理中左右對稱問題的時候，似乎正是中國國共左右兩方對峙激烈的時候，這兩位物理學家選擇了物理學上的這個課題做研究，想來更是品味與風格之餘的政治意識在作祟，想像力因此發揮得加倍淋漓。楊振寧曾經指出，在日常生活中，左和右極不相同，而物理定律卻經常顯示左右完全對稱，此所以量子力學有守恆定律或宇稱守恆之說；他一度極感困惑，把高能物理學家比喻成一個困在黑房裡摸不著房門的人。到了一九五六年夏天，他和李政道終於得到一個反傳統觀念的結論，認爲對稱性C、P及T在基本粒子間占優勢的作用中是守恆的，而在弱作用中就違反舊說。易言之，在弱作用中，左右對稱性經吳健雄等實驗證明並不遵守左右對稱律。楊振寧當時馬上打電報告訴正在處女島度假的美國物理學家歐本海默，歐本海默回電說：「走出房門」，誠懇，切題，風趣！美籍奧國物理學家W．包里起初不相信基本粒子強作用會顯示對稱而弱作用會顯示非對稱，事後他說他終於不得不驚嘆「上帝原來眞是個用慣左手的弱者」！但是，楊振寧在一次演講中還是說：「看來神在創造宇宙的時候，也願意某些對稱性被普遍而不完美地遵守。」今日中國大陸與台灣、中國大陸與香港之間的左右不對稱發展路向，也只好用楊振寧論文中的話認定是「自然還不曾充分揭露她自己而已」！

楊振寧一九六四年入了美籍之後還耿耿於懷，怕他父親到死不會原諒他拋鄉棄國之罪。入美籍的決定是經過幾番遲疑的；他在「評注」裡用一段小插曲點出美國華僑的血淚史：「一九六〇年代初的一個晚上，我從紐約市搭火車經派索格到布魯克海文。夜很深很沉。搖搖晃的車廂幾乎是空的。我後面坐著一位老人，我跟他聊起來。他約莫是一八九〇年生在浙江，在美國住了五十年了，替人洗衣服、洗碗，不一定。他沒結過婚，一向孤零零住一間房間。他臉上總是掛著笑容；難道他心中真的毫無怨氣？我不明白。我看著他穿過車廂裡燈光暗淡的通道在灣濱站下車，年老背駝，有點顫巍巍的，我心中悲憤交集。」一九六一年一月，楊振寧看電視看到甘乃迪就職典禮上詩人佛洛斯特朗誦〈沒有保留的奉獻〉（**The Gift Outright**），若有頓悟，著手辦理申請入籍手續。可是，在這部《論文選集》裡，他說他對物理學家的鑑賞品味是當年在昆明求學時代養成的；這部書的扉頁上有四個中國字：「獻給母親」。

——選自圓神版《這一代的事》（一九八六年一月）

回去，是爲了過去！

胡適之第一次從美國學成回國，一到故鄉，母親就對他說：「你種的茅竹現在已經成林了。你去菜園看看。」胡適說：「媽，我沒有種過竹，菜園裡那有我種的竹？」母親說：「你去看。」胡適進了菜園一看，果然長滿了茅竹，總有成千根了。母親後來告訴他說，在他十二三歲的時候，有一天傍晚，房族裡的一位春富叔用棒柱挑著一大捆竹子走過，他看見胡適站在路旁，遞了一根竹給他，說是給他做菸管。胡適拿了竹子回家對母親說：「春富叔給我做菸管，我又不會吸菸，把它種在花壇裡罷。」漫漫十多年，那根竹子在花壇裡生長得很快，發旺起來，花壇太小了，母親教人把它移到菜園裡去，眞的旺滿了菜園，還向別人的園子裡發展了去，連胡適自己都記不起，認不出了！

國不破，故鄉才是故鄉，可以隨時回去追尋舊夢，討個意外的驚喜。抗戰一勝利，顚沛流離的中國人經歷了一次結伴還鄉的樂趣，在斷瓦頹垣之中辨認親人的淚痕和笑語：山河無恙，來日的甘苦總算有個憑藉。到了一九四九年的劇變，海峽兩岸的中國人從此幾成陌路，鄉不成鄉，國不成國，古老的家山情愫黯然變質，心頭抹不掉的是倉皇避秦的舊事。胡頌平追憶一九四九年秋季從重慶撤退的情景，說是十月十一日從廣州飛到重慶，不久，酉、秀、黔、彭等險要地區相繼失守，然後是中央航空公司和中國航空公司叛變，重慶對外交通完全斷絕了。重慶街頭整天是來來往往搬運東西的車子，局勢一天比一天緊張。中央研究院總辦事處各部負責人都到台灣去了，院長朱家驊要他照料總辦事處的事，總算在萬分困難的情形下包到民航隊的一架飛機，可以直飛香港。包機是由行政院、國防部和特種調查處三個機關會同核定的；搭機人員的身分，也要這三個機構審核，每人的照片上都要蓋上審查合格的印戳。那天晚上，他們在曾家巖行政院樓上一個房間蓋印，電燈突然熄掉，他用火柴一根接一根的亮光照著蓋印的人蓋上印戳。到了動身的那天，重慶下午六點起就戒嚴了，辦總務的出高價僱到一輛破舊不堪的大卡車，車前的照路燈都壞了，還得有一部車子在前頭引路才能動身。他們的車隊貼上「特准通行證」，沿著山路蜿蜒前進，好幾次停下來受軍隊盤問、查驗通行證，開到白市驛機場已經是翌日的清晨四點鐘了。大家在機場苦候至下午五點鐘，才等到一架民航隊的飛機，卻因飛機搶運政府人員，不飛香港了，先把他們送到成都再說。那天下午起，白市驛機場開始拆除無線電台設備，同時布置地雷，準備破壞機場了。「我一家八口，就在這個驚險的大風浪中安全撤退出來。」胡頌平說。

其實，早在一九四八年冬，情勢已經逆轉，北平風聲日緊，梁實秋應陳可忠之邀退到廣州中山大學教書。《槐園夢憶》裡說，在廣州平山堂半年，他們「開始有身世飄零之感」了；法舫和尚偶然送他們一部《金剛經講話・附心經講話》，夫婦倆居然捧讀多遍，若有所契，覺得「人到顛沛流離的時候，很容易沉思冥想，披開塵勞世網而觸及此一大事因緣」。Gregor von Rezzori在《反猶太主義者回憶錄》裡用了一個頗有禪意的俄國字"Skushno"作第一章的題目，說這個字很難翻譯，意思比「空虛」還要重，形容精神恍惚而心志未死。大陸易手前夕，知識分子多多少少都陷入這樣的心境裡，空有不能兩忘，進退不知所措；國民政府派兩架飛機到北平去接一些學界中人南下，機上空位居然不少，「絕大多數的學界人昧於當前的局勢，以爲政局變化不會影響教育，並且抗戰八年的流離之苦誰也不想重演」。梁實秋夫婦在平山堂教書、讀經之餘，還是不能忘情，常到學校大禮堂後面觀賞盛開的木棉花，「花敗落地，訇然有聲，據云落頭上可以傷人。她從地上拾起一朵，瓣厚數分，賞玩久之。」剛到台灣的時候，「雖然二二八的陰影還有時在心中呈現」，那兒畢竟「是一片乾淨土」，況且「有季淑陪我，我當然能混得下去！」

一晃三十多年了，海峽兩岸疑雲瀰漫，大江南北愁霧深鎖；有鄉歸不得：雨天的墨盒，風中的香爐，賣花聲裡的長巷，風雪迷離的石橋，河邊柳梢的冷月，都只賸了一張張泛黃的舊照片，凝成一枕幽夢。中國人念舊近乎偏執；最難忍受倒不是烽火連三月，而是家書不敢說的故園消息。喬治・歐威爾一九三八年逃出劫後的西班牙回到了英國，但覺英國依然是他童年的英國：鐵軌兩旁的野花，牛馬憩息的草原，垂柳夾岸的清溪，村舍門前的飛燕草；再有就是舊識的倫敦街巷，板球比賽和宮中婚禮的招貼，頭戴圓頂硬帽的路人，特拉法加方場的鴿群，紅色的公共汽車，藍色制服的警察——全部沉沉睡入英國這個夢鄉裡，教人疑心只有震耳的炮聲才能轟醒它！可是，中國人期待的不是炮聲，是歸人跫然的足音。如今，溫山軟水慢慢從噩夢中醒過來了；城廓如故，明月依舊，燕子來時，關心的是昔日的黃昏深院，不是日月換了的新天。“One travelled to discover the past.”：菜園裡眞的長滿了千根茅竹嗎？

——選自圓神版《這一代的事》（一九八六年一月）

聽說臺先生越寫越生氣

三月三十日讀臺靜農先生在台北《聯合報》上的〈傷逝〉，想不到文章眞可以寫得那樣通侻，那樣順當，完全到了典範的境界了！那天恰巧宋淇先生來電話談公事，我不禁催他快快找來一讀；他讀了也讚嘆不已，說是臺先生寫作大概已經到了不屑重看、不屑改動的地步了。臺先生寫摩耶精舍裡的張大千、寫洞天山堂裡的莊慕陵，十足淡彩山水的筆意，或點或染，著墨成情，教人很不忍心看他「師友凋落殆盡，皤然一叟」的心事；而他偏偏說：「當我一杯在手，對著臥榻上的老友，分明死生之間，卻也沒有生命奄忽之感。或者人當無可奈何之時，感情會一時麻木的。」

臺先生文章好，書法也好，沈尹默之後只數他了。造詣越深，求字的人越多，他又不會拒絕，其苦可知。前年《靜農書藝集》出版之前，臺先生寫了一篇序文，再以白話文附記於後，引用顏之推的話說：「常爲人所役使，更覺爲累」，宣布從此不再爲人寫字應酬。林文月在〈臺先生和他的書房〉裡說，文章送去發表之前，臺先生要她先讀一讀。臺先生說：「你看怎麼樣？文字火氣大了些，會不會得罪人？」林文月說：「恐怕會哦。」「那怎麼辦？」「管他呢，你都這麼大年紀了，還怕得罪人嗎？」臺先生聽了說：「說的也是。我越寫越生氣！」讀到這裡，想起前幾年我也冒昧求過臺先生一幅字，寫的是惲南田的詩，雖然人人見了都說氣勢格外飄逸，心中不免更覺過意不去。日前收到臺先生的信，眞的是用圓珠筆寫了，想來已經不再爲人所役使矣。

海峽兩岸可敬可愛的文林長輩畢竟不多了，都應該受人尊重。求字的人直教臺先生不勝其煩，他露點火氣出來，大家從此知道分寸，反而覺得臺先生眞有個性。最難過是看到大陸上身心俱碎的前輩文人，他們風雪夜歸的心頭滋味，分明不是「生氣」兩字了得。其他給活活整死了的就更不忍細說了。黃裳先生的《榆下說書》說他在幹校裡當泥水小工，經常無端受頭頭呵斥，後來又出動三十多條大漢、兩部運紙卡車抄走他的全部藏書，他連「一笑置之」的權利都沒有了，遑說生氣！「我是主張不可忘記過去的」，他說。人的尊嚴受過這樣深刻的蹂躪，豈可輕輕淡忘！難爲黃先生筆下這些舊事寫來不渲不染，教人平添無限牽掛；每次在報紙電視上看到那些頭頭對香港人堆笑臉，我偏偏想到他的那句話。這當然已經不是「爲人所役使，更覺爲累」那麼稀鬆平常的心情了。

——一九八六年四月

讓她在牛排上撒鹽

1

女的坐在梳妝檯前畫眼瞼膏。男的站在女的身後對著那塊梳妝檯的鏡子穿禮服。女的臉和頭髮和上半身霸掉鏡子的一大邊；男的只能用一小邊鏡子扣衣領繫蝴蝶領結。女的說今天晚上的宴會是在九龍那家亮晶晶亮晶晶亮晶晶的大酒店裡舉行。女的說在那麼一個亮晶晶的地方當然會有不少亮晶晶的人物出席這樣一個亮晶晶的宴會。男的說對了對了對了：那些亮晶晶的人物都是香港最亮晶晶的東西也是香港最亮晶晶的玩具更是香港最亮晶晶的文化。女的說當然當然當然當然因爲他們都是有臉孔有名字有嘴巴的人。男的說這還用說嗎這還用說嗎這還用說嗎？他們從自己的臉上看到別人的臉從自己的名字裡聽到別人的名字他們從自己的嘴裡嚐到別人的嘴裡的味道。女的說他們都是最有學問最會說話最聰明的人。男的說可是他們不知道他們可以把胡椒粉撒在他們的晚餐上他們也不知道他們只可以把鹽倒一點點在他們的盤子的邊緣上。女的說他們根本不要胡椒粉也不要鹽因爲他們家裡多得是胡椒粉多得是鹽：他們在那樣亮晶晶的宴會上吃晚飯爲甚麼還要胡椒還要鹽？男的說好了好了好了他們不喜歡胡椒粉不喜歡鹽都不要緊因爲他們多的是醋。女的說再說他們出席宴會並不是爲了吃東西而是爲了交際應酬講漂亮的英語因爲他們都是有教養的人所以他們的英文都是有教養的人的英文。男的說可惜可惜他們連有教養的人說的英語跟沒教養的人說的英語都分不出來：沒教養的人把「便祕」說成 binding 而有教養的人就會說 constipating 沒有教養的人把「懷孕」說成 expecting 而有教養的人就會說 pregnant。女的說這是甚麼話這是甚麼話這是甚麼話？在那麼一個亮晶晶的地方那些亮晶晶的人物才不會大談「便祕」大談「懷孕」！再說再說再說他們也不會便祕因爲他們吃很多很多水果正如他們也不會隨隨便便就懷孕因爲他們吃很多很多避孕藥。男的說可不是嗎可不是嗎我怎麼那麼糊塗！女的說別再嘮嘮叨叨了時間不早了我們非馬上過海不可；參加這麼亮晶晶的宴會沒有人遲到因爲不能讓站在酒店門口的新聞記者等得太久最後照相機裡的菲林都用光了。

2

「非常高興見到你！」

「能見到你是一件樂事！」

「我非常興奮查爾斯王子生了個男孩子。」

「眞的嗎？」

「你說這個嬰孩該取甚麼名字適合？」

「白金漢宮遲早會宣布，我相信。」

「我認爲香港應該送一份體面的禮物給他們。」

「應該應該。」

「安公主在美國說的那堆掃興話太教我遺憾了。」

「對了，親愛的，太教人遺憾了。」

「倫敦的輿論怎麼說？」

「報上說安公主的反應像醋一樣甜，像刀一樣利。」

「多聰明的評語！」

「多聰明的評語！」

「你介意把那瓶鹽遞給我嗎？」

「這是我的光榮！」

「你注意到李夫人臉上的皺紋少多了嗎？」

「我想是的。」

「李爵士最近身體不太好，老在家裡休息。」

「原來如此。」

「我覺得王夫人的衣領開得太低了。不是嗎？」

「這塊牛排酒味太濃了。我很抱歉我這樣說。」

「你被原諒了。」

「紅酒倒相當不錯。」

「告訴我，你在倫敦經常參加這種宴會嗎？」

「偶然。沒這麼星光燦爛就是。」

「大家談些甚麼話題呢？比如說……」

「比如說：英國歷史上第一位國會女議員南西・愛斯特脾氣僵極了。有一次，她忍不住對邱吉爾說：『如果你是我丈夫，我一定在你那杯咖啡裡下毒。』邱吉爾回答說：『如果你是我太太，我一定喝下那杯咖啡！』」

「我喜歡那位演少年邱吉爾的電影明星。……還有呢？」

「還有……英國愛德華七世的情婦是當年倫敦很漂亮的名女人麗麗・朗特里。有一天，愛德華對麗麗說：『我撒在你身上的金錢也夠多了，多得可以買一艘戰艦。』麗麗聽了說：

『你撒在我身上的精液也夠多了，多得可以浮起一艘戰艦。』……」

「這道甜品做得很不錯……我相信你會同意我這麼說。」

3

女的在梳妝檯前用一團棉花洗掉臉上的脂粉。男的在脫衣服。女的說你怎麼可以在那麼亮晶晶的地方跟那麼亮晶晶的貴婦談愛德華的精液。男的說我的老天你不是說那些亮晶晶的貴婦都吃了很多很多避孕藥嗎？女的說可是我說過他們根本不要撒胡椒粉。男的說冤枉冤枉冤枉那位貴婦明明要我把鹽遞給她讓她在牛排上撒鹽。

——選自圓神版《跟中國的夢賽跑》（一九八七年一月）

張愛玲不聽電話

1

還是張愛玲寫得好：「好幾年後，在港戰中當防空員，駐徧在馮平山圖書館，發現有一部《醒世姻緣》，馬上得其所哉，一連幾天看得抬不起頭來。房頂上裝著高射炮，成爲轟炸目標，一顆顆炸彈轟然落下來，越落越近，我只想著：至少等我看完了吧。」是書蟲，要死也要等看完那部《醒世姻緣》。寫來竟那麼灑脫，那麼幽默。

2

張愛玲在紐約的時候去看胡適，聊了很多。胡適說正在給《外交》雜誌（*Foreign Affairs*）寫篇文章，有點不好意思地笑了笑，說：「他們這裡都要改的。」中國人寫英文有高手改一改總是好的。胡適名氣大，文章讓人動手術不很習慣。中文或許應該介意，外文就不要緊了。

3

胡適來看張愛玲，坐了一會兒。張愛玲送他到大門外，在台階上站著談話。天冷風大，從赫德森河吹來，胡適望著河上的霧，笑瞇瞇地看怔住了。張愛玲是這樣寫的：「他圍巾裹得嚴嚴的，脖子縮在半舊的黑大衣裡，厚實的肩背，頭臉相當大，整個凝成一座古銅半身像。我突然一陣凜然，想著：原來是眞像人家說的那樣。」接著她寫她自己：「我也跟著向河上望過去微笑著，可是彷彿有一陣悲風，隔著十萬八千里從時代的深處吹出來，吹得眼睛都睜不開。那是我最後一次看見適之先生。」這些原來都是伏筆。文章的下節說聽到胡適在台灣去世了：「看到噩耗，只惘惘的。是因爲本來已經是歷史上的人物了。」讀到這裡，想到的是冷風中的古銅半身像。張愛玲並沒有哭。「直到去年我要譯《海上花》，早幾年不但可以請適之先生幫忙介紹，而且我想他會感到高興的，這才眞正覺得適之先生不在了。往往一想起來眼睛背後一陣熱，眼淚也流不出來。」

4

張愛玲讓人覺得這個世界雖然寫意卻處處是憾事。這也許就是全世界的大學文學院花大錢探討了上百年的課題：文學。文學的基調必須是「遺憾」。「你總不能要甚麼有甚麼。我是說，你有地方擺嗎？」（You cannot have everything. I mean where would you put it?）。這是文學。「你留意到打錯號碼的電話永遠打得通嗎？」（Have you ever noticed that wrong numbers are never engaged?）這是文學。「中年是星期六晚上坐在家裡聽到電話鈴響而希望不是找你」（Middle age is when you are sitting at home on a Saturday night and the telephone rings and you hope it isn't for you.）這是文學——這是張愛玲。

——一九九六年一月二十一日

聽那槳聲，看那燈影

一天，樓道裡忽然傳來雜亂的腳步聲，一幫人擁進來了：「牛鬼蛇神們都站起來！」有人喝令：「誰是俞平伯？」蒼老蒼老的俞先生轉身回應。「《紅樓夢》是不是你寫的？」「你是怎樣用《紅樓夢》研究對抗毛主席？」「低不低頭認罪？」俞先生耳背，說話支支吾吾。那些人把他推拉到屋外樓頂平台，按倒在地上，不斷踢打折磨，最後非讓俞先生承認是「反動權威」不可。俞先生承認了「反動」，卻不承認「權威」：「我不是權威，我不夠。」他說得非常誠懇，完全出於虛心，他們卻看成是頑固，一直把他折磨得匍匐在地。他始終沒有承認自己是權威。

他們眞的是這樣對待一位一輩子樸素用功的老學者。朱寨寫俞平老的「書生氣」，寫到這裡忍不住說：「謙虛原來不是隨聲附和，不是俯仰服從，不是好好先生，而是理性的頑強」。俞先生「即使個人處於生死攸關的逆境，他對知識的崇敬追求之心也絲毫未懈」。剛被揪出來的那一天，俞平老也跟別人一樣去打掃院子。可是他拿著掃帚不知道怎樣使用，像追趕小雞那樣拿著掃帚追趕那些飄飛的樹葉和紙片。

知識是罪惡。文字是罪狀。所有的書籍都被查封了。語言文字成了那幫人的專利品。邏輯史專家沈有鼎有一次說一條「最高指示」中「要加上一個逗點就更清楚了」，馬上給揪去開了一個晚上的批判會，說他是「現行反革命」，「不投降叫他滅亡」。大詞家張伯駒向一個女紅衛兵報到，她遞一張表格要他填，用不屑的口吻問道：「你識字麼？」張伯駒說：「識一點兒。」在甚麼都不能閱讀的時候，俞平伯只能默誦思考。坐在初冬一片薄冰的地上捏煤球的時候，俞先生一邊團捏著煤，一邊仰望著天空自言自語，誰也聽不清他在背誦甚麼。

文革三十週年了。這不是中國文化的生日，是中國文化的忌辰：不要為千千萬萬砸爛了的文化尊嚴燒香點燭，中國民航會錯以為是飛機場的跑道。寧願讓歲月倒流到一九二三年八月槳聲燈影裡的那個晚上，「我和平伯同遊秦淮河；平伯是初泛，我是重來了……」俞先生的朋友朱自清這樣寫。

——一九九六年五月十四日

臘月裡的玫瑰

報上登了一張翠亨村孫中山先生故居的照片，斑駁的門牆，蓊鬱的樹影，亭亭的街燈，不知道是晨曦還是夕陽，斜斜照亮了中國近代史上的這幅景觀。那棵大樹叫酸豆樹，是一八八三年孫逸仙十七歲的時候親手栽種的，一轉眼都一百一十三歲了，粗可合抱，枝葉濃密，繁花似錦。今年是中山先生誕辰一百三十週年，到故居參觀的中外遊客每天都上千人。這棵酸豆樹曾經給颱風颳倒，躺在院子牆垣邊，幾經管理人護理，居然頑強復活，生機勃發，根部還長出幾株茁壯的小樹。故居負責人說：「今年酸豆樹的花開得比往年茂盛！」他們還做了酸豆花茶給遊人解渴，聽說酸酸甜甜的，非常可口，而且清香，有醒神開胃之功效。報上說，郭沫若一九六二年還寫過一首七律詠故居、詠酸豆。我不喜歡郭沫若的詩：白話詩肉麻，舊體詩擺空架子，遠不如故居負責人說的那句話有韻味。張岱說，人有一字不識而多詩意，一偈不參而多禪意，一句不濡而多酒意，一石不曉而多畫意：郭沫若太淵博太世故了。「古之學者爲己，今之學者爲人」，忘了是誰把這句話譯成這樣一句英文：Men of antiquity studied to improve themselves; men today study to impress others. 我偏見，總覺得郭沫若做人做文都在等人家的掌聲；掌聲越多，他的誠意越少。

中山先生的故居已經夠教人神往了，加上那麼漂亮的一株酸豆樹，不禁勾起我懷舊之情。我沒有興趣考古，那是學術。年代太遙遠的罈罈罐罐彷彿化石，只可萌生敬意，殊難撩起情愫。舊東西倒是好的；明清的竹木牙雕，白玉古硯，都可玩賞；民國貨難得精緻，可觀者是二三十年代萌芽的新文學作品。五六十年代香港國語片女演員大半都可留戀，沙龍攝影的黑白照片很動人。我七十年代旅英時期搜集不少二次大戰前後的明信片、舊信封、火車票；拉斐爾前派的仕女圖也是那幾年鑽研的。嚤囉街一爿 old curiosity shop 的老闆說，毛孟靜帶著孩子到鋪子裡去瀏覽過；後來在她的專欄裡終於認識了她那位喜愛舊玩意兒的小兒子。那篇文章淌著暖意；毛孟靜任重道遠。二十幾年前我家大小姐和小少爺也跟著我跑遍英國和歐洲的舊貨鋪舊書攤，跳蚤的怪味聞多了，現在筆下的英文都閃得出幾絲文秀的氣韻。二十年後毛孟靜也會有這份喜悅。“God gave us memory so that we might have roses in December.”。懷舊，爲了是臘月裡還有玫瑰可賞。沒有舊文學底子的語文，那是孫中山故居不見了蓊鬱的酸豆樹，不見了亭亭的街燈，只剩斑駁的門牆。

——一九九六年八月二十九日

「臨去秋波那一轉」

當然，只會讀書，疏離江湖，那是可惜了。迷信讀書萬能害了好幾代的人，眞是美麗的誤會。明朝寫傳奇出名的張鳳翼刻《文選纂注》，有個嫩書生問道：「既云文選，何故有詩？」張曰：「昭明太子爲之，他定不錯。」曰：「昭明太子安在？」張曰：「已死。」曰：「既死，不必究他。」張曰：「便不死，亦難究。」曰：「何故？」張答曰：「他讀的書多。」

西方十二世紀就有人勸人以書爲友，視滿架圖書爲樂園花圃（Make thy books thy companions. Let thy cases and shelves be thy pleasure grounds and gardens.）。多少書蟲於是神魂顛倒，一生與書纏綿，進去了出不來。最陰毒是「黃金屋」、「顏如玉」的謊言，幾乎誤盡蒼生。拚搏半輩子，連半壁磚房都難求，何來滿堂金銀？如玉的容顏愛的往往更不是單薄的秀才：「斯文滔滔討人厭，莊稼粗漢愛死人；郎是莊稼老粗漢，不是白臉假斯文」；「吃菜要吃白菜頭，跟郎要跟大賊頭；睡到半夜鋼刀響，妹穿綾羅哥穿綢」。幸好民間還有這樣的晨鐘暮鼓，雖非學問語，倒是英雄語，鋒穎盡露，嚇壞了一幫顧影自憐的書呆子。

聖賢之書讀死了不諳世故，既苦了別人也累了自己。張陶庵看穿個中利害，最愛說些離經叛道的故事警戒世人。他的文章好看，自是合該。他說：吳下一大老有妾與門客少年相狎，大老必親往撫摩之。大老入都，他的兒子將此姦情告入官府，少年入獄病死。大老歸，大怒，逐其子，署於門曰：「我非妾不樂，妾非某不樂。殺某是殺妾，殺妾是殺我也。不及黃泉，不許相見。」難得天下有這樣通情的大老，也算替執迷不悟的讀書人出一口鳥氣。法國文豪大仲馬也有這般識見。他一生放浪形骸，歌頌女人爲自然之法力（force of nature），既不自律也不律人，一次回家撞破友人與其妻之姦情，竟邀友人留宿，說是老朋友豈可爲美色翻臉。他還經常讓自己寵愛過的尤物跟兒子好，兒子有一天抱怨說：你總是把舊情人送給我睡，把新皮靴交給我穿鬆了才給你穿，悶死人了！大仲馬曰：「爾當視此爲殊榮，證明爾一杜偉岸、雙腳秀窄也。」（You should look on it as an honour. It proves you have a thick organ and a narrow foot.）讀書讀出如此佳趣，難怪他紅透半邊天。

家國多難之秋，一介書生固然應該以文章血汗乃至軀體報國。平常的日子則宜讀書不忘生活，大塊肉大碗酒也可以飽出性靈來。所謂片時清暢，即享片時；半景幽雅，即娛半景；千萬不必更起姑待之心。荒寺空門四壁都畫《西廂記》情節，和尚說是「老僧從此悟禪」；

問他從何處悟？他說：「老僧悟處在『臨去秋波那一轉』。」這位老僧端的是悟道了。

——一九九六年八月三十日

「老同志，給我看一會兒！」

中國大陸的誠成企業集團統籌策劃出版大部頭的《傳世藏書》，投資一億五千萬人民幣，花了六年時間，由海南國際新聞出版中心出版。這部書囊括了先秦到晚清的典籍，共一千多種，另列存目提要四千餘種，大約一百二十多冊。《明報》風采版說，這部巨型圖書請了八旬高齡的學術界泰斗季羨林任總編，二千七百多名學生參加了整理、修纂工作，今年年初全部編纂完成，出了六十多冊，包括一千七百萬字的醫部，兩千萬字的小說，四千萬字的《二十四史》，全套的定價是六萬八千元人民幣。

我當然買不起這部巨書，卻為這套書請到季羨林先生統領而高興。季先生眞的是「眞正通曉東西方古典底蘊的學者」，大可「集中他畢生的文化判斷來主持這項文化工程。」季先生通好多國語文，青年時代長時期住在外國，一度將治學的重點擺在研究和翻譯印度的經典著作。他的藏書實在太多了，住在北大燕園的宿舍，學校照顧他，給他兩個單元，一個做書庫，還是不夠，連陽台都封起來擺書。《月旦集》裡說，季先生一身具三種難能：一是學問精深，二是爲人樸厚，三是有深情。他是名教授，是副校長，是系主任，是研究所所長，可是長年穿舊中山服，布鞋，出門手裡提的是個圓筒形上端綴兩條帶子的舊書包。有一次，北大開學，有個新生帶著行李在校門口下車，想去幹甚麼，行李沒人照看，恰好季先生在附近，白髮，蒼老，衣著陳舊，他以爲是老工友，招呼一下說：「老同志，給我看一會兒！」季先生說：「好。」就給他看著。到了開學典禮，季先生上台講話，那位新生才知道認錯人了。

季先生一九三五年到德國留學，進哥廷根大學，一九四一年得博士學位，著有《羅摩衍那初探》、《印度簡史》、《中印文化關係史論叢》、《天竺心影》、《朗潤集》、《季羨林選集》，翻譯作品有《沙恭達羅》、《五卷書》、《羅摩衍那》、《安娜·西格斯短篇小說集》等。聽說季先生的鄰居是一對老夫婦，男的姓趙，女的是德國人，夫婦都愛花木，窗前有茂密的竹林，竹林外的湖濱和東牆外都闢成小園。男的先過世了，女的身體也不好，晚秋時節，季先生看見她在採花籽，說是不願意挫傷死去的老伴的心願，仍然希望維持小園的繁茂。

這件小事牽動了季先生的深情，寫了一篇抒情的小品。我沒有讀過季先生這篇文章，也不知道刊登在哪裡。這是季先生學術著作之外的有情文字，分量也不輕。學人筆下的深情之作依舊重要。張中行先生說：「就是治學的冷靜，其大力也要由熱情來。」高見甚是。

——一九九六年九月十九日

留住文字的綠意

前不久，我寫〈「老同志，給我看一會兒！」〉，談季羨林先生的一些新事舊事。我在文中說，季先生寫過一篇文章記鄰居一對老夫婦的小園，我說我沒有讀過這篇小品。讀者沈秉和先生看了拙作，竟傳來季先生的一篇〈人間自有眞情在〉，說是收在季老新著《人生絮語》中。文章開頭說：「前不久，我寫了一篇短文：〈園花寂寞紅〉，講的是樓右前方住著的一對老夫婦」。沈先生於是想到我說的那篇小品，應是〈園花寂寞紅〉了，是這篇〈人間自有眞情在〉的姊妹篇。我非常謝謝沈先生的盛情；蕪文引來這樣可貴的心意，人間自不寂寞。

季先生說，這對老夫婦，男的是中國人，女的是德國人，在德國結婚後移居中國，都快半個世紀了。沒想到一夜之間，男的突然死去，他天天蒔弄的小花園失去了主人，「幾朵僅存的月季花，在秋風中顫抖、掙扎，苟延殘喘，渾身凄涼、寂寞。」那個小花園一定很幽秀，園裡連那些在北京只有梅蘭芳家才有的大朵牽牛花都長得出來。季先生在那裡住了三十年，從來沒有見過老太太蒔弄過花，「德國人一般都是愛花的，這老太太眞有點個別」。有一天中午，季先生看到老太太採集大牽牛花的種籽：「她老態龍鍾，羅鍋著腰，穿一身黑衣裳，瘦得像一隻螳螂」。季先生問她，採集這個幹甚麼？她說：「我的丈夫死了，但是他愛的牽牛花不能死！」

老夫婦一兒一女都在德國，男的一死，老太太在中國是舉目無親了。她不會說中國話，吃不慣中國飯。「她好像是中國社會水面上的一滴油，與整個社會格格不入。」但是，季先生說：「爲了忠誠於對丈夫的回憶，她不肯離開，不忍離開，我能夠想像，她在夜深人靜時，獨對孤燈。窗外小竹林的窸窣聲，穿窗而入。屋後土山上草叢中秋蟲哀鳴。此外就是一片寂靜。」季先生寫這篇小品當是動了眞情了，鋪陳清淡，氣氛溫馨；最沉鬱處，也只說：「茫茫天地，好像只剩下自己孤零一人。人生至此，將何以堪！」我常想，世間花草樹木最能體貼人心，現代都市高樓大廈林立，再不小心珍惜綠色生命，語言文字一定都隨著枯死了。

老先生平日蒔弄花木，死後才有牽牛花陪著老太太孤守小園。窗外有了小竹林，晚來蕭蕭風過，老太太才聽得到幾聲細語。土山上長了草，自有秋蟲說話。人間眞情似乎都在園花園樹之中，不然季先生也不會想寫這兩篇文章了。兒時故居後院矮籬邊經常是牽牛花和西紅柿交雜蔓生；池塘邊是木瓜和楊桃；還有月季和七里香。早歲園中讀古書的情景至今難忘。

後來旅英多年，花事更盛，青草深深，千紅曬暖；夏季嗡嗡的蜜蜂早就成了記憶中不老的天籟。“Go where you will through England's happy valleys, deep grows the grass, flowers bask and wild bees hum.”……

——一九九六年十月二日

老翁帶幼孫閒步庭院

讀我文章的陳先生來信說我每記前輩或同輩文士消息，頗多獎擿之詞，會不會過當，「抑或是溫柔敦厚之旨哉」。閱世日深，讀書漸多，乃知學養之不易強求。看到人家文章的一點巧思、幾處警句，往往想到人家必是費了不少苦心。再說，我尊敬的前輩，實在都有了成就，有了名聲，不像是僥倖混出個名堂來。我常說，世上命好的人可以只顧讀書，不必寫書；只有命苦的人才要寫文章討生活。人在原稿紙的格子中沉浮，方知此中之難處。或曰錢鍾書之文無情，巴金之文濫情，茅盾之文矯情，鄧拓之文八股，似有道理。只是看看他們一生所寫的字那麼多，書那麼厚，遭遇又不見得暢順，眞的不忍心挑剔了。一隻手寫幾百幾千萬字，抄都抄死人了！再說，文章能寫得教人覺得無情、濫情、矯情、八股，大概也不容易了。這是文章的性情。天下文章最忌淪爲兩類：一是白癡的夢話，不知所云；二是膚淺的稚語，讀兩三行就可以扔了。文章而見性情，文字又那麼好，當然可讀。

這幾天讀汪曾祺先生的《蒲橋集》，大好。他對文章的觀點尤其精到。他說，散文過度抒情，不知節制，容易流於傷感主義：「我覺得傷感主義是散文（也是一切文學）的大敵。挺大的人，說些小姑娘似的話，何必呢。我是希望把散文寫得平淡一點，自然一點，『家常』一點的，但有時恐怕也不免『爲賦新詞強說愁』，感情不那麼眞實。」平淡眞是談何容易。蘇軾說文章要寫得「如行雲流水，初無定質，但常行於所當行，常止於所不可不止，文理自然，姿態橫生」。這行雲，這流水，還是有文理的，還有姿態。汪先生說，他談結構的原則是「隨便」二字。有個作家朋友說小說最重結構，他對汪先生說：「我講了一輩子結構，你卻說：隨便！」汪先生後來糾正說法，改爲「苦心經營的隨便」，那位朋友同意了。

汪先生承認很重視語言，斷言「作品的語言映照出作者的全部文化修養」。他有個觀點很重要：「語言的美不在一個一個句子，而在句與句之間的關係。包世臣論王羲之字，看來參差不齊，但如老翁攜帶幼孫，顧盼有情，痛癢相關。好的語言正當如此。」我前幾天讀到范用先生的一篇〈相約在書店〉，那眞是好文章：要平淡，有平淡，說文理，有文理，看姿態，有姿態。范先生一生與書結緣，是北京三聯的要員，退休前就在收集拙作，去年還要我補寄我一本稚嫩的舊作給他，我不敢獻醜，後來是羅孚先生在坊間找到了寄去的。范先生眞是可愛可敬的老前輩。

我讀他的文章，眞像是看到老翁攜帶幼孫閒步庭院，一邊嬉戲，一邊照顧，無一刻不是顧盼有情，痛癢相關。還是那句老話：寫文章，太難了。

——一九九六年十月十八日

赤裸的民族，赤裸的文化

火車從海邊小鎮開到倫敦去。他們坐在同一個車廂裡，並不認識。男的從公事包裡拿出一疊文稿放在大腿上批閱。他說他以前當過教員，現在當編輯編些參考書。女的一眼瞥見他腿上的文稿，有些表格，有幾頁目錄。她問他說是不是他寫的書。他說是他要寫的一本書。她說既然還沒有寫，怎麼已經有了索引有了頁碼。他說現在寫書正是這樣開始的；搞出版成了未來學的一環了：我規劃故我在（I project therefore I am.）。她說我這樣看你的文稿眞不好意思；我不習慣沒有東西可讀，赤身露體似的。他說：那就讓我借點東西給你遮一遮，雖然我倒覺得你裸得很有格調。（“Forgive me looking,” she said. “but I'm not used to being without something to read, it's like being naked.” “Allow me to lend you something to cover your nakedness, though I must say you wear it with a good deal of style.”）

Frederic Raphael 總是寫得這樣有風格。當年在倫敦看他的電視連續劇 The Glittering

Prizes，覺得寫學院故事寫得最有氣氛的是他。案頭這本 *Oxbridge Blues* 也好；短篇小說每一篇都這樣有書卷氣，實在悅目。這一路作品不是每一個地方都有市場。英國自古是書香之國，他們的國寶 Samuel Johnson 的父親幾百年前已經是到處爲家的書販。Godfrey Smith 說，全世界沒有一個國家會有英國十九世紀的 Sir Thomas Phillipps 這樣的藏書家，窮五十年財力精力建立了最大的私人圖書樓，蘇富比從一八八六年開始分批拍賣他的藏書，拍得三百萬英鎊還沒有拍完。其實，中國明清兩朝的藏書家也有過輝煌的業績。

現存最古的藏書樓天一閣是明嘉靖間范欽藏書之所在，原有藏書七萬多卷，清乾隆以後屢遭盜竊，到五〇年代還有圖書一萬三千多卷。天一閣最可異之處是列櫃藏書乾燥無蟲蠹，據說用的是芸草辟蠹。芸，香草也，今人謂之「七里香」者是也。

小說中那個女人坐火車無書無報可讀，竟覺得赤身露體似的，坐過英國火車的人不難想像。我剛到英國的時候，桑簡流先生告訴我說：英國人性格內向，不太說話，坐火車絕少跟鄰座搭客搭訕，只好看報看書，以免尷尬。沒有書報遮羞，也許眞有裸體之感。老先生還說，英國人的學養一大半是在火車上「啃」出來的。今天，小型電腦可以隨身攜帶，聽音樂聽廣播的小型收音機、錄音機都帶耳機，坐火車不是忙著應付電腦鍵盤就是閉目聽音樂，英國人於是也大嘆英文寫讀能力退化了。人類的發明日新月異，語言文字貧血虛弱不足爲奇。利用科技的恢恢天網去給傳統文化傳宗接代，是語文教育工作者不可不正視的課題。沒有一個民族願意看到自己的文化赤身露體。不讀書是不行的。

——一九九六年十一月一日

酒肉歲月太匆匆

林文月先生好像開始在寫《飲膳札記》了，前天讀到她的〈清炒蝦仁外一章〉，十分親切。她說：「多年前，台中火車站前的浙江館子『沁園春』，有一道無人比擬的『清炒蝦仁』，最是美味令人難忘。那炒出來的河蝦，隻隻如指甲般大小，色香味俱佳。幾乎每一桌都會點一盤，所以去晚了，有時跑堂的會陪笑道：『今朝賣光了！對勿起。』」我沒有吃過「沁園春」這一道佳餚，卻吃過林先生親自下廚的一桌菜。那也是多年前的事了，我到台北跟林先生一起當報紙文學獎的評判，過了幾天，林先生約我們一夥人到她家去吃晚飯。林先生那時候住在那幢日本式的平房裡，圍牆矮矮，木門古舊，經過前院，穿過玄關，才走進客廳。夏季暮色遲來，可惜人多高興，我竟顧不得留意院中的青草紅磚，錯過了看看林先生三月曝書的所在。記得那天晚上的菜眞多，從第一道一直精緻到最後一道，連冷拌僚筍都是頭一趟吃的。我愛魚翅，林先生燒得格外美味，恨不得多來兩碗。那天我們口福眼福都有，欣賞了好幾件郭先生珍藏的古玉器。

我們這一輩人都年過半百，經歷了一些憂患，涉獵的知識半新半舊，心靈深處長存一絲不著邊際的頭巾意識，因緣際會，偶然也按捺不住或中或西的雅興。難得一次洋溢文化氣息的夜宴，酒酣燈昏之際，難免領略到那麼一點點六朝餘韻。現在回憶，印象最深的竟是深宵人散時心中的牽掛。林先生的〈外一章〉談的是紅燒蹄參，她說：「在我的菜單卡片上看到這一道菜餚時，不禁令我感慨繫之。已經好幾年沒有做過這一道菜了。主要的原因是今日中國人的飲食習慣已不尚大魚大肉，而傾向於比較清淡精緻的口味，再則是同輩友朋已不再有往昔年少時的健壯身體，相對於年歲的增加，胃口也越形減小，像這樣的大塊文章上桌，席間敢於舉箸者恐怕是不多了。」人生苦短，酒肉歲月太匆匆，朋友情誼才是青山綠水。

林先生的文章十足清炒河蝦，若烹小鮮，功夫實大，細細讀來，彷彿「一個素白的磁盤，鮮紅色的蝦仁與青翠的蔥段在那白淨的背景中襯托，相映成趣」。我沒有想到她會用這樣典型的白話散文筆調寫飲膳，確是一條大有可爲的創作新路。中國傳統食譜都嫌乾澀，寫得好的才有幾分詩話的味道。隨園名氣夠大，信筆寫幾段都流傳下來了。北京大名鼎鼎的王世襄先生會吃會做會寫，有一年他去吃了紅樓宴，寫了幾首食詩，錄成斗方送給我。王老「玩」甚麼像甚麼，每天天亮到菜市排隊買菜，衣著語言跟平民一樣，有一位老庖師和他聊起天來，眞當他是同行，說：「幹咱們這一行……」今日流行保健，樣樣吃的都說會生癌，掃興極了。難怪 Isaac Asimov 說飲食學制約多多，首要者是「凡味美，必傷身」（The first law of dietetics seems to be: if it tastes good, it's bad for you.）。是耶非耶？我還是想吃林先生做的清炒蝦仁和紅燒蹄參。

——一九九六年十一月十三日

豔婦急曰：藥渣、藥渣！

創意

學術與創作都講求「創意」（originality），不得拾人牙慧。此事傷透了腦筋。Samuel Johnson 有致作者信說：尊稿既好又有創意；可惜好的地方毫無創意，有創意之處又不甚好（Your manuscript is both good and original; but the part that is good is not original, and the part that is original is not good.）。這話刻薄，卻是常見的實情。天下文章一大抄，有的露出破綻，有的不露痕跡；前者多半生手所爲，後者肯定是老手伎倆。W.R. Ince 於是說，創意乃隱不可採之剽竊（Originality is undetected plagiarism.）。至於博士論文，十之八九無足觀賞，不外把一堆屍骨從一個墳墓搬到另一個墳墓裡去（The average PhD thesis is nothing but the transference of bones from one graveyard to the other.）。好的學術文章通常是拿了博士當了教授之後才寫出來的；當了講師教授還製造不出一篇像樣的文章則可以休矣。

陋室

某名家寫文章文末必注明「某年某月某日寫於某地之陋室」。某編輯部某日忽接一讀者來信，曰：「某先生文章好，惟文末每言『陋室』，實令人氣憤。他若居陋室，我們就是露宿了！」按某名家任某研究所所長，居室面積早已「達標」；該研究所分房極困難，來信之讀者想必在所中工作而分不到房子也。住所大好，竟稱陋室，當是知識分子之「性情」；眞的居於陋室，可能又不甘公之於世了。中國人謙辭多如牛毛，似宜降溫，免得眞情越耗越薄。

觀瓶

《癡華鬘》中有〈觀作瓶〉一則，說兩人去看陶師作瓦瓶，大有興趣。其中一人看了一半逕去大集會，享用美膳，又得了珍寶。另一人硬不肯走，看得入迷了，到天黑還在觀瓶，不得美膳，不得珍寶。學知識、求技術而入迷，必有所失。放棄求知的機會，竟得美膳珍寶。讀書亦如觀瓶，不可入迷，入迷則盡失炒樓炒股之良機，不得美膳，不得珍寶。

藥渣

京師有富家子周某，冷落美妻專務孌童，美妻爲之久病，請大夫來診。大夫說，此病是幽閉日久，鬱火不舒，非由外感寒濕積食所致，必得精壯少年侍之，以便悅而好之，以快其氣；融而化之，以調其血；投以所好，以悅其胃；暢其所欲，以奪其火。然後導之以癥，以利其濕；補之以陽，以解其寒。半月後，病當自癒。家中老傭人於是覓得少壯數人，如法治之，病眞的好了。周某一日回家見其妻光豔煥發，如晨葩著雨，神采倍常，大喜，擁之入帷，將與之狎。忽見帳後數男面黃肌瘦，形如枯蠟，驚問是誰？其妻惶恐答曰：「藥渣，藥渣！」見朱梅叔著《埋憂集》。「藥渣」之說極妙；此豔婦不作文章未免可惜！

——一九九六年十二月三十一日

送別金銓

1

胡金銓問許鞍華：「影片裡出現兩列火車，一列從左邊飛馳而來，一列從右邊飛馳而來，終於迎頭相撞了。導演要讓觀眾看到其中一列車的火車頭正面衝到觀眾眼前，轟然巨響，碎片四濺。換句話說，等於火車撞上攝影機的鏡頭。該怎麼拍？」許鞍華和我們幾個人還沒有想出答案，金銓說：「用一塊大鏡子豎在火車軌上，讓火車撞上那面鏡子，而攝影機則在一邊對準鏡子裡的情景開拍。效果會很眞，驚心動魄！」那是七十年代在倫敦我家裡吹牛的歲月：許鞍華還在電影學院念書，陳紹文剛在法國過完流浪的生活，詹德隆和我在廣播電台裡賣翻譯、賣聲音。金銓剛拿了坎城影展的大獎，經常到倫敦談生意，找資料寫他的老舍傳，三更半夜帶我們摸到傅聰家裡去聊天。他每一次來都住在城裡好漂亮的 Portman 酒店。有一次我們在咖啡廳裡喝茶，他跟水建彤先生大談清末民初的野史，天花亂墜，繪聲繪影，像親眼看到似的，我們都聽傻了。

2

金銓淵博。他記性好得嚇人，甚麼書都過目不忘，語言天分又高，各地方言都應付得了，說故事特別好聽。可是，胡金銓始終堅持知識分子的情操。正因爲他絕對不唱高調，正因爲他絕對拒絕低頭，正因爲他只顧默默堅持他的原則，看他得意，我很感動；看他不遇，我很難過。看他偶然迫不得已做出一些藝術信念上的讓步而終歸失敗，我更覺得他一生的執著是値得的。金銓到底是滿身散發著中國鄉土氣息的讀書人：他的作品沒有描寫現代心理學、社會學的空間；他鏡頭下的人性不是經過西方文明洗禮後的人性；他標舉的是東方傳統的俠義精神。在那樣超現實的境界中，兒女私情已經沒有存在的餘地了，禁慾主義昇華成近乎冷傲的高度。大冬天裡，金銓也常常滿頭大汗；可是，他的藝術創作卻永遠是冷的。那也許正是中國文化的神髓。在他的電影語言的闡釋下，蕭蕭風過之處，搖蕩的蘆葦叢中，依稀拂不掉千年的民族孤寂。他於是揭開了中國電影史的新篇章，受到國際電影界的尊敬。

3

英國著名演員Rex Harrison說：「有一位法國演員有一天在台上忍不住流出淚來了，哭的竟是他而不是觀眾。事後，他邀請同台演出的所有演員上台，當眾道歉。關鍵是我們要讓觀眾感動，不是自己感動」（...One day he allowed himself the luxury of a tear; he made himself cry instead of the audience. Afterwards, he called the whole company on stage and apologized publicly. The point is that we have to move an audience, not ourselves.）。金銓近年並不如意。他每一次從美國回來我們都見面敘舊：是老了，眉宇間卻依然倔強，彷彿永遠在等待蘆葦長高了再開戲。

——一九九七年一月二十日

幻境中的名士

1

季羨林先生回憶他的老師葉公超在清華教英文的情景。季先生說，葉公超教第一年英文，用的課本是珍・奧斯汀（Jane Austen）的《傲慢與偏見》。葉老師的教學法非常奇特，幾乎從不講解，一上堂就讓坐在前排的學生由左到右依次朗讀原文，到了一定段落，他大聲一喊："Stop!"問大家有問題沒有。沒人回答，就讓學生依次繼續朗讀下去，一直到下課。學生偶爾提一個問題，他斷喝一聲：「查字典去！」季先生說：「這一聲獅子吼大有威力，從此天下太平，宇域寧靜，相安無事，轉瞬過了一年。」

清華大學當年還有俞平伯講唐詩宋詞。季先生說，這位著名的詩人、散文家、紅學專家在課堂上選出一些詩詞，自己搖頭晃腦而朗誦之，有時閉上了眼睛，完全沉浸於詩詞的境界中，遺世而獨立。他驀地睁大了眼睛，連聲說：「好！好！好！就是好！」學生正在等他解釋好在何處，他卻已朗誦起第二首詩詞來了。

2

葉先生和俞先生這樣的教學法，顯然甚怪；幸好是大名鼎鼎的葉公超和大名鼎鼎的俞平伯，在講台上怎麼講書都可以，學生以上過他們的課爲榮。季羡林先生說，中國的名士有眞假兩類，清華的學生一致認爲俞平伯是眞名士，葉公超是假名士。那可能是因爲他們的俞老師有一天突然剃光了腦袋，轟動全校；而葉老師的頭髮則有的時候梳得光可鑑人，有時候又蓬鬆似秋後枯草。總之，這兩位名士學問一肚皮，是眞讀過書的文人學者。

3

名士往往生活在半眞半幻的世界裡。他們在書海中尋求現實世界，又在現實世界中製造書海裡的人生，最後總是分辨不出是眞是幻。Harold Nicolson 的《念人憶事》（*Some People*）寫他認識的知識界精英，用的正是半小說的技巧，把眞人擺進虛構的情景中，也把虛構的人擺在眞實的情景裡，進出堂奧，三代暢銷（The idea was to put real people in imaginary situations, and imaginary people in real situations.）。葉公超自己老早生活在珍・奥斯汀的小說裡，覺得《傲慢與偏見》沒有甚麼值得講解的地方。他要學生朗讀，目的也許是讓學生自己進到珍・奧斯汀的世界裡去，用奧斯汀的語言思考奧斯汀筆下的悲歡離合。他不相信自己有權替奧斯汀闡釋她的理念。他要學生自己去觀察眞實世界裡的幻境。「查字典去！」那是爲了讓學生自己去捉摸，去感觸，去衡量。俞平伯也一樣。他自己是唐詩宋詞裡走出來的人物：那是他的家。「家」總是「好！好！好！就是好！」你還要求他怎麼去形容他的「家」是怎麼個好法呢？

語文的世界是半眞半幻的世界。語文可以製造虛構的情景，也可以塑造眞實的情景。在語文的世界裡，擺布語文的人是虛幻的：作品誕生之日，是作家消亡之時。「消亡」是作家離開語文世界還原爲人的意思。

——一九九七年二月二十六日

敬愛的老師

1

余英時先生在他的老師錢穆先生去世之後，出版了一本《猶記風吹水上鱗》，收集了他論錢穆與現代中國學術的一批文章。八十年代我編雜誌的時期，常常函電交加請余先生寫文章，他幾乎是有求必應，沒有時間寫長文就寫短文，無論甚麼題目都能寫出有情有理的佳篇，順手拈來盡見學問。才識淺薄的編者碰到余先生這樣淵博的作者，確是福分。余先生漸漸成了我的老師和朋友，在我謀生和讀書的路途上給了我太多寶貴的鼓勵和啓示。我幾乎讀遍他所有的著述，而且經常重讀一些我格外喜歡的篇章。余先生的來信、余先生給我寫的幾幅字，也都潛移默化影響了我對人生和學術的看法。我常常想起余先生的白髮和菸斗。

2

《猶記風吹水上鱗》裡說：「我第一次見到錢先生是一九五〇年的春天，我剛剛從北平到香港，那時我正在北平的燕京大學歷史系讀書。」余先生自以爲只是短期探親，很快就會回去的。後來知道錢先生剛在香港創辦新亞書院，余老先生要他留下來跟錢先生念書。當時新亞學生不超過二十人，大半是從大陸流亡來港的難民子弟，九龍桂林街時代的新亞更談不上「大學」的規模，校舍簡陋，沒有圖書館，辦公室只是一個很小的房間，一張長桌占滿全部空間。錢先生要余英時寫一中一英兩篇文章，親自批閱，決定錄取。余先生就這樣成了錢賓四的學生了。

錢先生整個人是儒學的化身，修養高超，盡量以理馭情。但是，余先生說，賓四先生原是一個感情十分豐富而又深厚的人，看一齣描寫親子之情的電影，散場後眼睛是濕潤的。聽說他們師徒不拘形跡，無話不談，「但是他的尊嚴永遠是在那裡的，使你不可能有一分鐘忘記」。有一年的暑假，錢先生患了嚴重胃潰瘍，一個人孤零零躺在一間教室的地上養病。余先生去看他，問他「有甚麼事要我幫你做嗎？」錢先生說，他想讀王陽明的文集。「我便去商務印書館給他買了一部來。我回來的時候，他仍然是一個人躺在教室的地上，似乎新亞書院全是空的。」

3

這樣的情景，讀來難免教人眼睛濕潤。人生一輩子有緣遇到兩三位值得敬愛的老師，當也無憾了。說「敬愛」，那是余英時所說的「眞正能在成學過程中發生關鍵作用的老師」。一九九一年，余先生在短短兩個半月之內，相繼失去了兩位他「生平最敬愛的老師」，一位是錢穆，一位是楊聯陞。余先生說，他研究中國史受這兩位老師的薰陶最深。楊先生早年在清華讀的是經濟系，後來轉攻史學，在西方漢學界標舉中國現代史學傳統中成熟而健康的成分。他指出美國人研究中國史往往富於想像力，必須加以控制，否則可能 "mistake some clouds in the sky to be forests on the horizon."。這是一句妙語，余先生的中譯是「誤認天上的浮雲爲地平線上的樹林」。看到 horizon 一字，我不禁想起姚克先生。當年我和戴天編校姚先生翻譯的《推銷員之死》，姚先生把這個字譯爲「天涯」，我們拍案叫絕！那部譯文是翻譯的典範，姚先生成了小戴和我的敬愛的翻譯老師。

——一九九七年四月二十二日

傅斯年是母雞

1

牟潤孫先生在世的時候常常談起台大老校長傅斯年。傅斯年當年似乎很照顧牟先生，牟先生於是一生感恩，傅斯年過世的時候，他悲痛過度，病了一場。聽說北京有一句流行詞語：「一臉舊社會」，意思是幾十年來的宣傳認爲舊社會人民受壓迫剝削，生活痛苦，現在見到愁眉苦臉的人，即打趣其爲滿臉舊社會，比如說：「小麗牙痛，坐在辦公室裡淚汪汪的，一臉舊社會。」舊社會的人在苦難中成長，憂患意識格外濃，人生裡的恩恩仇仇於是也格外小心，講道義，講良心的人好像比現在多，尤其是知識分子。山西省年輕作家謝泳滿心懷舊，寫成那部《舊人舊事》，裡頭也提到傅斯年。

傅斯年在大陸的時期做過西南聯大的校務委員，也代替胡適做過北大代理校長，最重要的工作是中央研究院歷史語言研究所所長。中國出過兩位世界級的語言學大師，一位是趙元任，一位是李方桂。當時的中央研究院院長朱家驊打算成立民族學研究所，托史語所所長傅斯年出面請李方桂任所長，李方桂堅辭不就，傅斯年一再催促，李方桂最後很不耐煩說：「我認爲，研究人員是一等人才，教學人員是二等人才，當所長做官的是三等人才。」傅斯年聽了躬身作了一個長揖，退出說：「謝謝先生，我是三等人才。」謝泳於是嘆道：「最可怕的不是無學問而虛張聲勢，而是眞有學問的人也不敢以學問傲視權貴。」

2

傅斯年在四十年代曾經大力批評當時的兩任行政院長：孔祥熙和宋子文，孔、宋兩人先後都滾蛋了。宋子文初上任深得民心，傅斯年還在《大公報》上寫文章說他好。後來故態復萌，成了眾矢之的，傅斯年給胡適的信上說：「熬過了孔祥熙，又來了一個這樣的。」他給南京的《世紀評論》撰稿，說明不能改動一字，總編輯同意了，文章題目是〈這個樣子的宋子文非走開不可〉。聽說，蔣介石爲了平息此事，曾經請傅斯年吃飯，並說：「你既然信任我，那麼就應該信任我所任用的人。」傅斯年說：「委員長我是信任的，至於說因爲信任你也就該信任你所任用的人，那麼砍掉我的腦袋我也不能這樣說。」謝泳認爲「我們經常說文人的氣節和品格，我看傅斯年就是這樣的人」。

知識分子對國家社會必須負有言責，傅斯年於是說「我們是救火的人，不是趁火打劫的人」。謝泳說傅斯年「希望政府能存在下去，但又不顧一切批評它的腐敗行爲」。這句話當然也可以倒過來說：「他不顧一切批評政府的腐敗行爲，爲的是希望政府能存在下去。」愚忠的年代已經過去，現代知識分子既要繼承中國傳統的名節意識，也要效法西方知識人的品格精神。John Mack Carter借用燻鹹肉和雞蛋明確界定貢獻和奉獻之分：母雞做了貢獻，豬則是奉獻而已（Always remember the distinction between contribution and commitment. Take the matter of bacon and eggs. The chicken makes a contribution. The pig makes a commitment.），傅斯年是生蛋的母雞。

——一九九七年八月六日

胡適之到哪裡去了？

1

上海的朋友劉天煒有事情想跟陳之藩先生聯絡，台北的人告訴他說，陳先生近年不寫文章，也少應酬。該是七十好幾了，聽說年前台北一家報紙請陳先生出席一個頒獎典禮，請他講幾分鐘話，陳先生一上台文思泉湧，講了快一小時。陳之藩是大學問家，滿腹經綸，平時惜墨如金，聊天寫信卻往往暢所欲言，教人如沐春風。我跟天煒說，我也好多年沒有跟陳先生聯繫了，前幾年還聽說他在我的母校成功大學教書，後來也許又回美國去了。跟天煒通電話之後，我竟覺得惆悵，心裡老惦念著陳先生。昨天窗外風雨翻騰，我在何錦玲送我的《傳記文學》裡讀到傅安明遺稿〈回憶胡適之先生——如沐春風二十年〉，不禁又想到陳之藩與胡適的書信錄《在春風裡》，格外緬懷前輩風範。

十幾年前陳先生在一封給我的信上說，剛看到一篇徐訏筆下的陸小曼，說他「很佩服徐的文字與見解，不知如何此人一生鬱鬱」。陳先生覺得中文大學當年不要徐訏，不要張愛玲，「都是很奇怪的事情」。他說，有一次他在美國問胡適先生為甚麼不教書？胡先生說：「只有這幾家大學有中文，如果表決我給我去教書，他們何處去？」所以胡適之大使不幹之後，在美國的存款只有一千四百元；而死在中央研究院院長任內之時，只有一萬多元的人壽保險費。陳先生說：「唐德剛說胡先生晚年指望胡太太打牌贏點錢。我有時想，這個時代究竟出了甚麼毛病，也許中國這一代究竟出了甚麼毛病？眞是令人氣短。」

2

傅安明一九三七到四九年任中華民國駐美大使館祕書，其中四年追隨胡適大使，今年五月在美國逝世，終年八十三歲。他在〈回憶〉裡說，胡先生通常上午九時到大使館，十二時半回大使館邸雙橡園午飯、休息。下午兩點半到館，五時回去。有的時候下午在雙橡園見客，即不再來館了。胡先生最有興趣跟手下講「無為而治」的道理，說是做長官的人要盡量授權屬員完成職權內之事，自己才有時間專心做他的政策思考、結交朋友、選用人才等等屬員不能幫他做的事情。胡先生生平最佩服蔡元培的領導作風，說蔡先生在北大和中研院時代只談政策，不管行政，最會用人，對人信任亦專。蔣夢麟也受蔡先生影響，當長官奉行無為而治的方法，他對農、林、漁、牧、水利、金融、鄉村衛生、農民組織等業務一竅不通，在台灣擔任農業復興委員會主任委員，成就居然蜚聲國際，道理在此。

胡適之一九三五年曾經在《獨立評論》撰文勸告當時的蔣委員長不要干涉他職權以外的事。他說，當時政府各部門都有蔣先生積極干涉的痕跡，「其實這不是『獨裁』，而是『打雜』；這不是『日理萬機』，只是『侵官』。」胡先生有一句話說得實在好：「最高領袖的任務是自居於無知，而以眾人之所知爲知；自處於無能，而以眾人之所能爲能；自安於無爲，而以眾人之所爲爲爲。凡察察以爲明，瑣瑣以爲能，都不是做最高領袖之道。」他到了台灣還勸蔣公注意「無智、無能、無爲」的六字訣。這樣的胡先生，居然還要指望太太打牌贏點錢，難怪陳之藩急了。

——一九九七年八月七日

一肚皮不合時宜

1

有一天，蘇東坡退朝吃飽了飯，捫著肚子慢慢走，順口問身邊幾位侍兒說：「你們且說說看這裡面是些甚麼東西？」一婢說：「都是文章。」蘇東坡不以為然。又一婢說：「滿腹都是機械。」蘇東坡也不以當。輪到朝雲，朝雲說：「學士一肚皮不合時宜。」蘇東坡捧腹大笑。蘇學士淪落到這樣無聊，實在可笑，幸好朝雲果然不是尋常粉黛，一語道出玄機，當頭棒喝，學士只得大笑解嘲。古來多少讀書人不是自以爲是就是唯唯諾諾，前者十之八九懷才不遇，攬鏡自憐，後者當了官都只顧察言觀色，保住福祿。朝雲所謂「一肚皮不合時宜」，當是既指沉迷風花雪月，也指不懂趨炎附勢，兩弊皆致命。

《羊城晚報》近有一張先生寫〈長毛狀元王韜〉的小資料，說別署「天南遯叟」的政論家王韜是我國新聞界的老前輩，清同治元年慈禧太后當政之際，傳說他回鄉探親曾與太平軍有來往，並在忠王李秀成攻打上海時上書獻〈取上海策〉，洋洋數千言，都中要害，清兵收復上海時抄到這份文件，下令緝拿王韜歸案。王韜得外國朋友協助逃往香港，民間有「長毛狀元」之稱。他遁跡香港後於一八七四年創辦《循環日報》，鼓吹變法自強，實業救國，不遺餘力。今年是他逝世一百週年云云。

2

王韜早歲在上海英國教會辦的墨海書館工作，曾赴英國譯書，並遊歷法國、俄國等地，思想受西方思潮影響甚深，政論一度深入民間；光緒十年回滬主持格政書院，新派得很。可是，他寫的《淞濱瑣話》一書卻十足是《聊齋》的味道，多寫鬼怪劍仙、名娼豔妓之事，想像力豐富，文筆也綺麗，幾乎跟他的進步思想背道而馳。書中〈紅豆蔻軒薄倖詩〉裡說朋友箐江詞客是風流倜儻人也，於花天酒地，閱歷深矣，負豪氣，有所弗屑，拂衣竟去，喜作豔遊，多奇遇，凡歷四方，所見名媛俠妓美人奇女子不可勝記，輒筆之書，或贈以詩詞，王韜得而讀之，重加詮次，不禁慨嘆煙雲世界，變滅須臾，蜃蛤樓台，消亡頃刻。他那位朋友不知是不是眞有其人，或許是他自己的化身而已，總之篇中所述女子，幾乎個個都對他有意思，完全才子佳人的美麗幻想。這種戲作雖然文詞甚見風景，畢竟肉麻無聊到了極處！

3

無聊正是騷人墨客的情趣。王韜說他居香港期間，入秋咳嗽氣喘，終宵危坐，天天在藥火爐邊作生活。長夜輾轉，一燈螢碧，簡直與鬼爲鄰，腦子裡盡是無聊的念頭，那時刻也許就不斷構想許多離奇古怪的故事。他說：「自來說鬼之東坡，談狐之南董，搜神之令升，述仙之曼倩，非必有是地，有是事，悉幻焉而已矣。」王韜在現實生活中辦報論政翻譯，樣樣做得熱熱鬧鬧，到頭來難免覺得一肚皮不合時宜，不如寄情於荒唐之詞與怪誕之說。他的書重刻行世，至再至三，人家都說是《聊齋》續話，他也很飄飄然，說蒲留仙見之，必把臂入林曰：「子突過我矣！聊齋之後，有替人哉！」

——一九九七年九月二十六日

白先勇玩泥巴

時間是一九四九年五月五日。地點是上海。「這天下著大雨，而且風勢猛勁，黃浦江上濁浪滾滾，好像一鍋煮開了的水，正在沸騰。北京路口的外灘碼頭上擠滿了人，招商局開往台灣的復興輪即將啓碇，人們都爭先恐後的搶著登船，人群中一對青年男女正擁在一起殷殷道別，工程師王寶華是交通大學的高材生，他的未婚妻李玉潔在中西女中教英文。」他們訂好七月二十八日在梅龍鎮酒家成婚宴客。他的公司突然決定撤到台灣，他對她說：「大囡，你等我，我七月一定回來，我們結婚。」復興輪從此沒有再回來，航線一斷幾十年。

時間是一九八九年五月十五日。地點是蘭州。「塞北的春天姍姍來遲，校園裡的楊柳剛剛才抽條，這天的陽光分外燦爛，風吹在身上也是暖薰薰的。」台灣的石化專家王寶華來蘭州大學演講，講完走出大禮堂，「人群中一位白髮蕭蕭的老婦人迎向他蹣跚走來，站在他跟前叫了一聲：『王家阿哥！』老婦人看見專家滿面驚愕，說道：『我是大囡，你不認得了，剛才我聽了他們介紹才認出你來的。』那天晚上在旅館裡，王寶華執著李玉潔的手，兩人搶著講話，一邊講一邊哭，又一邊笑，講到天亮，講到正午。」

好多年見不到白先勇也讀不到他的小說了。前天突然看到這篇極短篇，題目叫〈等〉。文末說：「這則故事報紙登過，有些細節是作者的臆測」。寶華一九四九年走了之後的頭幾年，玉潔每個星期天都到外灘江邊去守望。一九五七年下放到蘭州，一直在大學裡當文員：「你教我等你，我等你一直等到今天。」她掩面痛哭。王寶華在台灣朝朝暮暮思念她，也爲她守身到如今。開放後他大江南北到處找她，總算破鏡重圓。四十年後的七月二十八日，他們仍舊在上海梅龍鎮酒家擺喜筵。

當年筆底吐豔的小說家，經過了數十寒暑，竟然眞的淡泊到把一段新聞修飾成一篇這樣感人的小說。白先勇的道行教人驚訝：驚訝他已然像自在、放下的老僧，任由一朵落花在他的掌心默默散發瞬息燦爛。那是對文學理論提供了一次最純眞的反證，證明文學的鋪陳到了極高的境界其實可以是一則新聞的變奏：“It's easy to be clever. But the really clever thing is to be simple.”……「寶華八歲吧，玉潔才六歲，有一天，兩個小人蹲在梅邨院子裡的薔薇花架下，玩泥巴。」白先勇的小說境界也回到了玩泥巴的童年了：薔薇開了又謝，謝了又開，不老的是他的文學。

——一九九九年十一月十二日

鐵血老總，貼心頭版

都在議論《紐約時報》停掉老舵手 A.M. Rosenthal 專欄的消息。這位給北京政府罵為一貫「魔化」中國的著名報人在來信上雖然沒有直言因由，婉轉處畢竟流露一絲無奈。《紐約時報》傳統政策規定高層職員六十五歲退休；羅森紹是《紐約時報》之寶，退下來後轉爲評論版專欄作家，維繫報紙的崇高聲望。他在那邊做了五十五年，今年七十七了。

這樣一份象徵世界報業重鎮的大報，總編輯全是五十開外的報人。羅森紹之後是五十六歲的 Max Frankel；法蘭克一到六十五歲，也馬上退下來到該報的星期雜誌寫專欄，由五十七歲的 Joseph Lelyveld 接任總編輯職務。寫《紐約時報的風格》一書的李子堅是台灣名導演李行的哥哥，一九六四到九四年三十一年間在《紐約時報》工作，從基層送稿生累升到綜合版面資深組合編輯。他去年出版的這本書以中國人的觀點報導《紐約時報》一百五十年的重要人物與事件，爲這份大報描繪了一幅細膩而逼眞的長卷。

我向來憂心香港報業中人和傳媒警察不願意用功觀察和借鑑外國報紙的經驗和成就，一味瞎子摸象，摸著象鼻當象鞭，徒露膚淺。李子堅說，法蘭克任老總的八年內，正值美國經濟不好，廣告收入不振。《紐時》不但沒有撙節開銷，反而增加投資，增加版面，增加編採高手，破舊立新。他們不斷求變，引進體貼人心的軟性新聞上頭版，報紙銷量大增，高達一百一十萬份，星期天還升到一百七十萬份。

李子堅說，所謂軟性新聞，無非是社會傾向性或時尚性的新聞（social trend stories），比如女性服飾新聞在頭版上加框報導，配合照片。傳統派當然大罵鐵山變軟水，法蘭克不理，堅持這類新聞也是最流行的新聞，應該重視。這個創舉終於成了全國新聞界的馬首是瞻；該報頭版的「加框新聞」也報導又突出又有人情味的新聞、寓意深遠的新聞。香港大眾化報紙已經經常破格選材，只要編採品味再提升上去必更可觀。

有一次，參議員泰德．甘迺迪外甥強暴出事，《紐約時報》破例揭露了受害女子的姓名，報導說她行為放浪，家世邋遢。全國強烈批評，罵他們違反新聞基本原則，害了那個女人，不負責任。一百名時報編採人員也聯名抗議。法蘭克站出來在大禮堂舉行公開解說會，然後發表〈編者的話〉認錯道歉。這樣光明磊落的舉措，正是勇者胸襟識見的袒露：一條鐵血漢子！

——一九九九年十一月十五日

是心中掌燈的時候了

月光照不亮瀝青路。月亮的柔光只有在鋪滿白色卵石的小徑才能反射出來，爲夜歸人掌燈。我偶然看到 Frances Mayes 的新書 *Bella Tuscany*，寫意大利甜美的生活，果然也說到月下卵石小路照明功能。她說，鋪了瀝青之後，月夜的路暗淡無光。在古老的南洋小城，在樸素的台南古都，在戰前的越南西貢，在泰晤士河南邊的破舊小鎮，在歐洲許多遲暮而秀雅的大城小鄉，我都留意過黑夜裡的月光照亮了卵石小徑。是晚春，是初夏，是深秋，是殘冬，月光下的卵石都顯得格外晶瑩潔白，靜夜路人的腳步聲於是變得踏實而愉快。

Frances Mayes 是三藩市州立大學的文學系教授，在意大利山鎮 Cortona 買了一幢老房子，放假去住，寫詩文，寫小說，寫飲膳，寫遊記。她的那本 *Under the Tuscan Sun* 曾經上過《紐約時報》暢銷書榜的榜首。我還沒有讀過這本書，卻在林文月《飲膳札記》的附錄〈生活其實可以如此美好〉一文裡先迷上了那一片小鎮豔陽。林先生說，她是在閒逛 Diesel

書店的時候給這本書吸引住了。林先生把書名譯爲《杜鎮豔陽下》，對書中長短不一的食譜尤其喜歡。她跟這位教文學創作的梅耶一樣，是學者，是烹調家。

每一次在秋冬的豔陽下散步，在寂靜的書房裡讀書，我都深深感到心情平和：像我這樣的老去的傳媒人，那是最珍貴的產業了。這是一個充滿希望的行業，也是一個絕望的行業；這是一個高雅的行業，也是一個庸俗的行業；這是一個眞誠的行業，也是一個僞善的行業；這是一個不容易薪火相傳卻又必須承先啓後的行業。這樣子承傳了好多好多年，這個行業已經是一個非常疲倦的行業了。在電網恢恢的時代裡，在清流濁流的紛爭裡，在商業掛帥的社會裡，文字傳媒的生存空間是越來越狹窄了。在夜以繼日的拚搏過程中，我們往往沉淪在意氣用事和爭長護短的泥沼之中，忘卻原則，忘卻自省，忘卻冷靜，忘卻虛心長進。

我們的行業不是披星而是戴月的行業。隨著電子商業走上閃電資訊公路之際，我們都走在暗淡無光的瀝靑路上，教人加倍懷念我們的報業前輩走過的月光下的卵石小徑。夜深沉，我們的路沒有了舊時的月色了：是我們在心中掌燈的時候了！

——一九九九年十二月八日

洋涇浜英語啓示錄

……又有一個男廚子，上工時對女主人論工價和食宿，他對主人說：Twenty dollar one month, eat you, sleep you.。意思是說：「月薪二十元，吃你的，住你的。」女主人聽了這話，臉都紅起來了。

中醫師陳存仁遺稿《銀元時代生活史》裡說，上海好多人會說這樣流利的洋涇浜英語。他們多是早年沒有正式讀過英文的人，後來吃的又是洋行飯，或者打洋人住家工作，不得不說發音不正、文法不對的英語，拼拼湊湊，洋人聽懂就行了。他還說，上海英租界最初和中國訂的條約就叫《洋涇浜章程》，而且也確有這一條河，後來填成大馬路。陳存仁這樣的說法，顯然比詞典上 pidgin English 的解釋多了一點背景。

聽老一輩人說，洋涇浜英語不但上海風行，香港早年做洋人買賣的人也會湊合。吳魯芹先生生前給我的一封信上引用過他在美國唐人街聽到的兩句洋涇浜英語，很妙，可惜我記不起來了。吳先生說洋涇浜英語並不易學，單字要夠用，開口要大膽，越講得多越熟練。我有一次跟一位老上海喝茶，聽到鄰座有人很謙虛的對他的茶友說：我只會說洋涇浜英文！老上海忍不住小聲說：他也配？證明吳先生的話是對的。

語文優越感向來可惡，戒之不易。懂得多了才會學乖，覺得眞難：中文難，英文難，各國語文要學得精，都難。早年看過一本研究亞洲各地英文程度的專書，結論也難分出整體的高下，個人的優異功力反而最值得借鑑。宋淇先生講過一個小故事說明喬志高先生的中英文有多好。宋先生引用一句英譯中爲例：「這作品是如此之深刻、美麗、扣人心弦，令我讚嘆不已，恨不能讓你們大家一同享受，雖然你們不幸不懂原文，無從欣賞原作。……」文中「不幸」的原文是through some in advertence；字典說in advertence是漫不經心、粗心大意、疏漏、錯誤。照譯則語氣太重，優越感太露；譯爲「不幸」是很好了，可惜有幸災樂禍的含義。喬志高先生看了一聲不響，只用鉛筆改爲「不巧」！喬志高往深裡鑽，從淺處出，那是祕方。“Eat you, sleep you.”夠淺白，或可做反面教材。

——二〇〇〇年二月二十四日

布爾喬亞的蕭邦，好！

幽靜的街上家家院落都很大，紅瓦粉牆的房子反而讓蓊鬱的雜花老樹遮得若隱若現。是一九六四年歲暮的越南西貢，政局亂中守穩，政府仰仗美軍維持首都的昇平氣象，盡量留住法國殖民時代的悠閒情調，法語盈耳之際，僵硬的美國英語也慢慢時興了。我很喜歡聽我外家左鄰住的那位越南年輕人說的英語加法語，句句透著魚子醬下可口可樂的闊氣。認識他之前先認識他的琴韻，彈的幾乎一定是蕭邦的曲子。有幾段 Scherzo 彈得很見品味；Prelude 中的 Raindrop 冷冷撩起鄉愁；兩三首 Waltzes 潺潺流出姜白石的小令。一個雨後的黃昏，我忽然在院子裡的榕樹下聽到他的一支 Nocturne，尋尋覓覓纏纏綿綿的驚夢：「那人卻在燈火闌珊處」！

是沒有冷氣機的年代，長年的炎熱帶來長年敞開的窗戶，鋼琴的絮語這才飄過樹叢飄過圍牆飄滿庭園。這位二十歲的查爾斯早就入了法國籍，在法資銀行工作的父親決定帶著妻兒到法國定居。有一天，查爾斯請我到他的琴室聽他彈琴。先彈幾段諧謔曲，接著彈了蕭邦最動人的 Polonaise。天花板上的吊扇轉個不停，他的汗水流滿全身：世界各地太多太多的少年青年這樣全情全心投進苦練的漫漫歲月，可是，練成著名演奏家的實在太少太少了。查爾斯那天對我說：「越南政局太不穩定，爲了音樂，我不能不到法國去。我眞希望自己變成傅聰！」……

深圳高中生李雲迪得了波蘭國際蕭邦鋼琴大賽冠軍的消息一傳出來，我跟傅先生通電話。四十五年前的光輝照亮了這位鋼琴家的藝術生命，載著故鄉的夢影，載著雙親的遺恨，他的一葉扁舟終於蕩漾在音樂浩瀚的大海上。四十五年後欣聞李雲迪的捷報，傅先生說：「畢竟只十八歲，要再深造！」蕭邦鋼琴大賽一九二七年開始每五年舉行一次，冠軍給俄羅斯和波蘭人拿過三次，亞洲人除了傅聰榮獲第三名，一九八〇年第十屆比賽有一位越南鋼琴家鄧泰孫奪魁。

查爾斯姓阮不姓鄧。我那次在越南住了二十幾天，臨走前夕，查爾斯院子裡的白蘭花開得妖嬈，我們在樹下的石凳子上匆匆話別。一九七二年我路過越南，他們的宅院換了主人了。再後來，越南赤化了，我爲查爾斯出了國高興：「馬克思主義不能改變一加一等於二的定理，卻能說你彈的是布爾喬亞的音樂」，我想起傅聰當年接受林行止訪問說的這句話。查爾斯始終沒有成名；巴黎的布爾喬亞氛圍起碼讓他可以更接近蕭邦了……

——二〇〇〇年十月二十三日．選自未來書城版《回家的感覺眞好》

總統先生的鬍鬚

聽說，美國總統大選期間，有人問柯林頓怎麼看高爾當總統，柯林頓說：“Well, that's the next best thing.”。喬志高先生把這句話譯成中文：「不得已，求其次」。那是英文原意的中文說法了。柯林頓桃花旺命，色字頭上那把刀給他擋災擋禍，總統任內國泰民安，口氣合該這樣大。飯局傳言說，江澤民跟一位美國高官聊天聊起柯林頓，好奇問那位高官怎麼評價這位總統。高官脫口說：“He is a fucking good president.”。身邊的傳譯員馬上湊近江主席耳邊譯成中文說：「他幹得好！」那也是神乎其技的翻譯了。那麼粗俗的那個英文字，用在柯林頓那樣一位風流的福將總統身上，必是刻意語帶雙關。難得中文一個「幹」字一箭雙鵰而不見其粗，允稱高手之高手。

按理說，江澤民再沒有分寸也不會向一位美國官員探問他對美國總統的評價。那位美國官員再冒失也不會對著外國元首用“fucking good”去形容自己國家的總統。想出這段笑話的人肯定中英文頂呱呱，口語地道，絕不冬烘。我想，笑話倒過來說也可以：美國官員問江主席對柯林頓有甚麼看法，主席照例舉起雙手比劃一番說，「他這個總統幹得好啊！」傳譯員爲了譯活「幹」字，順口譯成“He is a fucking good president.”，美國官員聞言大樂，差點噴出嘴裡的半口香檳！

反正這句話的中英文對譯是上好的翻譯教材，翻譯系的老師和學生不可不學。當然，江澤民這樣回答並不奇怪，中國話說一個人做事做得好，也常常說「幹得好」，未必牽涉床上幹的事。妙就妙在這裡。

江澤民英語罵香港記者的話成了公元兩千年的世界名人名言，確是異數。主席那幾句英語其實絲毫不具備成爲名言的因素，驚世的是盛怒下的相貌和舉動。美國前總統詹森也對新聞記者發過脾氣，反罵記者向西方世界領袖發出「雞屎」似的疑問：“You're asking the leader of the Western world a chickenshit question like that?”。詹森當時臉上的表情倒是皺著眉頭苦笑而已。

一國元首難當；不懂得幽默自嘲的人鎮在那個位置上更要命：“Any man who has had the job I've had and didn't have a sense of humor wouldn't still be here.”。杜魯門說的。忘了是

哪一位不想競選連任的美國總統給記者追問到最後只好說：「我討厭每天刮兩次鬍鬚！」當總統不能帶著滿臉下午五點鐘的短鬚陰影見人，那是實情。全場新聞記者聽了一定不再逼供了：那句答案才是名言，是上頭條的材料。

——二〇〇一年一月八日．選自未來書城版《回家的感覺眞好》

窗外一樹白茉莉

是個週末，黃仁宇坐著夫人格蘭開的車子到戲院看戲。汽車沿赫遜河岸逗轉之際，黃仁宇笑笑對格蘭說：「老年人身上有這麼多病痛，最好是拋棄軀殼，離開塵世。」他們一到電影院，黃仁宇說身體不舒服，在進門的廳堂上一坐下來就暈倒了，叫救護車送到附近醫院急救救不回來，悄然走了。

黃仁宇的弟弟黃競存在〈我的哥哥黃仁宇〉裡說，那是去年一月八日加州時間上午十一點半，黃仁宇的兒子培樂從紐約打電話說，父親三小時前去世了。他們要看的那部電影是《雪降洋杉》（Snow Falling on Cedars），一九九四年的暢銷小說，寫西雅圖城海灣小島的新聞記者查訪一宗命案，目睹了不同種族的愛情，小島居民的心理以及人類的嫉忌和偏見。「照我的猜測，仁宇兄對寫小說有興趣，他去看這影片，不是純粹爲了娛樂，而是要把文藝著作和電影兩種媒體相互比較，有研究的性質。」

小說改編成電影就像把一頭牛變成一碗肉湯，小說家 John le Carre 說：「因此，第一件事是把書扔出窗外，光憑記憶記住內容。我有些書拍成電影拍得糟透了，因爲電影太尊重我的原作了。最新拍的這部《巴拿馬裁縫》倒眞的自闢途徑，絕不死死纏著我的小說。」

在赫遜河畔縱論中國歷史的史學家黃仁宇既寫出了那部轟動中外的《萬曆十五年》，也寫過兩部歷史小說：《長沙白茉莉》和《汴京殘夢》。這兩部作品雖然沒有拍成電影，黃仁宇卻已經先把歷史扔出窗外，憑記憶重組歷史譜成小說了。他的《萬曆十五年》當然也是這樣改編「小歷史」去體現「大歷史」的景觀。

我不很喜歡《萬曆十五年》的中文本，總覺得文字襯不起史學家磅礴的意旨和舒泰的視野。我始終相信英文原著 *1587, A Year of No Significance* 充分展現了作者彳亍史學殿堂的瀟脫氣派，連一些稍稍遲疑的史識判斷都忠實帶入行文裡。這一份敏感，中文本裡顯得弱了些。

黃仁宇說：注重銷量的出版社覺得這部書裡的宮廷生活、妃嬪恩怨雖然動人，海瑞、李贄卻牽涉財政與思想，該是學術著作；大學出版社則認爲既非斷代又非專論也沒有分析解剖，不倫不類，不願承印。

這兩種觀感其實正是《萬曆十五年》成材之處。那跟書裡明朝哲學家李贄很像：著作博雜而不夠精深，史識豐盛而不夠考辨，然而，《藏書》和《焚書》還是成了明代士人「人挾一冊，以爲奇貨」的神品。《萬曆十五年》也一樣：中國這麼多病痛，給黃仁宇扔出窗外的歷史，終於長出了亭亭一樹白茉莉。

——二〇〇一年二月二十八日・選自未來書城版《回家的感覺眞好》

美國人的傷感之旅

也許在幽靜的暮春。也許是陌生的約會。「要加糖嗎？」她一邊替他倒咖啡一邊問。「我自己來，」他說。落地長窗外滿園的花香隨著蕭蕭的晚風吹進小客廳。「花園梳理得這樣漂亮，」他說，「你花了不少心血吧？」她撩起披著半張臉的長髮，幽幽瞄了一下窗外森森的樹影：「是我媽的尋夢園！」「你母親也住這兒嗎？」他問。「兩年前去世了……」。他黯然放下杯子說：「不該撩起你的傷感，很不好意思。」

也許是眞情的難過，也許是泛泛的客套，西方酬酢文化永遠要這樣點綴傷逝的禮貌。中國人沒有這一堂教誨。記得古早的小鎭歲月，聲音響得像鑼鼓的唐三姨常來串門子。一天，城裡來的文明先生跟大家一起圍著三姨聊天，三姨劈裡啪啦大談三姨丈當民兵的英雄往事。先生聽了過癮，脫口問道：「三爺現在該七八十了吧？」三姨盯了他一眼說：「早翹辮子啦！」先生的臉一下子紅得像米缸上貼的紅紙：「對不起。」他囁嚅著說。三姨側一側耳朵問道：「你說甚麼？對不起？莫非我男人是你幹掉的？眞新鮮！」

聽了唐三姨那一頓教訓，這一輩子做翻譯譯到英文sorry這個字總是想起她冒著青筋的大方臉，總是避用「對不起」，避用「抱歉」，生怕洋派禮數翻臉變了殺人口實。說穿了其實只是"I am sorry to hear that."的意思，跟"I am sorry."的「對不起」差一大截，犯不著自作多情把熱臉偎在冷屁股上。鮑威爾說："We have expressed regrets and we've expressed our sorrow, and we are sorry that a life was lost."看來這位國務卿是嫌煩了：遺憾也憾過了，傷悲也悲過了，看著那苦命的飛行員王偉咱們也難過。這該行了吧？難道眞要老子跪地磕頭求饒不成！

美國五角大樓一上來就主張中美撞機事件應該通過外交途徑解決爭端，不是軍事途徑。可是，開腔管事的官員全是阿兵哥：駐太平洋部隊的頭頭是海軍上將；駐華大使是海軍上將；國務卿是四星上將；國防部長是老派冷戰戰神。他們都相信大美帝國是獨霸世界的超級強國，永遠不說「對不起」——尤其對中國。四十五年前，美國諜機闖入中國領空，闖入蘇聯領空，機毀人亡之餘，艾森豪將軍也只向蘇聯道歉，不對中國說對不起。在這樣的仇華武將遺風薰陶下，小布希身邊連一個老練的文人外交官都沒有，只靠寫過自傳體暢銷書《我的美國之旅》的鮑威爾在「遺憾」、「傷悲」和「難過」的外交列車裡展開美國的傷感之旅。

——二〇〇一年四月十一日

北京飄起她的琴韻

十一月上旬，阿根廷著名鋼琴家Martha Argerich熾熱的琴韻會蕩漾在寒冷的北京城。隱逸了這許多年，聽說是傅聰說動了她到紅色中國的首都參加第二屆國際音樂節。今年怕也五十八了，報上的彩照平添一絲闌珊的華麗，慵懶的眼神裡卻還留住了昔日古典的企盼。那是我這一代人的歲月的倒影：七十年代才三十幾歲，烏亮茂密的長髮鑲起一張秀媚的臉，台上鋼琴的黑白琴鍵在她纖纖十指的魔幻下縮回蕭邦蒼涼遠古的鄉愁——整個歐洲的知識界都爲她演繹的史詩動情。我一張一張收集她的唱片，圖的是倫敦星期日豔麗的下午和蕭颯的深夜，枯寂的作息消受得了片刻的悠揚……

當年，南美洲首席鋼琴家以女性占多數：Teresa Carreno、Rosita Renard、Guiomar Novaes、Ilana Vered和Argerich都以技巧和情味享譽歐美。對蕭邦的作品，她們炙熱的脾性和澎湃的精神往往一下子就彈出了醉人的魔力。那是感情對音樂的回應多過心智對音樂的闡釋。她們從來不去理會世俗觀念中演繹蕭邦的成規。頂眞的樂評家幾乎一致讚揚 Argerich 獨闢天地的音樂修養，說她表現的是清新（freshness）而個人（individuality）的風華。

傅聰一九五五年拿到華沙蕭邦鋼琴曲大賽第三名。十年後的一九六五年，美麗的 Argerich 得了第一名，外加瑪祖卡舞曲最佳演繹特別獎。傅聰當年也得過這個特別獎，是他指導 Argerich 苦練到得獎的。華沙第一屆蕭邦大賽一九二七年舉行，到一九六五年是第七屆了。一位評判說，拿過冠軍的鋼琴家之中，Argerich 的藝術造詣最了不起，她的高超技巧完全表現得出她的音樂理想。在歐洲，她的每一場表演都展現出她的音樂品味；鴉雀無聲的音樂廳裡，她沒有一次不帶給觀眾官能上的震撼和心靈上的淨化。我聽過她的貝多芬、李斯特、舒曼和普羅科菲耶夫，再難彈的樂章也纏不死她的技藝與風采。

北京的第二屆國際音樂節十月十八日開到十一月十九日。Argerich 和傅聰都表演蕭邦的「鋼琴協奏曲」，一個彈一號，一個彈二號。還有一場室內樂晚會，主題是「傅聰和他的朋友們」，Argerich 也要表演。我好久沒有聽傅聰彈琴了：聽他的琴會激起民族自豪感；聽他聊天，那是另一番高妙的境界了。

——選自未來書城版《心中石榴又紅了》（二〇〇一年六月）

青瓷船上的辜振甫

台灣海基會董事長辜振甫收藏了一件南宋龍泉窯精燒的青瓷船形水盂。辜先生說，看著這艘船會讓他心情平靜：船帆掩了，手槳收起來了，只顧靜靜盪漾在無風無波的水上；掌舵的艄公在凝視遠方，有人在艙裡盤坐下棋。在兩國論激起了海峽兩岸的驚濤駭浪之後，這位身負談判代表重任的老先生能用力的地方已經不多了。他的心也許很亂。接受台北《Cans藝術新聞》專訪談他的收藏的時候，他指著那件青瓷船形水盂說：只要看看，就好像窺見了先人的生活，與先人對話，既看到了他們的心血，也聽到了他們的歡呼。

龍泉窯是宋代名窯，在浙江省龍泉縣，始於五代，到了南宋登峰造極，製出粉青和梅子青等瑩潤清澈的瓷器。水盂是貯盛磨墨清水的器皿，也叫水丞、硯滴。辜先生說他「生長在末代的古老家庭」，小時候念私塾，書背不好要打手心；後來養成了愛唱戲、愛收藏的品味，又寫詩寫小說畫畫，十足書香才子，合該喜歡這樣的文玩。

辜振甫上一次來香港的時候住在文華酒店，我在酒店飯堂匆匆見到他和夫人靜靜吃著午飯，滿身清氣，像古人。他的台泥大樓改建了，最近還成立了「三合堂」和「仕敏廳」，一個展覽辜家的藏品，一個是藝術表演場地，都是辜先生命名的。「三合」即水泥、三合土；「仕敏」是民初水泥（cement）的譯音，辜先生說國父孫中山先生就稱水泥爲仕敏。管理三合堂展覽廳的是辜先生的三女兒辜懷如。她說，成立這個藝術館目的不在炫耀，不在營利，而是滿足回饋心理；反正辜先生也說他自己不是個「有系統的收藏家」，全憑合心意而收藏，自己不喜歡的，再好也不要。他的藏品有的來自家傳，有的朋友相贈，有的是拍賣會上拍到的。女兒常常陪老先生飛到歐美各地去看精品；辜家藏二三百件瓷器，最精的是南宋官窯「外」字款弦紋壺。書畫則八大、石濤、沈周、傅抱石等名家都不少；其中八大最多，但辜先生最愛石濤。

專訪裡只錄了辜振甫一句詩：「半是胭脂半是淚」，那確是行家了。學京劇則是拒學日文的父親要他不忘本的方法。辜先生說，看京戲會了解忠孝節義，唱京戲會促進健康。他再上京談判的機會目前還渺茫：他成了水盂上那個凝視遠方的艄公了。

——選自未來書城版《心中石榴又紅了》（二〇〇一年六月）

布希的點點繁星

電視上看到美國前總統老布希在香港一個晚餐會上的演說平實誠懇，很幫中國，可惜聽不到甚麼警句佳句。翌日報上說演詞風趣好笑之處不少，賓主盡歡。他當了多年總統，口才一定不差；現在身邊少了第一流的文才之士，詞鋒若然不減光彩，靠的當是個人的修養了。記得一九九〇年伊拉克入侵科威特之際，布希總統在電視上發表講話，說「一條線已經畫在沙地上了」（"a line has been drawn in the sand"），意思是底線在此，不得逾越。這句話也描出阿拉伯沙漠的形象。《紐約時報》視爲絕妙好辭，大字標題說憂心之國支持美國沙地之線（"Worried Nation Backs U.S. Line in the Sand"）。

高官腹有詩書，外加高人隨侍左右，說話時見詞采，不但討好民意，也讓傳媒拾得牙慧，沉悶的政治新聞頓見情趣，從而啓迪民智。蘇聯瓦解，歐共崩潰，布希說了一句「我們贏了冷戰」（"We won the Cold War."），「後冷戰」（post-Cold War）一詞應聲流行。他一九八八年競選總統的演詞裡，說他「要的是一個更寬容更平和的國家」（“I want a kinder and gentler nation.”）；美國人一聽心動，果然當選。William Safire在新編政治詞彙裡說，好多人於是苦苦查書找這句話的出處，從托爾斯泰到湯瑪斯·曼的書都翻遍了，傳爲一時佳話。

政治語言不摻入一點點文學意境，不啻綿綿情話而不穿插廝磨溫存的小動作。布希步上總統寶座的過程中，幾度提倡國人獻身社群，照應民生，說美國是百川歸海的多元大國，像繁星，「像寧靜遼遠的夜空中那千萬點光芒」（“like a thousand points of light in a broad and peaceful sky”）。過不了幾年，民主黨攻擊布希治下領公援的人根本沒錢付電費，成不了千萬點光芒的一點光（“You can't hardly pay your light bill and be one of the thousand points of light.”）！布希語塞，柯林頓上台。

懷念愛麗詩

我在倫敦半工半讀的年代，牛津文學教授 John Bayley 論文學的書最是貼心。他是學院裡老一派的飽學之士，用練達的人情世故看文學藝術，著作裡聞不到時下博士論文那股醫院消毒藥水的味道，句句是學問不是學術，文字淡素之餘常見拙氣，漂亮極了。他的夫人是 Iris Murdoch，哲學家、小說家，晚歲患癡呆症，年前過世了。貝理爲回憶她而寫的新書 *Iris* 去年出版，轟動英美讀書界，今年二月是第七次印刷了。貝理寫小說並不出色。這部新書以懺悔錄心情寫浮生求知的半世緣，竟有小說的景觀，露隨筆的體貼，帶哲學的蒼涼，具史詩的魂魄。我翻遍全書，深深感染到他們兩人毫無修飾的誠信和沒有傷感的胸懷。尊嚴本該是這樣高貴和圓通。“Happiness was but the occasional episode in a general drama of pain.”：《愛麗詩》卻已經修成忘憂和無痛的正果，棄 Thomas Hardy 於百步之外。

這當然是學問有功。貝理在書裡說，他們一邊吃午飯一邊聽收音機，癡呆了的愛麗詩忽然說：「他怎麼老在說『教育』？」這幾年政府官員不停在議論「教育」，提高電腦之類的技能。貝理猜想愛麗詩擔心的是政客太常用 education 這個字了，他於是說了幾句教育重要之類的話。愛麗詩聽了一臉焦慮說：「他們看不看書？」今天，教育似乎不完全是看書學習的意思了，跟她讀中學大學的年代不同。他安慰她說：「我想那是做學問的課題，像我們以前那樣。」（“It's a question of learning, I suppose. As we used to.”）愛麗詩稍微放心了些。貝理說，“learning”這個字如今確是少人用了，讀書求知（book learning）也少用了，人人都在說「教育」。香港也一樣。大家都在受教育，都在用腦；很少人在做學問，在用心。貼心的書也不多了。

記者是吟遊詩人

挪威波杜中央大學副教授 Jo Bech-Karlsen 說，新聞記者慣用一套固定筆法寫新聞，千篇一律，糟蹋了許許多多好故事。他把這樣的思維模式用拉丁文稱為 modus operandi，意指「操作慣技」，背後當然也深受資訊社會的語言和邏輯所影響。舉例說，市井流行「無厘頭」的言行，人人一窩蜂用庸俗的意識流模式去待人處事，新聞記者受其影響，寫新聞故事自然完全背離說故事的正常結構，指鹿為馬，一味寫馬，甚至用寫馬的筆法去寫狗寫鳥寫人。

這位副教授認為，新聞記者都應該是說故事的人，說眞實的故事，像古代凱爾特族的吟遊詩人（bard），帶著豎琴自編自彈自唱時代的事跡。他說，每一個時代每一種文明都會造就一些這樣的吟遊詩人，眼觀耳聞，用心去編唱動人的眞人眞事：新聞的準確程度不可忽視，表達的技巧手法必須巧妙，這樣，人家才願意聽、願意讀。易言之，粗疏沉悶的故事不會有市場。

新聞記者如此。作家如此。政治人物也如此。這裡面牽涉到先天的性格性情，也關係到後天的學養功力。董建華的記者會沉悶，因爲他沒有意識到搞政治的人必須具備講故事的技巧。他總是不太願意跟異議人士交往，因爲他還修練不出美國前總統詹森的胸襟和智慧和幽默。詹森恨不得敵手過來找他，說是「寧願他在我們的帳篷裡撒尿出去，好過他在我們的帳篷外把尿撒進來。」（“Sure let him join our campaign. I'd prefer to have him inside our tent pissing out than outside our tent pissing in.”）連硬綳綳的共產黨人赫魯雪夫也懂得自嘲。他說，「如果遇刺身亡的是我而不是甘迺迪，世界歷史最大的改變是那個希臘船王可能不會娶赫魯雪夫夫人。」這是舉重若輕的技巧。

輯五

立體鄉愁

只要作家「情志」未死，寫作「禮儀」不衰
盡量在手寫原稿和打字原稿上追求一絲美感
那麼，中國文人手稿起碼有應規入矩的館閣體可看
雖無魏晉飄逸之風、六朝碑版之意
到底自成鋒稜，心手相合
文章連帶也透出些遠古幽思來

旅行叢話

出門旅行，把一路上所見所聞所思所感寫成文章，稱作「遊記」，其實未必貼切。英國人美國人據說也很爲這類文章的正名問題傷腦筋。有些人想到用幻燈片或影片助講的旅行見聞講座，想到旅行紀錄片，於是把這類文章籠統稱爲 travelogues。有些人從航海日誌、飛行日誌聯想，覺得遊記文章不外每日一記，不妨就叫 travellogs，也有人贊成簡化，乾脆用 travel 這個字去總其名。至於這類文章這類書的個別題目和書名，則老老實實和刻意求新的都有：《冰島歸鴻》（*Letters from Iceland*）；《不帶地圖旅行》（*Journey without Maps*）；《秋季日注》（*Autumn Journal*），美國作家索爾・貝羅去了一趟耶路撒冷之後寫的那本書，書名叫《耶路撒冷去來》（*To Jerusalem and Back*），又淺又新。德國猶太作家瓦爾德・本傑明寫自己到過的大城小鎮不忘揭露自己學說理論的成長過程，寫自己學說理論的成長過程也往往穿插描繪自己到過的大城小鎮；旅途跟心路合二爲一，的確另有一手。他給這些文章題的篇名大半平實得很：〈莫斯科〉、〈馬賽〉、〈那布勒斯〉、〈柏林記事〉；有一篇長文突然署題：〈單行道〉（One-way Street），眞服了他。

中國人寫這類文章也沒有定格，算是不本經典之作；寫都城山川形勢之餘，還可兼記故實，廣錄瑣聞，加點感想，結果只能說是無類可歸的「紀錄」，不能通稱「游記」。幸好劉勰《文心雕龍》裡說：「今之常言，有文有筆，以爲無韻者筆也，有韻者文也」，後人這才可以大膽把一些瑣碎的隨筆稱爲「筆記」。「筆記」兩字太好用了；起碼歸起類來夠鬆動。宋朝潛說友的《咸淳臨安志》據說地方志的味道很濃，當然不能歸爲游記；明朝田汝成比較風趣，《西湖游覽志》裡寫方志之外，建築物興廢沿革、歷代詩人題詠、人物歷史掌故，也都一一記錄；這部書不稱「筆記」恐怕不成。到了清朝汪景祺的《讀書堂西征隨筆》，自序裡說得明明白白：「自邢州取道晉陽河東，入潼關，至雍州；凡路之所經，身之所遇，心之所記，口之所談，咸筆之於書。」這類文章也只好歸入「筆記」。至於後魏楊衒之的《洛陽伽藍記》，宋陸放翁的《入蜀記》，因爲專敘地理古蹟，或稱記行之書。「記行」當然比「游記」要好；避了「游」字，用了「行」字，其所「記」者，想來一定比「游樂」之作務實得多。所以，旅行見聞雜感的文章，稱「游記」不如稱「筆記」，稱「筆記」又不如稱「記行之作」。當然，「記行之作」應該屬於筆記體；反正天文地理、文學藝術、經史子集、典章制度、風俗民情、軼聞瑣事、神鬼怪異、醫卜星相等等都算筆記；而中外古今有價值的「記行之作」，內容都很淵博，既徇乎物，又本乎情，也精於思；不然恐怕變成旅行社介紹名勝的招徠文章，變成通篇文藝腔調的遊記小品，無關著述！

在一個地方住久了難免生厭，老想離開，想看看別的地方。佛洛伊德認爲，旅行的動機固然出於好奇，可是，另一個更大的因素，是想實現年少時離家出走的願望。他說，「旅行的一大樂趣，是滿足早年的希望：希望避開家人，特別是避開父親」。喬伊斯《藝術家的少年肖像》（*A Portrait of the Artist as a Young Man*）裡的史第芬就是想避開討厭的家才逃走。其實，佛洛伊德這個論點並不周全；出門旅行的心理成因因人而異，相當複雜。第一次大戰和第二次大戰前後，英國國內老百姓的生活大受衝擊，人生觀價值觀尺度大變，出門旅行顧忌很多，有一句標語說：「不必要的旅行浪費家居取暖的煤」（Unnecessary traveling uses, coal required to heat your homes）；博物館關門了；報紙比以前小了；糧食部打出口號說：「慢慢吃可以少吃點東西」（Eat Slowly: You Will Need Less Food）；人人變得非常小器；公園廣場上嚴禁餵鴿子；巍巍的教堂給炸壞了；館榭池台一片荒蕪；美好的東西教人反感，結果連詩和藝術品都遭人白眼；愛爾蘭事務大臣說，他眞想禁止戰爭時期吟風弄月！在這樣的情形下，作家和知識分子尤其不想在自己的地方待下去。他們想到別的地方去。當客座教授當特派員當戰地記者都比留在國內好。於是，二十年代和三十年代期間，寫《南風》（*South Wind*）的諾門・道格拉斯在那布勒斯；寫《紀念》（*The Memorial*）的艾舍渥（Christopher

Isherwood）在柏林和加州；詩人奧登在紐約；羅素在中國、在蘇聯；毛姆和曼殊菲爾在里維耶拉；小說家文評家布里基特（V. S. Pritchett）在巴黎；白倫敦在東京；理查斯（I. A. Richards）在北平；安普森（William Empson）在東京、在北平。

當時，這些人都不是遊客（tourist），是旅客（traveler）。觀光事業（tourism）並不像今天那麼發達的時候，「行萬里路」眞是爲了收「讀萬卷書」之效。本傑明能夠在旅遊上走出心路，道理在此。勞倫斯（D. H. Lawrence）的《意大利的暮色》（*Twilight in Italy*）書名寓意深遠，象徵意大利慢慢走完古老的農業社會之途，蹣跚步向工業時代，可是，前景恰似蒼茫暮色，還要熬過漫漫長夜。勞倫斯寫盡自己旅途上的心思；只有抱這種傳統進香心情的旅人，才能寫出這樣的記行之作。蕭乾的《人生採訪》和徐鍾珮的《多少英倫舊事》都有點這種味道。徐志摩在歐洲寫的東西雖然也流露智慧，總嫌「收」得不夠緊；冰心在美國寫的通訊則婉約有餘，扎實不足。也許是因爲知識資料運用得不太好。

人類行萬里路，最先是旨在探險（exploration），然後是旅行，接著是觀光。保羅・法瑟爾（Paul Fussell）最近寫了一本書叫《兩次大戰期間英國文人國外遊蹤雜考》（*Abroad:British Literary Traveling Between the Wars*），書上有一段話很有意思：探險家勘探没被發現的地方；旅客要看的是歷代智者發掘出來的地方；遊客只顧找企業家開發出來的地方，一切行蹤都照傳播媒介伎倆安排。

西方探險家四處冒險是文藝復興時期的行徑；這且不說。十九世紀觀光事業的興起，主要是出於資產階級崇尚原始主義，嚮往蠻荒地區。十八世紀末葉麥佛森（James Macpherson）到二十世紀初葉勞倫斯，知識分子紛紛發現蠻荒風土人情可愛之處；他們到落後地區去親近土人，了解其生活起居；觀光遊覽之餘，還要鼓吹平等主義精神。從另一角度看，這或許正是文明人表現優越的心理在作祟。宋朝范成大寫〈桂海虞衡志〉好像也有這種精神和心理：

> 始余自紫薇垣出帥廣右。姻親故人張飲松江。皆以炎荒風土爲戚。余取唐人詩。考桂林之地。少陵謂之宜人。樂天謂之無瘴。退之至以湘南江山。勝於驂鸞仙去。則宦遊之適。寧有踰此者乎。既以解親友。而遂行。……余既不鄙夷其民。而民亦矜予之拙而信其誠。相戒毋欺侮。……蠻陬絕徼。見聞可紀者。亦附著之。以備土訓之圖。……

其實，西方旅行風氣大盛，是一百多年前在英國開始的。英國是最先實行工業化、展開城市計劃的國家；工業社會令人身心疲倦，單調死板的城市格局令人煩躁沉悶，於是，大家既需要休假，也希望出國到處看看；肺病猖獗的期間，尤其不能不到天氣暖和的地方去療養。當然，旅行年代一旦進入觀光時代，虛榮心不免油然而生；出國旅遊觀光代表社會地位高尚。這跟東方人到西方鍍金回來身價百倍的心理一樣。每年夏天，英國人都要出一次門，地點遠近不拘，時間長短也無所謂。

走上工業化道路之後，浪漫主義者滿足浪漫情懷的辦法，大概只剩出國尋幽探勝和染上肺病了。肺病婦女花容蒼白，弱不禁風，才顯得高雅時髦。一八二八年二月拜倫在巴特拉斯攬鏡自照說：「我的臉多蒼白！我該得肺病死掉才好。這樣，那些女人都要說：看那可憐的拜倫，他快死掉的樣子多有意思！」肺病和旅行和文藝一度是分不開的。勞倫斯的小說給工業社會帶來的變革下了沉痛的注腳；勞倫斯半生肺病，半生旅行：德國、意大利、撒丁島、瑞士、法國、錫蘭、澳洲、大溪地、三藩市、新舊墨西哥，最後又到法國去。「這地方不好！」（**This place no good!**）他每到一個地方遲早會這樣說。他的小說《戀愛中的女人》（*Women in Love*）裡，厄休拉身在阿爾卑斯山脈上，心裡卻老惦念著橘子樹和柏樹。勞倫斯老在外頭飄泊的另一個原因是他討厭英國。一九一五年他的小說《虹》（*The Rainbow*）受英國衛道批評家攻擊，後來還遭當局毀版禁銷。此外，他又跟德國女人費麗達結婚，英國內政部表示敵視這女人。

鄙視一國的政治就會嚮往他國的政治，不辭千山萬水都要去看看；這是《桃花源詩並記》的懷抱。桃源思想跟西方半個世紀來激進知識分子“**ideological pilgrim**”的心態很像：嫌自己社會的制度不好，讚人家社會的制度最好。田疇、郗鑒、陶潛醉心沒有剝削、沒有壓迫、耕桑自給的理想國；西方這些知識分子的桃花源，則是沾了點馬克思主義的邊兒的革命「聖地」。一九一七年蘇聯十月革命誠然動人，大批西方知識分子一九二〇、三〇年代都愛到蘇聯一遊。一九五八年古巴鬧革命之後，他們夢中都想到哈瓦那去看看，就像六〇年代想到河內去一樣。一九七二年中美關係一改善，美國知識分子的心願是到中國去；西歐知識分子尤其心急，一九五〇和六〇年代就有不少人到過大陸。寫專書討論「政治香客」問題的賀蘭德教授（Paul Hollander）舉出六個要點說明西方這些知識分子選擇「政治聖地」的標準，其中最重要的一點是說：他們去「朝聖」的國家，必須是處於劣勢的國家，受西方或西方一個大國欺壓過的國家。我國歷來屢遭西方侵略；中國受殖民勢力剝削，二次大戰後又給美國傳播媒介惡意中傷；古巴是美國經濟帝國主義的犧牲品；北越江山讓美國軍機給炸爛了。一九五〇年代中期，蘇聯慢慢成了超級大國，蘇聯迷人之處於是也慢慢少了。

出門遠行多多少少是個「浪漫」的念頭。離開故國鄉土可能抱一種迴腸蕩氣的浪漫情懷；文天祥〈金陵驛〉詩就是：「草台離宮轉夕暉，孤雲飄泊復何依。山河風景元無異，城郭人民半已非。滿地蘆花和我老，舊家燕子傍誰飛？從今別卻江南路，化作啼鵑帶血歸！」情人分離，牽腸掛肚，也會惹出一段浪漫心事；清代俗曲中錄了這樣一首〈寄生草〉：「濛淞雨兒點點下，偏偏情人不在家；若在家，恁恁老天下多大。勸老天，住住雨兒教他回來罷。淋濕了衣裳事小，凍壞了情人事大。常言說：黃金有價人無價。」保羅．法瑟爾那本書有一章講愛慾和旅行，說是旅途上陌生的環境裡經常會引起非非之想；火車輕輕震動也會惹起興奮的慾念；輪船上沒人把守的睡房象徵方便之門。甚至現代旅遊業廣告那句「在加勒比海郵船上追求浪漫」（Find Romance on a Caribbean Cruise）的「浪漫」一詞，也可能是「性交」的雅語（genteelism）。

旅行帶來無盡的渴望。逃避家人和父親也好，厭惡一個地方追尋另一個地方也好，總是放不下心。擺脫文明，涉足蠻荒，終究換來追求和放棄的迷惑。得了肺病出外旅行遍找海濱的陽光當然也不是滋味。遊客自甘受觀光企業擺布，接受填鴨教育，匆匆往返之後，帶回來的只是一疊彩色照片，聊供一生顯耀。其實，探險的時代既然過去了，旅行的樂趣就只剩聯想了。前年到阿姆斯特丹去，想到的是梵谷一八七七年九月十八日在那兒寫給他兄弟的信：「今天有點閒情，可以實現老早定下的計劃，到特里本荷斯去看林布蘭的蝕刻畫；我一早就去，開心得很。」到意大利到瑞士去，想到的是勞倫斯當年從瑞士到意大利途中的情景：「我在一幢寧靜的木房子裡就寢。睡房很小，乾乾淨淨，全是木砌成的，很冷。外頭溪水潺潺。……一旦用冷水盥洗，準備出發滿懷欣喜。……吃了早飯還付了房錢。」到南洋去，想到的也會是毛姆的小說和郁達夫的詩。范成大要不是想到杜少陵、白樂天、韓退之的詩，可能會討厭那些炎荒風土。赫胥黎（Aldous Huxley）小說《故紙堆》（*Those Barren Leaves*）裡，阿爾文克爾太太帶那位詩人到羅馬各處遊覽：看西斯廷教堂的壁畫，看古老羅馬軍用大道上的斜陽，看圓形劇場裡的月光，希望這些情景可以撩起詩人浪漫的聯想，一時動感情愛上她。阿爾文克爾太太的確懂得旅行帶來聯想的道理。記行之作記下「路之所經，身之所遇，心之所記，口之所談」，說起來正是悟出「聯想」眞諦，得了「記行」三昧。

——一九八一年二月七日

「一室皆春氣矣！」

1

現在是不流行寫信了，人情不是太濃就是太淡。太濃，是說彼此又打電話又吃飯又喝茶又喝酒，臉上刻了多少皺紋都數得出來，存在心中的悲喜也說完了，不得不透支、預支，硬挖些話題出來損人娛己。友情真成身外之物了；輕易賺來，輕易花掉，毫不珍惜。太淡，是說大家推說各奔前程，只求一身佳耳，聖誕新年簽個賀卡，連上款都懶得寫就交給女祕書郵寄：收到是掃興，收不到是活該。

文明進步過了頭，文化是淺薄得多了。小說家 Evelyn Waugh 論電話，說打電話的人八九是有求於人的人，偏偏有人專愛女祕書代撥電話；你應鈴接聽，線那邊是女祕書的聲音說：「請等一等，李四先生想跟閣下談話！」人家架子這麼大，他實在不想強顏伺候，毅然掛斷電話。「對付這種人只能用這種辦法，」他說。日前偶見台灣一位書畫家刻的一枚閒章：「相見亦無事，不來常思君」；這樣淺的話，這樣深的情，看了眞教人懷舊！上一輩的人好像都比較體貼，也比較含蓄，又懂得寫信比打電話、面談都要有分寸的道理。收到這些前輩的信當然高興；好久沒收到他們的信，只要知道他們沒事，也就釋然。「墨痕斷處是江流」；斷處的空白依稀傳出流水的聲音！

2

友情跟人情不同。不太濃又不太淡的友情可以醉人，而且一醉一輩子。「醉」是不能大醉的；只算是微醉。既說是「情」，難免帶幾分迷惘：十分的知心知音知己是騙人的；眞那麼知心知音知己也就沒有意思了。說「墨痕斷處」是「相見亦無事，不來常思君」的「不來」；「疑是玉人來」的心情往往比玉人眞來了還要纏綿。文學作品的最大課題是怎麼樣創造筆底的孤寂境界。畫家營造意境，也不甘心輕輕放過有孤寂感的筆觸：「似曾有此時，似曾有此景，似曾有此境界」，有一位國畫大師寫過這樣的句子。書信因爲是書信，不是面對面聊天，寫信的人和讀信的人都處於心靈上的孤寂境界裡，聯想和想像的能力於是格外機敏。梁鼎芬給繆荃孫的信上有「寒天奉書，一室皆春氣矣」之句，又有「秋意漸佳吟興如何？」之念，還有「天涯相聚，又當乖離，臨分惘惘。別後十二到朱雀橋，梅猶有花，春色彌麗」之淡淡的哀愁，正是友情使孤寂醉人也是孤寂使友情醉人的流露。

有斷處的空白才有流水的聲音。二十四小時抵死相纏，苦死了！電影演員格麗達．嘉寶在一九三二年主演的名片《格蘭酒店》裡說了一句很有名的對白：“I want to be alone.”《牛津名言詞典》裡不但收了這句話，還加上注文說明嘉寶生平愛說這句話，電影裡這句對白其實是剽竊她的名言；朋友們私底下都聽過她說：“I want to be left alone.”和“Why don't they leave me alone.”一類的話。嘉寶是紅伶，又甚美豔，想在生活上一求身心的孤寂當然不容易，煩躁不難想見；「我要一個人靜一靜」、「我希望人家讓我一個人靜一靜」、「他們爲甚麼不讓我一個人靜一靜」！玉人不想來都不行，做人眞太沒有詩意了。

3

Stephen Spender的自傳*World Within World*裡說詩人艾略特任出版社社長期間給他出書，兩人開始有書信往來。斯潘特有幾次寫信質問詩人的宗教觀，認爲是詩人「逃避」社會責任的藉口；詩人回信說，宗教信仰並非斯潘特所想可以有效避世；他指出不少人寧願讀小說、看電影、開快車，覺得這些「逃避」比較輕鬆；「關鍵在我是不是相信原罪」。斯潘特讀這封信是在慕尼黑，當時春光明媚，他說他實在不能相信原罪之說。讀信的環境居然可以影響讀信人對信上議論的想法；要是當時慕尼黑是秋風秋雨時節，斯潘特對艾略特宗教信仰的觀感一定不同。要不是江南落花時節，李龜年就不像李龜年了！

世事妙在這裡。書信之命運竟如人之命運：「不可說」！Harold Nicolson 有一次寫文章批評朋友的小說，事後甚感歉疚，寫了封信解釋加道歉。朋友過幾天回了短簡說：「你當眾在我背後捅了我一刀我已經不能原諒你了，你這回竟私下向我道歉，我更不能原諒你了。」

斷處的空白依稀傳出流水的聲音，萬一把空白塞住了，流水恐怕會氾濫。寫信是藝術，但也要碰運氣；不能太濃也不能太淡。徐志摩的《愛眉小札》只有陸小曼才讀得下去；稅務局的公文則誰也讀不下去了。「微雨，甚思酒，何日具雞黍約我？《夢餘錄》再送兩部，祈察收。」雨冷，酒暖，書香，人多情：寒天得這樣的信，當然「一室皆春氣矣」！

——選自圓神版《這一代的事》（一九八六年一月）

聽那立體的鄉愁

法國鴻儒羅蘭・巴爾特談寫作環境和書齋文具，說他不作興在旅館客房裡做文章，原因不關氣氛，不關裝潢，但嫌它格局鋪設不得其體，並戲言云：「人家稱我是結構主義者，信非雌黃！」他慣常上午九點半鐘到一點鐘在臥房伏案工作；臥房裡還有一台鋼琴供他天天中午兩點半彈琴。再有就是一堆畫具，星期天沒事總會畫幾筆。書桌要木頭做的；書桌邊還要另設一張桌子擺放文房雜物；打字機、索引架各得其所。巴爾特愛筆成癡，喜歡買各種筆，寫一篇文章總愛新筆舊筆換來換去地寫。他連鵝毛筆都用，可是絕對不用圓珠筆，說是這種筆只配率爾記記零星雜感，勾畫不出愜意飛動的文思。他始終最愛用細緻的自來水筆，覺得一管在握，鋒稜嶄然，毫髮無憾，意到筆到！

寫作原是家庭手工業，今昔中外作坊環境流露作家生平趣尚不說，紙筆之類的生產工具作家大半都相當考究。明代屠隆官拜禮部主事，遭小人構陷，歸隱之後家境雖然貧寒，居然念念不忘經營書齋情調，種蘭養鱗之外，洗硯池邊更沃以飯瀋，引出綠褥似的青苔；牆下又葬了薜荔，經常灑些魚腥水，日子久了，藤蘿蔓生，月色下渾如水府，別饒佳趣。至於齋中几榻、琴劍、書畫、鼎研之屬，更是製作不俗，鋪設得體，入目心神為之一爽。這些「清規」，正是羅蘭．巴爾特所說作家的寫作「禮儀」，髣髴中世紀教會寺院抄寫經書的人要默坐一整天才可以動筆一樣神聖；巴爾特甚至嚮往中國古人重視書道、臨池專心如僧侶摒除雜念的毅力。這樣的流風，到了機械文明硬體發展撩人魂魄的今天，自然需要重新認識、另作安頓了。

「我不斷在認眞改造自己去適應時代潮流」，羅蘭．巴爾特說。他買了一架電動打字機，天天花半個小時練習打字，希望「打」出更有「打字機風味的文稿」。他說他的寫作過程通常分成手寫和打字兩個階段：先是把「情志」筆之於書，求其心手之相合，變成手寫原稿；然後是把手稿謄清成印刷體的打字原稿準備付梓銷售。巴爾特事忙，偶然不得不勞煩別人用打字機代謄手稿，卻覺得這是一種社會關係的異化現象：打字員受僱主牽制跡近奴隸之受束縛，而寫作的天地其實是最講求自由抒發情志的天地！於是，唯一辦法就是巴爾特自己練習打字，希望從此可以不必手寫草稿而是直接用打字機打出文章，求得與手稿一樣飄逸的即興之美感。可是，巴爾特畢竟到死都捨不得全盤放棄「筆」耕的樂趣，寧願自嘆落伍也不輕心冷落案頭那些筆。

中國舊式讀書人之重書道，固然是以書判取士的形勢所迫，可也有不少是性之所近；這裡頭當有思古幽情在作祟。湖北楊守敬以書名天下，家中收藏古人書畫很多，可惜身後家人不知寶愛，紛紛給日本人重價買走，只剩一些友朋書札充塞一樓，其中梁鼎芬的短簡云：「燉羊頭已爛，不攜小眞書手卷來，不得喫來。」周棄子看了不禁感嘆「承平文讌，餔餟風流，神往前賢，心傷世變，不止妙墨刦灰之可爲太息也」！中國書道之衰微的確影響文人的興味和文章的風韻；現在中文有了打字機，慢慢一定普遍於案牘之實際應用，中國作家遲早都要深刻領略「社會關係的異化現象」。但是，只要作家「情志」未死，寫作「禮儀」不衰，盡量在手寫原稿和打字原稿上追求一絲美感，那麼，中國文人的手稿上起碼應有應規入矩的館閣體鋼筆字可看，雖然無復魏晉飄逸之風、六朝碑版之意，到底自成鋒稜，心手相合，文章連帶也透出些遠古的幽思來。

機械文明用硬體部件鑲起嶄新的按鈕文化；消費市場以精密的資訊系統撒開軟體產品的發展網路；傳播知識的途徑和推廣智慧的管道像蔓生的藤蘿越纏越密越遠；物質的實利主義給現代生活墊上青苔那麼舒服的綠褥，可是，枕在這一床柔波上的夢，到底該是繽紛激光的幻象還是蒼翠田園的倒影，卻正是現代人無從自釋的困惑。生活情趣和文化藝術於是開始在高雅和通俗的死胡同裡兜圈子，始終擺脫不掉消費社會帶給他的壓力。美國詩人 Frank O'Hara 心傷世變之餘早就不再太息：「太多詩人都像中年母親逼孩子吃太多熟肉和土豆。我才不管他們吃不吃。強迫人家多吃會把人弄瘦。誰都不必吸取自己不需要的經驗；他們不需要詩歌就讓他們去吧。我其實也喜歡看電影。」用不慣打字機的人還是可以用圓珠筆、鋼筆甚至毛筆；激光畢竟沒有射斷歷史的細流。鋼琴家荷洛維茲可以親身到衣香鬢影的米蘭歌劇院演奏，可是，紐約卡內基廳卻同時放映他的演奏影片，運用現代立體效果數位錄音技術捕捉當年蕭邦的千縷鄉愁。*Vanity Fair* 雜誌推出「英國熱」專輯，討論今日美國人崇拜、模仿英國古老氣派的現象，從中對照英國人的文雅和美國人的衝勁、英國人的偃蹇和美國人的達觀、英國人對過去的眷戀和美國人對未來的信心。金耀基從古城海德堡寄來的信上說：「其實我就是喜歡這種現代與傳統結合一起的地方：有歷史的通道，就不會飄浮；有時代的氣息，則知道你站在哪裡了！」

——選自圓神版《這一代的事》（一九八六年一月）

王渾妻子調皮

念小學六年級的時候，學校裡來了一位新校長，姓周，湖北人，國語帶著濃厚的湖北腔。有一天，教國文的老師請病假，校長來代課。他不教課文，教我們讀金昌緒的〈春怨〉，用一手漂亮的字在黑板上抄出這首詩，搖頭擺腦讀給我們聽：「打起黃鶯兒，莫教枝上啼，啼時驚妾夢，不得到遼西。」他說，這個可憐的女人丈夫充軍去了遼西，她想在睡夢中跟丈夫重逢，不許黃鶯亂叫把她吵醒，害她見不到丈夫。小學畢業班的學生不大不小，對男女間的事似懂非懂，教室裡一片安靜。窗外樹影婆娑，偶有鳥語。突然，校長提高嗓子說：「好哇，好詩！眞！細！明天給我背出來！」

說「眞」，當是筆端流露的眞情，不加掩飾。說「細」，不外指思致縝密，小處用心，著墨不多。歷來文章大家都著重這樣的文字。「昔爲倡家女，今爲蕩子婦；蕩子行不歸，空床難獨守」，大膽說出心頭的話，不隱瞞，不避諱，只教人覺得蕩子可惡，倡婦可愛。王國維

《人間詞話》說這首詩「可謂淫鄙之尤；然無視為淫詞鄙詞者，以其眞也」。《世說新語》裡說王渾與婦鍾氏共坐，見王渾的兒子走過庭前，王渾欣然對妻子說：「生兒如此，足慰人意。」妻子笑說：「若使新婦得配參軍，生兒故可不啻如此！」六朝女子出嫁而上有長輩者，自稱「新婦」；「參軍」是王渾的弟弟王倫，想必長得高大漂亮過其兄，否則那位新婦不會說跟這個小叔生個兒子一定更俊美。實話實說，美哉此婦！

天下文章寫得好的人未必都有一顆赤子之心，寫時事評論者尤其不可天眞爛漫；越是閱歷豐富、滿肚密圈的老狐狸，越是寫得有見地。寫小說大概也需要這樣的本事，總要看破世情，帶點冷漠，才能置身筆下的事外，洞悉個中的眞性。古今中外成大器的小說家，都有過一段不很如意的心路歷程。無風無浪的生命揮灑不出磅礴的潑墨巨構。詩詞不同。王國維說：「詞人者，不失其赤子之心者也。故生於深宮之中，長於婦人之手，是後主為人君所短處，亦即為詞人所長處。」李後主肯定寫不出甚麼像樣的國策政論，宋兵破金陵後如果不被毒死，繼續吟嘆身世，慢慢或許還可以寫出傳世的說部。當然，他的詞反正已經是極品了，別的大可不必再多事消磨了。

文字的「眞」反映的是內心的「眞」。心裡不相信的事情能不寫就不寫，此乃文字求「眞」的法門。但技巧不可荒疏，還是要用功的。〈春怨〉看似淺顯，其實功力深沉，二十字抵千字。讀了這首，「昔為倡家女」一首就嫌太「直」了。文字因此講「巧」。求「巧」

先要調皮，可惜王渾妻子不寫文章，要寫一定大佳。

——一九九六年十月九日

點起正月半的花燈

1

年輕一代每每問起寫文言應「文」到甚麼田地、寫白話如何避文言字句。我漸漸不信文字有文白之分；好文字往往讀來不覺得是文是白。「五四」白話文運動已經成功，對文白問題矯枉過正，可能囿於文體而害了文章的神采；要計較的是文字好壞而已。《紅樓夢》中〈好了歌〉白裡有文，正是關鍵所在。《閒居筆記》裡也有文字相似之歌：「水花兒聚了還散，蛛網兒到處去牽，錦纜兒與你暫時牽絆。風箏兒斷線了，扁擔兒擔不起你去擔。正月半的花燈，也亮不上三五晚，同心帶結就了，割做兩段。雙飛燕一遭彈打，無得成雙。並頭蓮才放開，被風兒吹斷。青鸞音信杳，紅葉御溝乾，交頸的鴛鴦，也被釣魚人來趕。」此中實在說不清是文是白。

唐詩宋詞元曲都是鍛鍊文字的大好範本。前幾年我的朋友詹德隆有「聽歌學英文」之節目，旨在複習新舊歌曲中的歌詞以領悟英文句法詞彙的妙處，構思甚佳。近見鄧之誠引〈一夕話〉也是上乘的韻文：「貧家一婢任馳驅，不說旁人怎得知。壁腳風多寒徹骨，廚頭柴濕淚拋珠。梳妝娘子嫌湯冷，上學書生罵飯遲。打掃堂前猶未了，房中又喚抱孩兒。」清清爽爽勾勒出婢女的狼狽生涯，識字的人誰都看得懂。

2

絕詩律詩自然是文得多了，卻也不乏可以化入白話文骨子裡的詞彙。明朝有個美婢換書的故事也很有趣。明世宗嘉靖中，華亭朱吉士大韶性好藏書，看中一部宋版《後漢紀》，遂以一美婢易之，蓋藏書的故家看中這位美人，非她不肯換書。美婢臨行題詩於壁曰：「無端割愛出深閨，猶勝前人換馬時。他日相逢莫惆悵，春風吹盡道旁枝。」吉士見詩惋惜不已，沒多久就死了。人俏詩怨，怎麼消受！舊詩舊詞第一好處是長話短說；這一層是學寫短文章的他山之石。第二好處是詞彙典雅，借以用在白話文中，可以營造意境。當然，「詩的語言」恰當處偶爾一拈，自有化腐朽爲神奇之功效，通篇文章盡是雅語麗詞，未免纖弱了，所謂「雅得一塌糊塗」也。

3

孫郁說魯迅撰寫書話，「不掉書袋，不迂腐自娛，亦無紳士『雅』態」，又說他「以白話文而名顯天下」。確實如此。可是，孫郁也不忘說明「先生之文，上窮遠古，旁及異邦，近逮人生，一言一語，蒼然深邃，情致極焉」。魯迅讀過古書不少，從而「知舊世之弊」，文章「渾厚冷峭，於書卷氣雜以鬥士風采」。仔細閱讀魯迅的白話文，不難發現他下筆其實「白」中處處有「文」，可見文言眞是白話的基礎。魯迅用文言寫中國小說史，通篇精練得不得了，又不失情致，他的語文底子昭然若揭。甚至讀〈孔乙己〉，讀〈阿Q正傳〉，讀〈在酒樓上〉，雖是白話，文言的成分還是不少，否則不會「凝」得那麼晶瑩。文言文是傳統的、古典的，像正月半的花燈，縱使只亮三五晚，也好。

——一九九六年十二月二十六日

語言學家寫〈勸菜〉

1

有一些題材很想寫，想了好幾次都寫不成。不是不敢寫，是沒有把握寫得好。最近讀到中國大陸瓜田寫的〈王了一的幽默：淵博學者的睿智戲筆〉，有意思。王了一是王力，中國著名的語言學家，大學教材《古代漢語》的主編。我拉拉雜雜讀過王老先生不少書和文章，瓜田文中所引四十年代寫的〈勸菜〉一篇卻沒有讀過。瓜田雖只引了片段，竟也妙不可言了。王力說：「勸菜的風俗處處皆有，但是素來著名的禮讓之鄉如江浙一帶尤爲盛行。男人勸得馬虎些，夾了菜放在你碟子裡就算了；婦女界最殷勤，非把菜送到你的飯碗裡去不可。照例是主人勸客人；但是，主人勸開了頭之後，凡自認爲主人的至親好友，都可以代主人來勸客。有時候，一塊『好菜』被十雙筷子傳觀，周遊列國之後，卻又物歸原主！」

2

我向來主張用筷子吃飯必須嚴格劃清界限，授受不親，免得相濡以沫，一餐飯跟太多人法式親嘴，曲終人散之後，徒生失節之恨！我這份恐懼感與生俱來，明明知道有違中國文化的和氣精神，畢竟始終英勇不起來。我實在不好意思說，當然更不知道該怎麼宣諸筆墨，生怕褻瀆了世代相傳的美德。沒想到王老先生替我寫了，讀來彷彿他鄉遇故知，不亦快哉！他說：「中國人之所以和氣一團，也許是津液交流的關係。儘管有人主張分食，同時也有人故意使它和到不能再和。譬如新上來的一碗湯，主人喜歡用自己的調羹去把裡面的東西先攪一攪勻；新上來的一盤菜，主人也喜歡用自己的筷子去拌一拌。至於勸菜，就更顧不了許多，一件山珍海味，周遊列國之後，上面就有了五七個人的津液。將來科學更加昌明，也許有一種顯微鏡，讓咱們看見酒席上病菌由津液傳播的詳細狀況。」坦白說，我情願不長見識，不去開這個眼界了。

3

王力筆下的好戲還在後頭：「我未坐席就留意觀察，主人是一個津液豐富的人。他說話除了噴出若干唾沫之外，上齒和下齒之間常有津液像蜘蛛網般彌縫著。入席以後，主人的一雙筷子就在這蜘蛛網裡衝進衝出。後來他勸我吃菜，也就拿他那一雙曾在這蜘蛛網裡衝進衝出的筷子，夾了菜，恭恭敬敬地送到我碟子裡。」這一來，王老先生沒有理由不慷慨就義了，陪著笑臉呑下那一塊變了味的炒山雞片。

「我承認我這種脾氣根本就不適宜在中國社會裡交際。然而我並不因此就否定勸菜是一種美德。『有殺身以成仁』，犧牲一點兒衛生戒條來成全一種美德，還不是應該的嗎？」他說。我試過努力說服我自己，到頭來依然不能接受王力下的這個結論：我決定不去繼承那樣的國粹，堅決主張替國粹整容，飯桌上備公筷和調羹拿菜勸菜，用勺子湯瓢舀湯敬客。但是我還是覺得王老先生這篇小品寫得實在好。他們那一代文人都練得一手絕藝，一枝椽筆在文字的堂奧上「衝進衝出」，不沾一絲蜘蛛網，永遠乾淨瀟灑，像《雅舍小品》。

——一九九七年三月二十六日

給自己的筆進補

1

白話文要寫得活潑而有風致，多讀詞比讀詩管用，多讀曲又比讀詞濟事。馬致遠的詞〈天淨沙〉有二十八字最堪反覆捉摸：「枯藤老樹昏鴉，小橋流水人家，古道西風瘦馬。夕陽西下，斷腸人在天涯。」此文有景有情，對仗活潑，意興典雅，養的是筆裡深邃的才思。曲牌則句數和字數固然一定，卻可以增加襯字，比詞又鬆動親切得多，而且不怕多借方言助興，正是練白話文的九宮格。關漢卿〈不伏老〉正文其實不過十四字：「我是一粒銅豌豆，鑽入千層錦套頭」，結果竟湊出好多生動的襯字：「我是個蒸不爛、煮不熟、捶不扁、炒不爆、響璫璫一粒銅豌豆，恁子弟每教你鑽入他鋤不斷、砍不下、解不開、頓不脫、慢騰騰千層錦套頭。」這樣複雜多變的感情，恰好湊出那一串打不散的金句。早年洪雲寫〈甚麼是散曲〉講詞講曲引用過這些好東西。

陶傑寫〈嗑瓜子〉非常有識見，可惜全篇從題目到內文的「嗑」字都誤植爲「磕」。「嗑」讀kē，碰、敲之意，如「磕頭」；「嗑」音kè也寫作「齣」，用門齒咬有殼的或硬的東西，如「嗑瓜子」。這兩個字常常弄擰了；陶傑此文甚好，看得仔細看出來的。文中所引小調更絕，徐志摩當年筆下專學這一路俏麗的白話：「瓜子嗑了三十個，紅紙包好藏在錦盒，叫丫鬟送與我那情哥哥。對他說：個個都是奴家親口嗑，紅的是胭脂，濕的是吐沫，都吃了，管保他的相思病兒全好卻，管保他的相思病兒全好卻。」

2

「紅的是胭脂，濕的是吐沫」，這叫上好的白話文；接下去那一句「都吃了」，更是簡潔有力；香港半桶水中文會寫成「如果全部吃落肚」，未免辜負了那俏奴家！都說語文是有生命力的，一直在變；都說方言應該堅持爲主流語言，因爲方言生動。都對。只是「有生命」是指人跟人交配生出一個人的生命，不是人跟別種動物幹出來的怪物：雖然怪物也有生命，正如不通的文字也有生命一樣，會吃人。方言肯定要用，而且要不斷採納全國各省方言中貼切的詞彙去豐富現代中文的書面語。要延續語文的生命，要學會判斷方言中的精華與糟粕，必須先學好寫作的基本功：做得出一篇五百字的通順文章才去寫「星空很希臘」、「做愛

（不是造愛）很過癮」不遲。

詞彙不夠，文章貧血；句法笨拙，陰陽不調。中國已故語言學家羅莘田於是說：「嘗欲恢弘詞彙，約有四途：蒐集各行各業之慣語，一也；容納方言中之新詞，二也；吸收外來語之借字，三也；董理話本語錄戲曲小說中之恆言，四也。四術雖殊，歸趨則一。」此論中肯開明，世世代代的有心人都應該這樣努力。孟子微談元曲語詞，認爲歷來研究元曲都集中在角色的考據、曲調的尋源、作者的身世上頭，對元曲語辭的研究反而不多，大家遇到難懂的語辭，不是蹙眉苦思，不知所可，就是望文生訓，不求甚解。這是學術問題了。普通人不必考究這些，只求多多接觸詩詞小調，給自己的筆進點補品。早年張獻之所著《詩詞曲語辭彙釋》很管用，是甚有價值的工具書，當閒書看最好。

——一九九七年八月二十九日

甩不掉駢文情意結

事隔幾十年了，我還記得少年時代所讀鴛鴦蝴蝶派小說裡的文句。觸景傷情的段落固然不難湊合，描寫美女的筆墨也都似曾相識：「鉛華不卸，香色天然；花樣翻新，頭挽墮馬之髻；時裝爭炫，鏡嵌金絲之邊。」國文老師有一天發現我博覽這些說部，顯然放心不下，說是「言情故事多讀要傷血氣的；那文字倒是看看無妨」。就這樣，我跟世世代代的中國人一樣，潛意識裡潛藏著一大堆駢文情意結，上承六朝，下接鴛蝴，四字句子不但化進白話文裡，也養在腦海之中。

駢文是詞句整齊對偶的文體，重視音韻和諧，詞藻華麗，卻未必有作者的眞切感情和生活體驗。現代人不寫駢文，這款文體的威懾力量卻大得很，連標榜馬列共產的新中國朝野也剪不掉這條舊文化的尾巴。《紐約時報》上登了一篇 Seth Faison 的文章，說是這樣一個事事服從最高當局的社會裡，成語諺語箴言滿天飛，成了鞏固勢力的法寶。文中所提的例子多是四字成語，正是駢文的元素，外國人百思不得其解，其實是華夏祖宗傳下來的衣缽。文章說，上海郊外鄉下一位老農慶幸當今家家有電視有影帶，卻不知道最後是誰害了誰：“You never know at whose hand a deer will die.”（鹿死誰手）。說到上海建築物的問題，一位管住房的幹部說，那景象簡直是「鱗次櫛比」：“Packed in a stight as teeth of a comb.”。文章還說，中層官員幹出任何走資行爲都會用鄧小平的一句箴言開脫：「摸著石頭過河」。

越是國學根柢深、舊學修養好的人，駢文情意結一定越濃。無論新中國怎麼馬列化，這樣的人是「新」不到哪裡去的。五十年來大大小小的運動，要砸要破的舊東西舊思想到頭來是砸不爛破不了，琴棋書畫骨董珍玩越玩越火紅，舊文化一盞盞古意盎然的紅燈籠又點亮了馬列主義的後花園了。跟在毛澤東身邊當政治祕書十八年的田家英都要請人刻一枚「京兆書生」的閒章，他收藏的字畫也越來越多，那是因爲毛澤東也甩不掉潛意識裡的駢文情意結：借了田家英所藏鄧石如的對聯掛在書房裡過過癮！

根據寫田家英藏品的陳列說，田家英一九六二年在北戴河會議上向主席進言，贊成包產到戶以度過困難時期，毛澤東一怒罵他掀起單幹風。從此，田家英給打入冷宮了；他引用韓愈〈進學解〉的話說，自己是「投閒置散，乃分之宜」。又是八字箴言！

——一九九九年十一月十九日

「西天還有些殘霞」

中文白話文裡的「她」字是五四新文化運動先驅劉半農一九二〇年在倫敦創造的。他還以此寫成名詩〈教我如何不想她〉，再由語言學家趙元任譜成樂曲。那首歌曾經紅遍大江南北，我早歲學古典鋼琴太苦，偷偷哀求彈得一手絕妙爵士鋼琴的溫老師教我彈這支曲子。我天天背誦「天上飄著些微雲，地上吹著些微風」，天天苦練手指撥出琴鍵上滾滾波濤和潺潺細水的音響。趙元任的樂曲其實譜得比劉半農的原詩深情而沉鬱，在適當樂句之間穿插一些 improvisation 會彈得更纏綿。劉半農的原詩廉價的意境嫌多了些，蕩到結尾才蕩出一絲古典的蕭瑟：「枯樹在冷風裡搖，野火在暮色中燒。啊，西天還有些殘霞，教我如何不想她」。句子裡的「啊」字念著肉麻，化入趙元任的音色裡才起死回生。

歌分明是情歌，周彬也說「激勵著海外遊子眷戀祖國的情懷」。他在〈劉半農與「她」

字〉裡還說，有一天，劉半農到趙元任家裡小坐飲茶，碰巧不少青年學生也在，一見劉先生，「簡直難以相信眼前這個矮身軀、方頭顱、憨態可掬的土老頭子，竟然會是創作出美妙歌詞的作者」。劉先生一走，學生們寫下這樣一首打油詩：

教我如何不想他，請來共飲一杯茶；
原來如此一老叟，教我如何再想他？

魯迅稱讚劉半農創造了白話文裡的「她」和「它」，說是打了一場反潮流的大仗：「現在二十歲左右的青年人，大約很少有人知道三十年前，單是剪下辮子，就會坐牢或殺頭的了。」劉半農一九二四年留學法國，專攻語言學；一九二六年回國任北大教授，一九三四年病逝北平。

台北《中國時報》副刊前幾天刊登黃錦樹的長文〈閒雅和反擊——也說董橋〉。他是學院中人，從磅礴的學術視野裡把我歸劃入中國文化懷舊派的「重要成員」，跟留著辮子的辜鴻銘和當今台北小說家李永平同屬僑生出身。聽說黃錦樹也是僑生；他不但容許我留著文化辮子不必殺頭，還隱約容許我「在『市場中國』中重新召喚『文化中國』——一個新興的貴族文人階級」。他甚至認同我追求「這種『閒雅』文化品味的底子背後需要的經濟底子」。我還不認識黃錦樹，讀他的長文倒有些傷感了：現代文人不僅在政治上邊緣化了，而且只能以專業知識謀生，「失卻了在前現代世界中作爲象徵總體的存在」。也許正因爲這樣，風冷樹枯的暮色中，我才會跟著劉半農、趙元任那樣眷戀著「西天還有些殘霞」……

——二〇〇〇年一月五日‧選自未來書城版《回家的感覺眞好》

剪趾甲的專欄作家

《國際先驅論壇報》週末刊出一篇著名專欄作家戴夫．巴利（Dave Barry）的〈牛肉在哪裡？〉他說，自己既是以寫報紙專欄爲職業，平時收到好多來信，都說羡慕他的這份差事，問他寫專欄要具備甚麼技能。戴夫於是決定公開他的操作情況。

第一步是找題材。他說，早上六點鐘鬧鐘一響，他就開始想題目，想到十點十五分起床還在想。賴在床上的那段時間，他通常都扭開電視機看新聞，可惜新聞拍到的都是電視台門外拿字牌招手問好的觀眾。走出臥房去喝咖啡的時候，題材還沒有著落。第二步只好翻看當天的報紙了。他說他發現報紙上女人內衣褲的廣告多得驚人，每翻一兩頁就出現模特兒穿貼身內衣褲的豔照，給人的印象是至少八成的國民生產總值靠女性內衣褲。戴夫於是非常懷疑女人眞的要看了廣告才能決定她裡面要穿甚麼。

「可是，專業的專欄到底不能寫女人內衣」，他說。題材要有點分量的「肉」（meat）才行，比如美國的貿易赤字：那是報上排在內衣廣告旁邊的重要新聞。有了這個題材，他走進家裡的工作室去。他說他是職業作家，必須在家裡工作，文思一來才可以剪趾甲，「可惜繆思比法國工會罷工罷得更多」。戴夫下手剪了。每個大作家都這樣：脫掉 Norman Mailer 的鞋子和襪子，趾甲一定修得死短，不然輸十塊錢給你！他說，職業作家必須在家裡工作的另一個原因是隨時可以抓癢，一手不夠雙手一起抓。這是辦公室裡辦不到的大事。

吃了午飯，戴夫繼續思索貿易赤字的問題。寫一篇八百字長的專欄，職業專欄作家不能不查資料做研究："research, research, research"。他於是打電話給他的研究助理朱迪小姐。他問她：「報上怎麼那麼多女人內衣廣告？」她說：「我想因爲男人喜歡看女人穿貼身的內衣褲。」朱迪和戴夫的老婆都認爲誰都不會看廣告買內衣。戴夫於是想到這是美國貿易出現赤字的一個成因！

我寫專欄作夢也夢不到戴夫的排場：賴床四小時十五分；剪趾甲迎接文思；研究助理提供資料。爲了靜靜想題材查資料，我大半是凌晨下班回家在書房裡發呆或者亂翻書架。於是，天亮前的那幾個鐘頭是我最奢侈豪華的時段了，快比得上戴夫。我唯一贏他的是他寫八百字，我寫九百字，往往還多二三十字，而且不必剪趾甲！

輯六

書窗即事

培養求知的興趣
多少可以擺脫心中的圍城
知識可舊可新，可中可西
可真跡，可複製，不必僵持
也不一定都能化成力量
卻大半可以增添生活情趣
減輕典章制度消磨出的精神潰瘍

藏書家的心事

愛書越癡，孽緣越重；注定的，避都避不掉。瑟帛（James Thurber）有一幅漫畫畫書房，四壁是書，妻子氣沖沖指著丈夫說：「這屋子裡有老娘就不能有文學，有文學就沒老娘！」可怕之極。西摩・德・利奇（Seymour de Ricci）家裡珍藏三萬多本書籍拍賣行編印的書目，堆得滿滿的；有客人來，妻子忍不住抓著客人說：「全是書！你想看看我在哪兒掛我的衣服嗎？」客人跟她進臥房，她打開大衣櫥給客人看，裡頭堆滿一幢幢的書目，連掛一件衣服的空檔都沒有。「到處是書！」妻子說完掉頭走開。愛丁堡的沙洛利亞（Charles Sarolea）藏書之富出了名，不能不想辦法應付「內憂」，老勸太太出門旅行；太太不在家的那幾天裡，他不斷打電話請各書商把他訂下來的那一大堆書都運回來。太太回來心裡總覺得家裡的書多了好多，只是本來就有十幾萬冊，現在多了多少她實在不敢說。沙洛利亞有錢，還不至於自己買書弄得家裡沒米。錢不多，又愛書，更煩了。多年前，英國有個窮藏書家，每買一本書，總是先照定價付錢給書商，再請書商幫幫忙，在那本書的扉頁上寫個很便宜的假價錢，最好不超過三英鎊六便士。這種安排妥當得很，他過世之後，太太變賣那批藏書過日子，發現所得甚豐，不禁傷心起來，怪自己過去整天埋怨丈夫買書浪費金錢。這段故事格外傷感：那位藏書家活得太痛苦，也活得太有味道了。布魯克（G. L. Brook）那本 *Books and Book Collecting* 裡錄了不少這些藏書家軼事，實在不忍讀下去。

去年，跟倫敦一位老書商談起貝森（Fred Bason）的事，或可一錄。貝森愛書，但家裡窮，一輩子到處搜購舊書，裝滿一大布袋分批賣給舊書鋪，解決吃飯問題，再回去編書著書，編過一冊《好書待售一覽表》，還編過毛姆的書目；著作則有四冊《日誌》。早年，他母親硬是要他去當理髮師，他偏去買賣舊書。母親說：「只要你每星期給我賺三十先令回來，我准你去買賣舊書。賺不到三十先令給我，你休想去做舊書生意，快給我滾到理髮店去。」貝森從此爲了那三十先令甚麼卑微的生意都做過。幸好他還會彈鋼琴，一度每個星期六下午到一家賣舊家具舊鋼琴的鋪子裡去彈鋼琴，用琴聲引誘顧客來買舊鋼琴，賣出一架琴他可以分到兩三先令，彈一個下午琴則賺十先令。貝森跟毛姆既是老朋友，當年不少美國人願意高價購買毛姆親筆題款簽名的初版書，貝森接到「訂單」後就帶著那些初版書去找毛姆，毛姆一一照寫照簽，而且規定所得「潤筆」一律分爲兩份，一份給貝森，一份捐給他當年學醫的聖湯瑪斯醫院。都說毛姆生性涼薄，貝森竟得其獨厚，也算緣分。貝森晚年愛說自己一生跟書有緣，到老不悔。癡情到這個地步，難怪女人受不了愛書藏書的男人。但是，《藏書家季刊》（*The Book Collector*）一九七六年有一期登了這樣一封讀者來信：「內人酷愛收藏圖書。她有好多書翻都沒翻過。我再三勸她申請公立圖書館的借書證，希望從此治好她的藏書病，她硬是不肯。」愛藏書而稱之爲「病」，甚妙！「愛」字害苦了太多人；買書無罪，愛書其罪，還有甚麼好說？

把書當工具的人，家裡雖有幾架子書，都不算「藏書家」。一九七三年五月十一日的《泰晤士報文學增刊》刊登曼比（A. N. L. Munby）的"Book Collecting in the 1930's"家裡明明剪存了這篇好文章，後來在書店裡看到加州書商印刷的單行小冊，限印六百七十五本，每本編號，紙質印工都算一流，雖貴，還是忍不住買了下來，這樣的人藏書未必太多，卻是眞正的「藏書家」。自己明明不懂園藝學，對種花種菜興趣也不大，看到Sara Midda的精裝本，*In and Out of the Garden* 全書百多頁文字和插圖都是七彩手寫手繪，裝幀考究，想都不想就買下來，這個人必是「書癡」！

「癡」跟「情」是分不開的；有情才會癡。中國人還有「書淫」之說，指嗜書成癖、整天耽玩典籍的人。此處的「淫」字也會惑起很多聯想。「耽玩」跡近「縱慾」。人對書眞的會有感情，跟男人和女人的關係有點像。字典之類的參考書是妻子，常在身邊爲宜，但是翻了一輩子未必可以爛熟。詩詞小說只當是可以迷死人的豔遇，事後追憶起來總是甜的。又長又深的學術著作是半老的女人，非打點十二分精神不足以深解；有的當然還有點風韻，最要命是後頭還有一大串注文，不肯罷休！至於政治評論、時事雜文等集子，都是現買現賣，不外是青樓上的姑娘，親熱一下也就完了，明天再看就不是那麼回事了。倒過來說，女人看書也會有這些感情上的區分：字典、參考書是丈夫，應該可以陪一輩子；詩詞小說不是婚外關係就是初戀心情，又緊張又迷惘；學術著作是中年男人，婆婆媽媽，過分周到，臨走還要慇懃半天怕你說他不夠體貼；政治評論、時事雜文正是外國酒店房間裡的一場春夢，旅行完了也就完了。

最糟糕是「藏書家」（book collector）給人的印象是個陽性詞，古今中外都一樣。事實上，藏書家裡頭的確是男人多女人少——少得很少。藏書家對書既有深情，訪書也摻了幾分追求女性的「慾望」，弄得愛書和愛女人都混起來了，結果，西方藏書家所用的藏書票，不少竟以仕女圖作主題、作裝飾。這裡面必有原因。藏書家的妻子十之八九不藏書，又反對丈夫買書藏書愛書；藏書家的母親大概多少都有貝森母親的想法，寧可兒子當理髮師也不要他跟那些破書纏綿；藏書家沒有母親沒有妻子而有女朋友的話，想來女朋友也不太會理解他的愛書心理。曼比妙想無窮，說是藏書家應該趁早教育妻子，蜜月期間以每日逛一家書店爲上策。此議恐怕也不甚實際。書和紅袖太不容易襯在一起；「添香」云云，才子佳人的故事而已。藏書家不能自釋，只好寄情藏書票上的仕女；有些更激進，竟把春宮鐫入藏書票裡；年前美國還有好事者編出一部《春宮藏書票》。

西方仕女圖藏書票上畫的女人，漂亮不必說，大半還帶幾分媚蕩或者幽怨的神情，仕女身邊偶有幾本書，流露出藏書家心裡要的是甚麼。這當然又是後花園幽會的心態在作祟！倫敦舊書商威爾的藏書票藏品又多又精，自己還印製好幾款仕女圖藏書票，有一次問他爲甚麼一款又一款盡是仕女圖？他低聲反問：「你不覺得她們迷人嗎？」

愛書藏書已經是「癡」，是「病」，是「淫」，是「罪」，藏書家還要在藏書票上寄託心事，罪孽更重，殊爲多事！

——選自圓神版《這一代的事》（一九八六年一月）

「要博覽群書嘛！……」

「書籍」是可以擺布群眾的一種物質力量；納入意識形態的範疇裡去看，更不難看出人人對「製成卷冊的著作物」都有一套自以爲是的「標準」；「書籍」泛濫了，「標準」跟著也泛濫。迷信「書籍」有無邊法力的人不少，有的恨之入骨，有的愛之若狂，各說各的「眞理」，其實往往不但自欺，而且欺人。秦始皇焚書的舊事一直到文革毀書的新聞，都是「標準」蒙蔽心智的恨事；歷代世界各國查禁圖書的勾當，也是執政者以自己「恐書症」（bibliophobia）患者的心理想出來的「標準」。藏書家豔羨宋版書，說是宋刻「書寫肥瘦有則，佳者絕有歐柳筆法，紙質瑩潔，黑色青純，爲可愛耳」，弄得絳雲樓主神魂顚倒，「所收必宋元版，不取近人所刻及鈔本；雖蘇子美、葉石林、沈三集等，以非舊刻，不入目錄中」！這又是「標準」在作祟。那位製造口香糖致富的 William Wrigley 修建住家的時候吩咐祕書說：「好好量一量那些書架有多高多寬，再照尺碼去買書來塞滿它；紅的和綠的書要多擺，還要燙金字的封面！」無怪乎「他是讀書人」、「他是寫書的」、「他家裡好多書」等等不著邊際的話都成了讚美之辭了。這還是「標準」在搗鬼。毛澤東寫的書是中國大陸上的「標準讀物」，人人都要學習、要抄錄、要歌頌；穰明德最近在《人民日報》上發表文章，說他有一次到毛澤東的辦公室去匯報工作，毛澤東正在伏案寫作，見他來了，同他握手寒暄，接著就問：「你最近在讀一些甚麼書呀？」他回答說：「在讀您寫的書《中國革命戰爭的戰略問題》，另外還讀了一本蘇聯的《從二月革命到十月革命》。」毛澤東聽了說：「你呀！光讀我寫的書不行。要博覽群書嘛！」兩人演戲演到這一段，「書籍」竟都變成了道具，「標準」更見浮泛。

英國也有一位專愛空談理論的教書先生，一天對學生大談短篇小說的「五大標準」，說是第一要簡潔；第二要有宗教意識；第三要有男女私情；第四要反映社會；第五要描寫人類矜持高貴的操守。翌日，班上一位學生照這五大標準寫了一篇短篇小說，請老師批改，老師翻開一看，小說全文只有一行字：

「我的天！」公爵夫人說：「別再摸我的大腿了好不好！」

理論的最大好處是可以空談，不必實踐；眞讓人家拿去實踐的話，理論家反而會覺得人家在摸他的大腿了。愛書、讀書只是癖好；既是「愛」又是「癖」；自然不可強制，也漫無標準，更沒有理論可談；「自欺」還無所謂，「欺人」就說不過去了。絳雲樓主喜歡宋元版，口香糖大王僞造書香，只要不傷害別人，只顧陶醉在自己的「標準」裡，都不要緊；焚書、毀書乃至逼全國人讀小紅書，就是欺人。毛澤東任抗大校務委員會主席的時候，竟說「我們要來一個讀書比賽，看誰讀的書多，掌握的知識多」，渾得厲害！

要說掌握知識，光靠看書恐怕來不及了。現代科技發明這麼多種傳播知識的媒介，電視、電腦、傳眞機、微縮膠卷、微縮膠片，都在打擊「書籍」的「時値」、「時效」，隨時有「時過境遷」之虞；用比賽讀書掌握知識，當然不很合適了。「書籍」陷入這樣的競爭劣勢裡，要脫險，就要靠其「積累文化」的功能了。現代科技的按鈕不能一按就熄掉那條長長的人類文化隧道裡的燈火；反之，科技可以把這條隧道裡的油燈換成幾千燭光的照明設備；新進印刷術可以給書中的文化染上繽紛的色彩；除濕機可以防止線裝書發霉；蠹魚不再蛀蝕唐詩宋詞元曲了。美國國會圖書館的布斯汀（Daniel Boorstin）說：「那些神經兮兮的人都對我說，『你們大概不會再買太多書了吧。你們在忙著買硬體和軟體』。這是錯覺。說新科技一味除舊破舊，那是錯的。當年大家都說電話會取代書信，收音機會取代電報，電視會取代收音機，結果並不然。新科技反而發掘了舊東西的意外功用。誰都沒想到我們今天可以戴著耳機到處聽收音機，也沒想到汽車裡可以裝收音機。」

書還是要讀的。文字並沒有死亡。科技霸道，從來不去管教那部寵壞了的電視機，由著它整天在客廳裡吵；於是，當年英國廣播公司宣布撥款四百萬英鎊拓展電視事業的時候，詩人艾略特投書《泰晤士報》，規勸當局三思，力謀萬全之策，並說他剛去過美國，看到彼邦友朋都在擔心電視影響兒童身心的問題，認爲「節目優劣姑且不論，看電視成習慣實甚可擔心！」文字到底比較耐看，值得玩味；「看書讀報像男女相愛——是私下做的事情，而且往往是在床上做的」，沒有標準，不必比賽，用不著「博覽群書」，讀累了熄燈睡覺；天一亮，報童準時輕輕塞一份報紙進來，「沙」一聲把夢搖醒了；文化就這樣積累起來！

——選自圓神版《這一代的事》（一九八六年一月）

「我並沒有答應送你一座玫瑰園！」

倫敦西北區堪普頓鎮露天市場對面有一家Compendium書店，門面破破舊舊，裡頭木條地板踩上去咿啞作響，可是架子上的書倒甚有趣味：牛橋書齋味道的著作不少，研究馬列的書刊也多，地窖裡還有一批婦解、同性戀的期刊專著，甚至那些時髦明信畫片也新穎可喜，每款配上一二佛洛伊德慣用的性學名詞，發人聯想！這家書鋪附近都是小咖啡館、賣香腸肉類的店子、酒館、骨董店、舊家具鋪。露天市場的果蔬、雜貨則亂糟糟堆一大堆，惹得滿街婦孺流連不去。小販的晶體管收音機開得好大聲，三三兩兩站在人行道上的老頭給吵得沒法聊天。英文寫得極流暢、極有風格的小說家普里契特（V. S. Pritchett）就住在附近，八十多歲了，每天睡了午覺還出來散步，買小東西；市場裡的人都說他是靠養老金生活的老頭兒，不知道他是作家。史坦利．庫克那一幅水彩畫「舊書鋪」畫的雖然不是這一區的舊書鋪，畫中那位站在書鋪門口翻看舊書的老頭，卻教人想到普里契特。Compendium斜對面真有一家威爾森開的舊書鋪，門口也擺了幾箱書，還有一堆堆舊書舊雜誌上剪下來的插圖。

星期六下午又值晴天，威爾森的書鋪一定開門，威爾森先生也一定在。興頭來了。他會搬出一盒盒藏書票讓客人慢慢挑，不時忍不住誇讚幾款分外精緻的珍品。那些裱好的插圖，或彩色，或黑白，也有好的。一天，他從櫃檯底下摸出一本布面精裝的小書，書名叫《書友》（*The Fellowship of Books*），一九一四年初版，收了十篇名家談藏書的文章，書中還插有四幅英人蕭百恩（Byam Shaw）精繪的七彩「讀書圖」。文固佳，畫也很秀緻；其中第三幅畫題是三行詩：“Around me I behold, / Where'er these casual eyes are cast, / The mighty minds of old.”意譯成一句七言，該是「眼前處處聖賢書」。藏書家八九是鬚眉，爬到書架前木梯上選書，大半也是男人的事；倫敦老書商羅大維（David Low）寫販書雜憶，第十篇竟談「幾位女藏書家」，新鮮得很。眼前這幅畫中，梯上選書的居然也是個這樣典雅的閨秀，「聖賢書」云云，反覺討厭了。

威爾森滿身英國中產階級的氣質，跟Compendium那些佛洛伊德文化大不一樣；《黃皮書》那種頹廢還可玩味，「性」、「愛」不分他還不習慣。他絕不用餐刀吃豌豆，絕不用公共汽車車票剔指甲；威爾森始終捨不得貴族學校的意識形態。看到「眼前處處聖賢書」畫中的古典氣派，他不禁爲今日英國文化的蛻嬗嘆息。他說，Augustus Egg那幅「旅伴」也甚可觀：火車那樣古老，車窗外是哈代筆下的山鄉景色，少女捧讀皮面小說，還有那一身長裙、那一束玫瑰！威爾森皺眉頭憑弔書鋪窗外那團紛紜的市聲人聲。其實，盛放的玫瑰遲早凋謝，未開的玫瑰遲早要開，他又何必計較？再說，國力強弱當然會影響個人的轉移升降，更影響整個文化路向：「縱覽史乘，凡士大夫階級之轉移升降，往往與道德標準及社會風習之變遷有關。當其新舊蛻嬗之間際，常呈一紛紜綜錯之情態，即新道德標準與舊道德標準、新社會風習與舊社會風習並存雜用。各是其是，而互非其非也。斯誠亦事實之無可如何者。」陳寅恪《元白詩箋證稿》中這段議論最通透。說起元白詩箋，「旅伴」畫中婦人的裝扮，好像竟也切合元微之的「怪豔」二字；兩相比較，意大利沙爾瓦朵里（Aldo Salvadori）《紅與黑》裡的少女就秀氣多了！

的確，「讀書圖」向來只給人「悠閒」的印象。馬內筆下的「左拉」獨坐書房看書，神情還算寧靜，豈料眞人完全不是那麼回事。一次，左拉乘車到魯昂去探訪福樓拜和莫泊桑，竟一路緊張，擔心火車中途只停二三站，沒時間去撒尿！俞雲階也把「巴金肖像」畫得很閒適，可惜巴金下筆還是略嫌急躁，不然作品會比今日價值要高。王嘉陵那幅「生命的光」反而最傳神：大熱天裡赤膊翻書寫書，管他失禮不失禮！既說文藝要爲工農兵服務，書齋自當布置成工廠農場兵營的樣子；作品沒有汗味，又怎麼算得了「現實」、「寫實」？

峷眞總是好的。倫敦西區有個世代販書的老先生，做買賣毫不花巧，整天只顧悶聲整理鋪子裡的書，從來不說哪本書好，也不費神聽人講價；客人不免一邊付錢一邊抱怨，說是不知道買回去合不合意，老先生聽了也不動心，只說：「我並沒有答應送你一座玫瑰園！你再翻清楚才決定要不要吧。」

書本像世事，攤得開的，騙不了人；裡頭有花園，有廢墟，很難說合不合意。誰都不必答應送誰一座玫瑰園；這倒是眞的！

——選自圓神版《這一代的事》（一九八六年一月）

說品味

中國化學家張子高業餘收藏古墨出名，藏品近千方，其中不少是明清墨中至寶，寫過多篇考證古墨的文章，還同葉恭綽、張絅伯、尹潤生三位藏墨家編寫《四家藏墨圖》。好墨講究膠輕、煙細、杵熟，自然牽涉膠體化學的學問；張子高學化學，後來又專攻化學史，難怪他說：「藏墨是我的愛好，也是我研究化學史的一個小方面。」職業和趣味竟如綠葉配牡丹，很難得。中國著名建築學家梁思成也有這份福氣，他主張研究中國古建築必須重「見」，不能只靠看書看圖，一生遊歷不少山川。《平郊建築雜錄》裡提到他和夫人林徽音一九二三年在香山途中發現杏子口山溝南北兩崖上的三座小小石佛龕，幾塊青石板經歷了七百多年風霜，石雕的南宋風神依稀可辨，說是「雖然很小，卻頂著一種超然的莊嚴，鑲在碧澄澄的天空裡，給辛苦的行人一種神祕的快感和美感。」建築家有這樣的領會，梁思成名之爲「建築意」。

「意」，不太容易言傳，等於品味、癖好之微妙，總是孕含一點「趣」的神韻，屬於純主觀的愛惡，玄虛不可方物，如聲色之醉人，幾乎不能理論。英文裡說 sensibility，說 taste 也一樣，都算是對人對事對物的即興反應，毫無公式系統可套。Susan Sontag 在 *Notes on "Camp"* 裡指出「趣味」無「體」（system）亦無「物」（proofs）；「趣味」若竟能歸爲體系、附會實證，則「趣味」已非「趣味」，「趣味」凝固成「理念」（idea）矣。這正是袁宏道所謂「世人所難得者惟趣。趣如山上之色、水中之味、花中之光、女中之態，雖善說者不能下一語，唯會心者知之」。這是對的。但是，袁中郎笑人慕趣之名，求趣之似，辨說書畫、涉獵骨董以爲清，寄意玄虛、脫跡塵紛以爲遠，說這些都是趣之皮毛，未免犯了知識勢利的弊病。夫趣，得之自然者深，得之學問者淺，一心追求高級文化之神情旨趣，恐怕變得有身如桎，有心如棘，入理越深，去趣越遠，終致身價太高而找不到市場出路。這一層蘇珊‧桑達看得比較通透；她標舉俗中求雅的享樂主義也是「高品味」，「有品味有修養的人從此得以開懷，不必日夜爲杞憂所累。這是可以幫助消化的」。琴棋書畫的最高境界講究能收能放，與此同理。張岱好精舍、好美婢、好孌童、好鮮衣、好美食、好駿馬、好華燈、好煙火、好梨園、好鼓吹、好骨董、好花鳥，跟大學問家的心境雖然不同，但斷非胸無丘壑、一俗到底，不然明朝亡後他又何苦入山著書？蕭伯納說凱撒有「知」（common sense）有「趣」（good taste），所以一生毫無發明（originality），更無道德勇氣（moral courage）。蕭翁此論當不得眞；他只是在故意挖苦西方用其人的「趣味」判斷其人的精神境界之標準。

品味跟精神境界當然分不開，可惜庸俗商業社會中把人的道德操守和文化修養都化成「交換價值」，視之如同「成品」，只認標籤不認內涵，品味從此去「品」何止千里！梁啓超向清華校長曹雲祥推薦陳寅恪，曹問：「陳是哪一國博士？」梁答：「他不是博士，也不是碩士。」曹又問：「他有沒有著作？」梁答：「也沒有著作。」曹說：「既不是博士，又沒有著作，這就難了！」梁大怒，說：「我梁某也沒有博士學位，著作算是等身了，但總共還不如陳先生寥寥數百字有價值！」（事見黃延復著《陳寅恪事略》）。由此可知梁任公學問、胸襟跟曹雲祥不同：前者知趣，後者乏味；明乎此則會心微笑可也！

懂得看破功利社會怪現象而發出會心微笑的人，才能洞識「現代品味」的眞諦，才可以在交換價值市場上立足且自得其趣。現代人看到不食周粟而餓死在首陽山的伯夷，實在應該發笑，不笑就眞是鐵石心腸了。在這樣精緻的按鈕時代裡，沒有這一點品味的人注定寂寞。品無高下，要在一「巧」字耳！美國有個 Dan Hurley 專寫一分鐘小說，他有一篇小說的故事說一位漢子半生潦倒，事業屢試屢敗，終於決心放棄追求成功，轉而向世人袒露心中的失敗意識，開設一家招牌叫「溫啤酒壞食品」（Warm Beer & Lousy Food）的館子，豈料人人看了大爲讚賞，都說他至情至性，天下一怪，館子客似雲來，漢子從此騰達了。說知趣，說品味，這個人算是正等正覺最上乘了：計窮慮迫、心機震撼之後靈機頓通，既不孤芳自賞，也不隨波逐流，結果性情和生計都保住了。所謂「窗內人於窗紙上作字，吾於窗外觀之，極佳」，他深諳此趣。

雖說「花不可以無蝶」、「石不可以無苔」，到底「居城市中，當以畫幅當山水，以盆景當花囿」。現代人身在城中，心在城中，殊難培養層次太高深的文化品味；但是，培養求知的興趣，多少可以擺脫心中的圍城。知識可舊可新，可中可西，可眞跡，可複製，不必僵持，也不一定都能化成力量，卻大半可以增添生活情趣，減輕典章制度消磨出來的精神潰瘍。張子高耽悅古墨，梁思成醉心山川，張石公酷愛繁華，說是求「知」求「趣」，實際上也流露出他們對人性的無限體貼。William Empson 談「都邑野趣」（urban pastoral）也可作如是觀。品味原是可以這樣調節出來的。

——選自圓神版《這一代的事》（一九八六年一月）

文章似酒

春節前兩天，收到倫敦書商寄來 V. S. Pritchett 的新文集 *A Man of Letters*，燈下翻讀，滿心喜悅。我近年愛讀 Pritchett 的文字，短篇小說固然醇美，散文小品更都有學有識有情，這次讀他書中自序，尤其傾倒。他慨嘆英美文學傳統中的「文人」過去深受敬重，而今世風變了，文人眞筆眞墨慢慢凋零，只賸最後寥寥幾個在應景而已。他們大半沒有風靡的讀者，不教書，也算不得是學人，只管給一些倖免關門的報刊寫文章療飢。這些人既不作興鋪陳高論，反而一心維護文化的靜觀價值。到了映像科技教條統領天下之際，難免又分外關懷文字的命運，相信杜思妥也夫斯基「人生不沾藝術等如虛度」之說。傳統文人下筆不能自休，每每在月刊季刊上一寫洋洋幾十頁；今日文人福薄，所思所感只合化爲幾欄文字，多了人家嫌長。二次大戰初期，英國紙張限量配給，有期刊請 Pritchett 撰文介紹通俗書，短短一千八百五十字，結果還是刪去五十字。機緣如此，文人操觚便不得不借助引喻，講求簡潔；數十年訓練下來，文章越練越短，終成風格！

我不難領會 Pritchett 這番心境，讀後整個春節竟過得很踏實。等到初五，我又意外收到劉大任從紐約寄來的《秋陽似酒》，那份喜悅也盈然注滿心頭。我非常喜歡劉大任這批袖珍小說，一年前他寄第一篇〈鶴頂紅〉給我發表的時候，我一讀再讀，覺得小說寫到這樣簡潔這樣深遠，眞可以當詩下酒了，難怪楊牧點出「當年劉大任的詩勾劃著小說的情節，如今他的小說爲我們兌現了詩的承諾」。大任說他平生不太能忍受官僚巨賈的肥胖肚子和女人的虎背熊腰以及半生不熟的「劃時代」文體和自以爲是的滔滔雄辯，下筆於是不惜削、刪、減、縮；眞是妙喻。

愛讀 Pritchett，愛讀劉大任，無非因爲他們是眞能在愚蠢的大時代裡閃耀出智慧小火花的文人。當今文章粗糙浮淺成風，讀到這些又綿密又雋永的作品，終於教人想起倫敦法學協會內殿中殿裡天天早晚照料一百零二盞煤氣燈的那位老頭。倫敦城裡聽說還有一千四百盞煤氣街燈，大都裝上時間控制器自動燃熄，只有法學協會殿內這一百零二盞是靠那老頭天黑之前一盞一盞地點、天亮之後又一盞一盞地熄的，每巡總要花上一個半鐘頭。時代那麼新，方法那麼舊，想來也是爲了應景：劉大任這些文人總算寂寞了，說也堪驚！

——一九八六年二月

書窗即事

連夜檢閱自己文稿，挑選十二萬字編成一新文集；至初具格調，竟茫然若有所失。夫筆耕數十年而未除「輕心」之陋習，過眼雜書雖不少，每每在淺處遊狎，終如錢默存所謂「言之成理而未徹，持之有故而未周」。尚幸情志竟未死，持其情志，爲文又何必苦苦經營滿紙風雲哉？只管言一時之志、訴一時之情，是冷是暖，任之可矣！至於文字功力，到底吻合情性，雖說不得「巧」，畢竟皆「出於規矩」，未失足於邋邋遢遢之造句爛泥之中，還堪自喜。香港大吹「不羈的風」，文風政風都不合自己品味，文集自不忍在此災梨禍棗，乃寄台北付梓。集名頗費思量，至今舉筆不定。既是不諳世故之「書房」中人，書名當與「書房」有染者爲佳；月前在台北遇林文月，得知其新編文集以《午後書房》爲名，甚以爲然。林有〈午後書房〉一文收入「聯合報叢書」之《大書坊》之中；該叢書亦收拙文〈藏書家的心事〉，原可取巧題書名爲「書房心事」，轉念「心事」二字，巧則巧矣，卻難避纖弱傷感之譏，遂作罷。舊體詩多用「即事」爲題，殊喜之；刻意創新不如襲人故智，用「書房即事」亦甚便當，且有詩味，或可考慮。亂世文章實不足換黃白之物，無奈二三十年間執著至此，一時恐難甘心看破此一關；誠多事矣！身在名場翻滾，心在荒村聽雨，到頭來必自悔「走遍三橋燈已落，卻嫌羅襪汙春泥」！可嘆可嘆。或曰：拙文過分雕琢，精緻有如插花藝術，反不及遍地野花怒放之可觀云云，聞下不禁莞爾。嘗與陳之藩書信往還談論文章「自然」之說，其見解甚精闢，大意謂：六朝詩文繪畫皆不自然，卻淒美之至；芙蓉出水雖自然，終非藝術，人工雕琢方爲藝術；最高境界當是人工中見出自然，如法國妞兒貌似不裝扮其實刻意裝扮也。野花不是藝術，倫敦公園之野花才是藝術；瑞士湖邊一樹一花皆經瑞士人修飾，但望之竟覺悅目，繼之以賞心；英國華茲華斯吟詩之溫得密湖一派自然，想來開天闢地之初即是如此，與藝術何干，與人類頭腦何干？無駢體文則無唐宋八大家；韓愈之美文如「採於山，美可茹；釣於水，鮮可食」，字字自然而對仗工整，避無可避；胡適之瓶花詩「不是怕風吹雨打，不是期燭照香薰」，亦集古今之成之對仗，亦避無可避。時下新生代銳意不讀書，一心想自然，無奈辦不到何！慘然無色，寂然無聲，天塌地裂不知名狀，傷春悲秋無以形容，萬千生靈塗炭竟換不來半篇有病呻吟之作品，實因不會發聲，何況呻吟！陳之藩惜墨如金，一字一句皆潛心修鍊，望之果如不露裝扮痕跡之法國妞兒，初則悅目，繼之以賞心。此豈色盲聲啞之輩所能察其甘苦！寫作如練琴，非日日苦練數小時不足以言「基本功夫」；無基本功夫者，雖情感如水龍頭一扭而瀉，究無水桶盛水，徒然濕漉漉一地水漬耳。一日，有客問中台港三地文風之區別，笑而答曰：大陸文章一概受閹割，枯乾無生機樂趣；台灣文章底子甚厚，奈何不知自制，喜服春藥，抵死纏綿，不知東方之既白；香港文章則如洋場惡少之拈花惹草，黑髮金髮左擁右抱，自命風流，卻時刻不離保險套，終致香火不傳。香火能傳最是要緊。初學者最忌寫白話詩，蓋自批「詩人執照」後必自信無所不可為，筆下咿咿啞啞夢囈連篇，名詞動詞亂倫交配，主語賓語私相授受，望之彷彿眼睛生在屁股上之印象派畫家，實則詩人連一紙便條都寫不通！存在主義大師沙特晚年病目，腦力亦略見退化，每每神智不清，無法撰寫正經著作，醫生於是囑其退而求其次，嘗試寫詩。大師聞言怏然不悅，曰：「此混蛋庸醫束手無策！」意謂庸醫豈可命他棄文作詩。此事說明二理：神智不清者適宜寫詩，此一也；詩人不可神智不清，此二也。白話詩文確不可無舊學為體；「燕子不知何世，入尋常巷陌人家相對，如說興亡斜陽裡！」「不知何世」表示無視代溝；能在斜陽裡細訴興亡，則悟出荒村雨聲之禪機矣。

——選自圓神版《這一代的事》（一九八六年一月）

「親愛的爸爸……」

1

那天跟一位德國猶太朋友走出大英博物館去吃午飯。是九月，太陽很亮，滿地樹影，小巷石板路顯得分外白，正是一邊散步一邊聊天的中午。可是，猶太朋友走得很快，彷彿後頭有人追他趕他似的。

「是不是趕時間？」

「噢，不。對不起。……那傢伙說得一點不錯：猶太人全是上氣不接下氣的長跑者。這是我們歷史的主題。我們老早就感覺到時間不多，甚麼事都得趕著辦，不然恐怕來不及了。」

「別把人生說得那麼哲學。」

人生逼我貿貿然走完人生；
始終不讓我停下來，不給我寧靜。

「Ludwig Jacobowski的詩？果然三十二歲就過去了。」

「德國猶太人只要童年經歷過迫害、歧視，這一輩子心裡通常都有傷痕，以後環境即使不那麼壞，人也會緊張兮兮的。」

馬爾科姆（Norman Malcolm）論維根斯坦（Ludwig Wittgenstein）的文章裡回憶一九三九年他們在劍橋校園裡散步的情景：「他一個箭步走得快極了；有的時候要加重語氣說話，他會停下來，敏銳的眼睛盯著我看。然後他再急步走那麼幾碼遠，又慢下來，又快起來或者停下來；老是這樣。步伐已經這麼變來變去了，談起話來又特別費勁。」

馬爾科姆說，跟維根斯坦這位猶太人交朋友實在不容易。他個性多疑，判斷事情往往相當草率魯莽。猶太裔音樂家馬勒（Gustav Mahler）也是這種浮躁的人。他的日常生活說來既像音樂家也像長跑者。早上七點鐘起床，匆匆忙忙吞下早餐，然後花兩三小時寫譜。十點半離開寓所到歌劇院去；是「跑」進城裡去的，要四十五分鐘才到。跟樂隊排練幾個鐘頭之後，又「跑」回家去，在家門口吹口哨示意女侍馬上準備午飯。睡一下午覺，跟歌劇院的人討論工作，然後去看看每天替他謄寫樂譜的抄寫員。晚上不是到歌劇院指揮樂隊就是在家裡寫譜。

誰都知道馬勒的脾氣壞極了。

2

卡爾·馬克思脾氣也壞。又是個「長跑者」。早年一首詩有一節這樣寫：

那麼讓我們甚麼事都試試，
別休息，別停下來；
還要避免憂傷沉默，
不抱希望，沒有行動。

不少認識他的人都說他又瘋又壞，挺不好惹。政敵巴枯寧說他「簡直教人不能忍受，跋扈極了，像他祖先的上帝耶和華。」斯魯茲（Carl Schurz）說他最喜歡跟人抬槓，受不了；跟人來往一言不合就破口把人頂得不留餘地。他英語又講得流利，凶起來沒完沒了說半天。

馬克思的脾氣大概跟維根斯坦散步的步伐一樣變來變去。他女兒愛琳娜寫文章說她爸爸性情好、富幽默，開懷大笑的時候誰見了都會跟著他開心。爸爸最慈祥，最溫柔，最體貼。大鬍子爸爸經常抱著她在倫敦房子的小花園裡慢慢跑來跑去。爸爸最會講故事，夜裡臨睡前給孩子們講一段，講到緊要處賣個關子，明天分解。孩子們全給迷住了。

果然是「親愛的爸爸」。

3

親愛的爸爸：

一個人一生中有不少時候象徵一個時期的終點，這時候顯然也是一個新方向的起點。……

一八三七年十一月十日馬克思寫給父親的信這樣開筆。這封信很出名。馬克思越成熟越想跟別人保持距離。給恩格斯的信上經常埋怨自己跟別人關係太密切。不少研究馬克思的學者都說他十九歲寫給父親的這封自白書坦誠、眞實，不造作也不憤世，而且一點不保留自己的所思所感。馬克思一生中再也沒寫過這樣的文字了。柏魯門伯（Werner Blumenberg）這樣判斷；伯林（Isaiah Berlin）也這樣判斷。一八三八年五月十日父親去世之後，馬克思越不想在人家面前剖析自己了。

這個觀點還可以作點補充。馬克思的成長，受生活環境和課外活動的啓示很大，課堂上的教材反在其次。他受兩個人的影響最深：他父親和他岳父維斯法林（Ludwig Von

Westphalen）。這兩個人都很器重他，當他眞朋友。父親當年跟他一起討論法國文學經典作品；維斯法林經常陪他到樹林裡散步，借書給他看，跟他一起討論希臘詩人和莎士比亞的作品。他一生喜歡這個時期接觸的這些作家，早年還把博士論文獻給維斯法林：「獻給敬愛的父親般的朋友、政府樞密顧問官、特里爾的路德維希・封・維斯法林先生，謹此表達弟子崇敬之意。著者」。馬克思對生活環境裡印象深刻的人與事尤其敏感：決不寬恕別人，決不掩飾對兒女的愛，也決不暴露自己的弱點。此其一。其二是他這種求知慾很強的人，對於學識上能夠啓發他的人分外有感情，甚至念念不能忘懷：一輩子到處帶著父親的遺照；晚年喜歡回想少年時跟維斯法林在燈下談文學的情景；一生著作裡到處引用法國經典作品、古希臘文學和莎士比亞。可惜人生求知己如父親如維斯法林者實在太難，優秀文學作品也不多見。以人而論，恩格斯是知交，可是成長背景不同，社會地位不同；以學識論，恩格斯有自己的成就，可是對馬克思的啓發並不大。結果，馬克思只止於在信上對恩格斯埋怨自己跟別人關係太密切。以馬、恩的交情來說，這種話是恰如其分的知心話。這種話也已經相當「坦誠」、「眞實」、「不造作」。

給父親的那封信上說：

> 到柏林之後，我盡量跟所有先前相識的人斷絕往來，只偶然勉強去探望幾個

人；總是把自己泡在科學和文藝的領域裡。

馬克思死後，恩格斯把馬克思父親的遺照放在棺材裡陪葬。

4

馬克思一八三五年十月到一八四一年三月在大學裡念書：兩個學期在波昂，九個學期在柏林大學。父親要他念法律系；後來說是主修法理學，其實只是選修，主要攻讀哲學和歷史。有兩個學期甚麼課都不上，只去聽一門「以賽亞書」和一門「尤里庇得斯」。曾經因酒醉和擾亂安寧被監禁；還一度被控攜帶違禁武器。有一次跟人決鬥。畢業證明書上證明他幾次負債，花錢花得厲害是個大問題。父親信上也忍不住了：「就好像我們是金錢鑄成似的，一年之內殿下已經快花光七百塔勒了，既不合理也不通情。最富的富家子弟也不過花五百塔勒。爲甚麼？」普通人花一百八十到兩百塔勒就夠了；柏林市議員年俸也不出八百塔勒。父親去世之後，馬克思跟母親的關係更疏遠了。需要錢才想到母親，總說母親是守財奴，其實母親一聽說他要錢花一定匯給他，而且數目都不小。另一位近代猶太名人狄斯列里（Benjamin Disraeli）對母親也比較冷漠。這跟猶太家庭的家教無關，心理因素比較重要。馬克思的母親沒受過甚麼高深教育。馬克思是典型的知識分子，一講到知識馬上「勢利」起來；面對不能啓發學識的人，不是加以利用，就是愛理不理。說是在替無產階級工人爭取權利，多多少少還是爲了利用工人實踐自己的理論和主義。其實，這種心理相當矛盾，連自己都得隨時拒絕相信自己的動機並不那麼純潔。於是，他不得不小心處理牽涉到「溫情」的世事。溫情最容易惹出眞情。典型的知識分子只容許自己操縱「溫情」去達到目的，不容許別人用「溫情」勾引出自己的眞情。況且，馬克思在公眾場合裡的言談舉止毫不動人；偶然上台演講，內容大都死板得很，語氣單調，措辭唐突，聽者雖然肅穆，但並不熱心。他是書齋裡的理論家，天生不喜歡接觸群眾，也不太懂得跟人相處；因爲這些都非動「情」不可。他並不討厭母親，是討厭母親的「溫情」——沒有理論基礎的「溫情」，太單純的「溫情」。他受不了母親信上那些話：「我眞想聽聽你怎麼打理你住的小地方，是不是跟其他大小家庭一樣，以經濟爲重，你不要以爲這又是我們女人嚕囌的弱點，親愛的卡爾，我得提醒你，千萬別小看乾淨和整齊，你的健康和心情就靠這些，千萬要常常擦洗地板，最好是按時擦洗，還有，每星期要用肥皀和海綿洗一次澡，你是不是自己燒咖啡，我求你把你家裡的一切都告訴我。……」母親還擔心寫得不通，擔心兒子心愛的繆思覺得侮辱斯文！

5

父親不同。父親是律師，也是個很有點底子的讀書人，既能看穿知識分子不可告人的心機，也能道破知識分子無從自釋的弱點。在責備他一年花七百塔勒的那封信上，父親對馬克思說：「我對你公道，姑且不說你愛花錢。當然，每一兩個星期就發明新理論體系然後又改變初衷毀掉自己慘淡經營的工作的人，這種人怎麼可以為金錢這種雞毛蒜皮的小事操心？」知識分子有壯志，口口聲聲說不講錢；可是，人家不給錢養他的時候，他不禁覺得人家怎麼可以不支持他的凌雲壯志？怎麼還要他擔心吃飯問題？父親這句話刺得他太痛了。後來在倫敦潦倒，雖然有恩格斯接濟，心裡難免惦記著父親當年這封信，情何以堪！「我不想再替自己辯護了，尤其是為這種抽象的推理辯護，」父親另一封信上又說：「因為我得先學會那套專門名詞才能對付這樣神聖的課題，而我老了，眞懶得學。」馬克思連寫家書都不忘搬出大道理大學問。父親是個不想當學者的讀書人，事事講實效。他不反對兒子做學問，甚至搞哲學也不要緊，他只希望孩子注意身體。「多病的學者是天下最可憐的人。」馬克思在世的時候辛辛苦苦讀書思考寫作，可是到他去世之日，學術生涯並不太受人推崇，難怪他忘不了父親，緬懷父親那種不搞學術、腳踏實地的生活。父親內心裡一定把他這種死摳書本的知識分子看得好扁好扁！「順便說說，我細讀了你的詩。我坦白告訴你，親愛的孩子，我看不懂——眞正的意思和全詩的要旨我都不懂……難道你只喜歡這種抽象空洞的玩意兒（幾乎等於廢話的玩意兒）？總之，說給我聽聽，我承認自己才疏。」馬克思一度計劃要辦刊物，父親信上居然也跟他討論半天：「哲學或者法學或者兩者兼顧看來可以成為刊物最佳的基本內容。詩應該只占次要地位；除了一些書呆子會覺得不以爲然之外，這樣處理到底不會傷害刊物的聲譽。」父親又說對了：馬克思要是再寫詩就成不了馬克思了。

6

就在他給父親寫自白書的前一年，馬克思悄悄跟比他大四歲的非猶太人的燕妮·維斯法林訂起婚來。那是一八三六年秋天的事情。父親知道了擔心得不得了：燕妮是名門閨秀，她父親是普魯士政府的高官，哥哥也是，是典型的資產階級家庭。追求她的人太多了，十八九歲的馬克思恐怕會愛得發昏搞出風波來。其實，父親的想法是中產階級嚴父的想法：兒子太早談戀愛結婚可能成不了大器，毀了父親對他的期望。少年戀愛總是要死要活，忘掉學業，忘掉父母；苦的甜的都化成好豔好豔的心事和詩句。「可是，碰到小小困難就叫苦，動不動心裡就悲起來，還要撕開父母對你的愛，你能說這就是詩嗎？」

憂傷的父親！

憂傷的馬克思——

……到柏林的旅途應該可以把我完全迷住，教我興奮讚嘆大自然的景色，教我烘起生活的火燄；其實不然；旅途上我完全無動於衷，甚至覺得沮喪，說來奇怪；因爲我見到的岩石並不比我的情感更剛硬更粗獷，遼闊的城市並不比我的血更充滿活力，客棧的菜飯並不比我心中的幻想夢想更豐盛更難消化，最後，任何藝術作品也都比不上燕妮漂亮。

父親生氣，主要還不是因爲兒子談戀愛，是因爲兒子既想跟人家談論婚嫁，又不願意好好負起大人的義務。父親要他來信檢討念法律的心得，兒子不聽，信上盡寫些零零碎碎不成章法不知所云的話。「……我反而收到你毫無文路、七湊八湊的一封『迷惘失落』的信。坦白告訴你，親愛的卡爾，我不喜歡『迷惘失落』這個時髦詞兒；這個詞兒背後隱藏著意志薄弱的人的心思：自己甚麼事都不做，平白要這個世界送他們金碧輝煌的宮殿、富麗堂皇的馬車、成千上萬的財產，拿不到還要發脾氣數這個世界的不是。」

父親這封信還沒有寄到兒子手上，兒子那封出名的自白書早先抵家了。馬克思寫給父親的信都散失了，只有這封流傳下來。馬克思倒收藏了四封母親和姊姊蘇菲給他的信，還收藏了十七封父親給他的信。讀這幾封信，可以了解馬克思的父母親，更可以了解馬克思。這些信比馬克思寫給父親的那封信更有意思。

7

馬克思給父親的那封長信是一張名目雜亂的學術流水賬，通篇跟法學、哲學、文學糾纏不清。先是擬定一部法哲學方面的著作計劃，苦讀海尼克修斯（Heineccius）和提波（Thibaut）的書，後來把《學說匯纂》（*Pandects*）翻譯成德文。《學說匯纂》是公元六世紀東羅馬皇帝查士丁尼下令匯編的法學家學說摘錄，共五十卷，馬克思譯了前兩卷，全是爲了他寫論文而下的功夫，可是寫了快三百頁原稿之後才發覺觀念有問題，自己用黑格爾哲學觀點向父親說明個中得失。於是，「學期末，我又去親近文藝女神的舞蹈和森林之神的音樂了」，寫戲劇、寫小說、寫詩。創作畢竟太難了，「像叫魔杖打了一下似的」，他驚悟自己成不了創作家。他病了，按醫生吩咐到鄉間去療養。寫了二十四頁長的對話〈克利昂特或論哲學的起點和必然的發展〉。他還告訴父親說，他病中把黑格爾從頭到尾讀一遍，也讀黑格爾大半門生的著作。參加「博士俱樂部」，跟一些講師和學人論學。馬克思信上當然也提到他思念中的燕妮。

讀這封信，看到馬克思徬徨的學術生涯和徬徨的內心世界。這固然是求知過程中少不了的「迷惘失落」的階段。不同的是：越是掌握到充足的知識，馬克思的「徬徨」越是化成折磨自己心靈的「煎熬」。納米爾（L. B. Namier）認爲馬克思是個蹩腳歷史家也是個蹩腳經濟家：「馬克思！馬克思！一個典型的猶太半庸醫，有些念頭很不錯，可惜後來都拿來拚命向非猶太人洩恨。」其實，馬克思並不恨非猶太人，他甚至不太願意承認自己的猶太血統。巴枯寧他們跟他罵戰的時候用種族歧視的利劍刺過他，他的反駁文章裡竟沒有反駁這一點。燕妮去世的時候，馬克思的一位女婿寫悼文提到當年燕妮要嫁馬克思，因爲家裡種族偏見一度反對婚事。馬克思看了悼文氣得半死，寫信給那位女兒說，維斯法林一家人絕無這類偏見，並且希望女婿以後不要再亂提他的名字。

馬克思關心的是人類的命運，不是一宗一族一派的命運。他一再避免把猶太人跟非猶太人一分爲二，正是因爲他自己是猶太人。

8

伯林把猶太歷史粗略分成三大時期：

一：猶太人生活在自己國土上的時期，子民散居範圍不出小亞細亞和北非。

二：古猶太國亡於巴比倫之後的時期（The Medieval Diaspora），猶太人一群群散居各地，生命財產理論上還不難保住。

三：解放之後的時期。

第三期是研究猶太史的歷史家最感頭痛的時期：甚麼才算是猶太史？甚麼又不算是猶太史？誰屬於這段歷史？誰又不屬於這段歷史？「西方猶太人」又該怎麼界定？在這個時期裡，城市猶太人居住區的大門剛剛打開，猶太人開始躡手躡腳走進陌生的世界裡，慢慢成功，慢慢有了信心，慢慢跟鄰人打起交道來，服從人家的典章制度。馬克思的父親應該屬於第三時期的第一代猶太人，有點委曲求全的心理，一心想適應新環境，想尊奉新風俗，這種心理多少有點矛盾：是消極的，也是積極的。詩人海涅一八三八年說，猶太人跟德國人所以能夠建立深厚關係，是因為兩個民族都注定要攜手在德國建立一個新的耶路撒冷：「一個現代的巴勒斯坦」，終而把德國化成一個「哲學之家，展示預言的祖國，靈性的堡壘」。於是，馬克思的父親一生相信人類應該和平共存，相信猶太人的命運會漸入佳境；可是，為了實現這個願望，猶太人應該發憤讀書、充實自己、出人頭地。從他寫給馬克思的每一句話裡，都可以看出他的這個心思。馬克思日後的言行受這個心思的影響很大。

從城市猶太人居住區解放出來，第一件事是設法投入德國社會的風俗習慣。易言之，「進入歐洲文化的門票，就是信基督受洗禮的一紙證書。」海涅說。在德國北部通常該信基督教，在巴伐利亞和哈伯斯堡地區通常該信天主教。馬克思受基督教洗禮了。經過洗禮證明行為良好，不一定就等於篤信基督。海涅也受過洗。海涅的詩傳誦全德國。後來不得已移居法國，一生還是拒絕入法國籍。「石工來替我的墓碑雕上這句話的時候，保證絕不會有人反對：『這裡躺的是一位德國詩人』。」海涅是解放後的猶太人的守護神，可是馬克思終於離開德國到法國，最後定居英國。

說到底還是委屈，還是求全。馬克思還有一個傳統的心理負擔：要發憤讀書，要充實自己，要出人頭地。跟人相處很難相安，學術生涯患得患失，不外因爲這些傳統心理負擔太重了。這是無形的受迫害、受歧視。

9

「千年的家族災禍，從尼羅河流域一路纏著我們。」海涅也說這是沒法減輕的負擔。難怪猶太人上氣不接下氣，難怪猶太人「老早就感覺到時間不多，甚麼事都得趕著辦，不然恐怕來不及了」。

馬克思從早上九點鐘伏案工作，一直做到隔天凌晨兩三點鐘。這是在家裡。到大英博物館去也一樣：早上九點大門一開就進去，一直到晚上七點關門才走。卡夫卡的母親勸孩子要「多吃，多吃」；馬克思勸門生「多學，多學」。佛洛伊德年輕的時候答應女朋友要盡量多過過非猶太人的生活方式：凡事輕鬆對付，讀讀書、看看診，不要拚命去找新發明，不要鑽得太深。可是他沒有實現諾言，每天還是工作十六到十八小時。他慣了：「除了工作，其他事情我都沒興趣。」

德國猶太人有一條不成文的規定：兒子要比父親更好，比父親更成功。這一來，每個人都要努力做點事情出來：拉斯科—舒勒（Else Lasker-Schuler）是銀號老闆的女兒；史登海姆（Carl Sternheim）是銀行家兼報紙督印人的兒子；本傑明（Walter Benjamin）的父親是古玩商人；紐曼（Alfred Neumann）的父親是木材商人；卡夫卡的父親是男人服飾用品批發商。有了這種慣例，做兒女的通常會產生心理上的雙重抗拒意識：抗拒父親的猶太資產階級價值觀，抗拒德國社會人人循規蹈矩服從長輩的制度。馬克思和父親之間的誤會，正是這條不成文規定和雙重抗拒意識造成的。馬克思的父親已經是律師了，馬克思自然不能不發憤創出比父親更輝煌的事業。父親那些信給他的鼓勵很大，給他的壓力也很大。馬克思在世之日並不得志；他一生研究無產階級的社會地位，或者正是想借這些命運比他更不幸的人的遭遇，來給自己人生旅途上的挫敗帶來一絲安慰。父親說錯了，他不是「甚麼事都不做」；他做了不少。他也不是「平白」要這個世界送他「金碧輝煌的宮殿，富麗堂皇的馬車，成千上萬的財產」，可是，列寧說：「貧困簡直要置馬克思和他的一家於死地」。於是，馬克思「發脾氣數這個世界的不是」。不過他對兒女到底體貼，終於成了當年自己的父親那樣的父親了：「我對你公道」，父親當年信上這樣說。可是，馬克思的兒子幼年都死了，不能給他寫這樣一封信：

親愛的爸爸：

一個人一生中有不少時候象徵一個時期的終點，這時候顯然也是一個新方向的起點。……

10

「千年的家族災禍，從尼羅河流域一路纏著我們。」那位德國猶太朋友吃了午飯走回大英博物館的時候說。

「也纏著馬克思一家人！」

太陽依然那麼亮。可是，大英博物館的閱讀室裡看不到太陽；當年「親愛的卡爾」坐在裡面看書的時候也看不到太陽。

——選自合志版《辯證法的黃昏》（一九八八年九月）

「馬克思先生不在樓上！」

1

英國人太喜歡英國了，事事都要英國化。學術活動和社會風尚要自己的一套；歐洲大陸上鬧得亂烘烘的思想潮流，通常都經過好久好久才傳進英國，傳進去之後往往又都變了質樣，加了不少英國風味。馬克思到英國去之前的英國是這樣；馬克思在英國的三十幾年間的英國也是這樣；馬克思死後近百年來的英國還是這樣。法國內政部曾經下令驅逐馬克思；布魯塞爾當局曾經下令驅逐馬克思；科倫政府曾經下令驅逐馬克思；可是，在英國，外地來的革命分子只要不搞得太過分，英國人大致上沒興趣去理他們的死活。英國人總是客客氣氣，帶幾分愛理不理的態度，弄得那些熱得要命的革命分子覺得眞有點寂寞，慢慢也就不知道是該生氣還是該笑。馬克思在學術上、政治上都經過幾番熱風熱雨，難免更覺得倫敦氣氛實在冷得厲害。艾塞爾・伯林寫的《馬克思》點出這個尷尬處境。

馬克思跟好少幾個英國人有點接觸。這些人心腸都蠻好的，只是不願意太親近外人，偶然還擺出屈尊俯就的樣子；馬克思連年流亡，心事如酒，碰到這種英國人最容易撩起傷感；淡淡的同情很教人難堪。

2

外國人想在倫敦安頓下來住一段時期，只好趕緊打開一個屬於自己的小天地，把自己關在裡頭：這是出路。恩格斯給馬克思寫信說：「人們越來越看出，流亡是一所學校。在這裡，一個人如果不徹底脫離流亡生活，他就必然會成爲傻瓜、蠢驢或者十足的無賴。」大家於是都在做自己認爲應該做的工作。恩格斯埋頭寫出〈軍隊〉之後，馬克思寫信說：「你的〈軍隊〉一文寫得非常好，只是它的分量使我吃驚，因爲工作量這樣大，一定會損害你的健康。如果我知道你一直要工作到深夜，那我寧願這一切見鬼去。」馬克思的妻子燕妮忙著在家裡照顧淪落在英國的流亡者，她給到恩格斯家裡短期作客的馬克思寫信說：「皮佩爾心情很不好，他爲了替李卜克內西支付寄往瑞士的信件郵資，花光了最後一個先令。李卜克內西已經沒有飯吃了。德朗克有氣無力，因爲沒錢，早就戒菸了。海爾堡剛到，他的樣子很怕，這個人確實可憐，他全身發抖。……」馬克思每天泡在圖書館裡，經濟學、物理學、法律學、數學、化學、文學，甚至外國語文法書他都研究。他的讀書摘錄密密麻麻寫滿五十本筆記簿，有三萬頁那麼厚；他收集和運用的材料重量成噸，恩格斯看了嚇壞了。圖書管理員有一次對馬克思說：英國的教授通常只能攻讀一種專業，你怎麼同時可以研究五十種科目？馬克思回答說：「親愛的朋友，所以也有很多教授戴著遮眼罩呀。要認識世界、改造世界，就不要只在一塊草原上賞花啊！」

這個英國圖書管理員戴著遮眼罩：馬克思不應該同時研究五十種科目，因爲英國的教授並不同時研究五十種科目。跟英國人不同不行；喜歡英國、研究英國問題也不行。十九世紀的英國人抱這種偏見；二十世紀的英國人也抱這種偏見。納米爾（L. B. Namier）在英國學院裡治英國史、寫英國史，有一天他去拜訪德比勳爵。勳爵說：「納米爾，你是猶太人，你爲甚麼要寫我們的英國史呢？你爲甚麼不寫猶太史呢？」納米爾回答說：「德比，根本沒有所謂現代猶太史這回事，只有猶太殉教史，我覺得寫這玩意兒一點沒有樂趣。」

3

潦倒的外國人住在英國也一點沒有樂趣。有一位普魯士特務負責在倫敦監督馬克思的行蹤，後來成了馬克思寓所的常客。他說，馬克思到倫敦的最初七年，住的是倫敦最卑微最貧窮的第恩街。馬克思一家租兩個房間，房裡家具沒有一件像樣，又爛又破，處處灰塵、原稿、書籍、報紙跟孩子的玩具堆放在一起，還有燕妮的針線籃子、裂了口的杯子、髒兮兮的餐具、墨水瓶、菸斗、菸絲——全堆在桌子上。一進門就讓滿室的煙霧薰得睜不開眼。找一張椅子坐都相當危險：有的椅子只剩了三隻腳；有的椅子穿了洞，孩子們都利用這個破洞玩燒飯遊戲。可是，這一切並不使馬克思或燕妮覺得尷尬。他們招待客人簡直體貼極了，家裡有甚麼吃的喝的全拿出來奉客。馬克思總是侃侃而談，既博學又生動，教人覺得不虛此行：這樣的陋室根本一點都不要緊了。

馬克思經常說：「窮開心是消愁解悶的最好辦法。」倫敦的夏天迷人。星期天，他們一家人最喜歡帶著來訪的朋友或者過路的流亡者到丘陵起伏的漢普斯泰特荒阜去。幾個大人坐在樹下看報紙談世局；孩子們到處採野花。馬克思高興起來還背誦幾段《神曲》、《浮士德》、莎士比亞。這樣寫意的時刻雖然短暫，到底很有點英國小資產階級的生活情趣。他們後來還在這荒阜附近租到一所小住宅。

英國人喜歡把房子和院子弄得漂漂亮亮，喜歡跟家人過輕鬆的週末，就像他們喜歡講一些自以爲幽默的話一樣。跟英國人交談要有機智，要會巧辯，會用妙語回答帶點挖苦味道的問話。英國小資產階級有教養的人都講究 Repartee。對付英國人這種世故必須先充實自己。充實自己的方法大致有二：找兩三個比較可以談得來的英國人做朋友；盡量熟讀英國的優秀文學作品。馬克思兩種方法都做了。

他不結交上流社會的英國紳士，這些人太愛自己的小圈子了。馬克思現實生活裡的經濟難題半輩子都靠恩格斯幫他解決：英國人的「友情」尤其不包括替朋友解決吃飯問題。馬克思結交的是思想比較激進的英國人。他需要這樣的英國人的學識。事實上，馬克思也只有一位眞心的英國朋友：歐內斯特・瓊斯。瓊斯是搞憲章運動的革命青年，不得志，說穿了又不是太地道的英國人。他在德國漢諾威長大，思想比一般英國人都要接近歐洲大陸社會主義者的意識形態。馬克思熟悉這種意識形態；馬克思於是比較容易接近瓊斯。瓊斯對馬克思和馬克思的家人都有一份深摯的敬意。他給馬克思提供不少關於英國情況的資料；受他引導，馬克思才注意到蘇格蘭的圈地措施，寫出大文章來。

馬克思熟悉英國文學。基本上，他不是爲欣賞文學而親近文學，是爲利用文學而親近文學。文學知識成了表達科學思想的工具；現實情況裡的現實問題經他的筆鋒一勾，自然染上一股文學趣味：倫敦發生一次馬車夫罷工事件，倫敦市內看不見一輛馬車，馬克思在《紐約每日論壇報》上的一篇通訊把倫敦人那種驚愕比作《一千零一夜》中〈神燈〉故事裡的蘇丹王，「一覺醒來發現昨夜的豪華宮殿突然不翼而飛。」可是，馬克思也洞識人情世態，生活經驗豐富，絕不爲文學所欺，英國作家的花巧文筆騙不了他：「培根說，眞正的重要人物跟自然界和世界接觸頻繁，興趣博雜，以致他們很快就可以把任何慘事等閒視之。我不是甚麼重要人物。我的孩子的死對我打擊實在太大，喪失至親之痛歷久不能稍減。」馬克思的信上有這樣一段話。

4

不爲文字所欺：馬克思只想駕馭文字，然後利用文學。爲了使自己的英語精純，他把莎士比亞和威廉．科貝特風格特殊的詞句全挑出來揣摩。《馬克思和世界文學》一書裡說：「馬克思好像不斷地問讀者說：有誰能像莎士比亞那樣更適合於給我們提供投向敵人的風雅的或機智的辱罵呢？」

英國作家、歷史學家托馬斯．卡萊爾一生的言論著述也給馬克思提供了不少機會去加以利用。卡萊爾起初站在浪漫主義立場批判英國資產階級，後來傾向托利黨，大力反對工人運動。恩格斯早年鼓勵馬克思讀卡萊爾的作品；馬克思定居英國初期拚命閱讀卡萊爾的書，指出卡萊爾是「唯一直接受了德國文學極大影響的英國作家」。後來爲了證明「資產階級的『天才人物』已經趨於沒落」的論點，馬克思和恩格斯在卡萊爾的作品中挑骨頭，笑他相信「永恆的」自然律，笑他英雄崇拜，「使他把不公正和壓迫看成是天才的標記」。再後來，馬克思爲了嘲諷德國統治者威廉一世，又借用卡萊爾的話：「老卡萊爾說過，當上帝想創造某種偉大的業績時，他總是挑選最愚蠢的人去幹。」馬克思在《英國資產階級》一文中稱讚英國一批小說家，說他們在作品裡揭示政治和社會眞理，成績比一切職業政客、政論家和道德家都要好。馬克思提出小說家狄更斯、薩克雷、勃朗蒂和蓋斯凱爾夫人，說「他們對資產階級的各個階層，從『最高尚的』食利者和認爲從事任何工作都是庸俗不堪的資本家到小商販和律師事務所的小職員，都進行了剖析。」希·薩·柏拉威爾（S. S. Prawer）認爲馬克思這樣評價這幾位小說家並不恰當，說是就連狄更斯的作品也歌頌了不少富有同情心的食利者、資本家、商販和小職員；蓋斯凱爾更不用說了！柏拉威爾相信馬克思這篇文章經過《紐約每日論壇報》的編輯部大筆竄改，登出來的文字可能跟馬克思的原文大有出入。這種說法很有商榷餘地。馬克思憑自己獵涉博雜、記性特好，寫文章引用別人的作品往往懶得再去翻查原書，但求套入自己的行文裡可以天衣無縫。此外，馬克思主觀極強，寫文章「霸」氣相當重，爲了充實自己的推論，往往把別人的作品宰割成片，一片一片鑲進自己的理論架構裡。馬克思當然讀過狄更斯、薩克雷、勃朗蒂和蓋斯凱爾夫人作品中譏諷食利者、資本家、商販和小職員的段落；這就夠了。想像力這樣豐富的人難免「一葉知秋」。況且他並不專門研究文學，文學不過是他理論堂奧裡營造氣氛的一盆盆花花草草。馬克思跟莎士比亞、巴爾札克的政見不同不要緊，他還是很喜歡他們的作品，拚命引用。

5

外國人淪落英國鬧窮鬧了二三十年實在相當可怕。天氣大半年是陰陰濕濕；英國人的個性又多偏向陰柔；幸好馬克思夠倔強、夠偏見、夠主觀、夠霸道，否則不可能在英國這樣的環境裡做完那麼多書齋工作：

如果不能從某個貸款社或人身保險會弄到一筆錢，我眞不知怎麼辦。即使決定把開支縮減到最低限度——例如，讓孩子們退學，搬進一個十足的貧民窟，辭退女僕，用馬鈴薯餬口——那末，就是把家具拍賣，也滿足不了哪怕是住在周圍的債主們，也不能順利地搬進某個貧民區。至今還維持住的表面尊嚴，是防止徹底垮台的唯一手段。對於我個人來說，只要能再得到哪怕一個鐘頭的安寧，使我有可能從事工作，就是住在懷特柴泊也算不了甚麼。

工餘娛樂太少了，帶著一家大小上一次街要花多少錢？馬克思只好多待在家裡。於是，他在信上對恩格斯抱怨說：「土壤肥力和人的生殖能力成反比，這不免使像我這樣多子女的父親非常狼狽。尤其是，我的婚姻比我的工作更多產。」始終擺脫不了流亡心情的一家人總是比較能夠體會到相依為命的可貴。幾個孩子相繼病死之後，馬克思為一家人操心：「在這方面，我不像在其他事情上那麼堅強，家庭的不幸常常使我十分難過。」燕妮身體不好，經常哭，經常發脾氣，家務幸好還有海倫．德穆特在照料。海倫從馬克思和燕妮新婚就當他們家的女僕，跟著他們到處流亡，成了家庭裡的一員，馬克思付不起她的工資也不要緊。於是，馬克思和海倫染出了一段韻事。一九〇〇年左右，各地的社會主義派系領袖們都知道海倫的兒子弗雷德里克·德穆特的父親正是馬克思。可是大家都不希望這件事傳出去，一來因爲當時資產階級道德標準支配人心，那些領袖們不屑提這宗「醜聞」；二來恐怕傳開來會破壞馬克思這位群眾偶像的英雄形象。這樣，弗雷德里克的身世資料全給毀掉或者藏起來；後來，考茨基的第一任太太去當恩格斯的管理兼祕書，恩格斯一死，她終於寫信給皮佩爾把眞相說出來：「恩格斯死前幾天寫了一份聲明書給莫爾先生，再次證明弗雷德里克是馬克思和海倫生的兒子，莫爾先生這才把消息告訴杜西（馬克思的女兒，即愛琳娜）。杜西聽了硬說恩格斯撒謊，並且說恩格斯向來承認自己是弗雷德里克的父親。莫爾再跑去向恩格斯問清楚。可是老頭堅持自己的聲明，說弗雷德里克是馬克思的兒子。……」恩格斯去世前一天親筆爲杜西把眞相寫在一塊石板上。

6

馬克思是天才。天才在倫敦不得不住在破樓裡，還要躲起來避債，又因爲衣服全送到當鋪去，只好躺在床上不出門；艾塞爾·伯林說這是一齣又有趣又傷感的喜劇。馬克思不是豪放不羈的人；他傲慢、臉皮嫩；對世事非常苛求；他在倫敦的處境教他赤裸裸受盡侮辱；他自以爲可以叱吒風雲，想不到既沒有風又沒有雲；他的健康不好，他的脾氣暴躁；他沒有朋友，他參加的幾個激進組織幾年之內都凋零了。英國的工人階級不太看重他，很快就把他給忘了。他去世，恩格斯寫了一篇頌辭拿到葬禮上去念，結果聽眾只有九個人。

寂寞的倫敦實在教人難受。馬克思和燕妮甩不掉資產階級意識：資產階級社會裡挨窮挨餓給他們打擊太大了。燕妮愛面子，馬克思也愛面子。他們都喜歡讓人家覺得他們在倫敦過的是舒適的資產階級生活。馬克思在荷蘭的舅舅負責把馬克思母親的遺產匯給馬克思，馬克思回信還要騙舅舅說他在倫敦股票市場上剛剛賺了四百英鎊，表示自己並不等著這筆遺產花。最好當然是樣樣事情都裝飾得漂漂亮亮：他願意關起門來跟海倫溫存，可是他不喜歡海倫替他生下來的弗雷德里克，因爲他不願意人家說閒話，寧願讓恩格斯去背這個十字架。馬克思是恩格斯的朋友；恩格斯不是馬克思的朋友。幾十年裡靠恩格斯接濟，馬克思和燕妮的心理負擔太大了。恩格斯不知道自己的好意竟傷害了這位老朋友的自尊心。馬克思出門旅行的時候跟燕妮通信，他女兒勞拉後來拚命毀掉這些信，因爲信上說了不少恩格斯的壞話。不巧，有人還是看到沒來得及毀掉的幾封信，證實信上的確罵了恩格斯。

7

倫敦不是馬克思的倫敦。他在倫敦打開了一個屬於自己的小天地，把自己關在裡頭，漸漸相信這個小天地代表了一個社會階級，馬克思從此只看到自己看不到別人。朋友是可以利用的工具，就像他筆下利用莎士比亞、狄更斯、卡萊爾這批文人。馬克思靠這些工具拚命想把自己的小天地裝飾得體面、像樣，可惜事情並不盡如人意。他開出去的支票都像《共產黨宣言》，不能兌現，他因此不喜歡這個小天地；就像他不喜歡海倫生下來的弗雷德里克。問題是：他不能承認自己不喜歡這一切，滿腔仇恨從此都化入他的滿紙理論裡去。他要逃避這一切，像逃避債主那樣。通常，債主一找上門來，馬克思總是教孩子開門對債主說：

「馬克思先生不在樓上！」

——選自合志版《辯證法的黃昏》（一九八八年九月）

大鬍子林肯的傳世演詞

林肯的〈蓋茨堡演詞〉（The Gettysburg Address）是輝煌的歷史文獻，辭藻精練，擲地有聲，全世界世世代代愛好民主自由的國家和民族都應該奉爲安身立命的圭臬，學習英文的人更必須尊爲顚撲不破的範本，難怪連江澤民都會背幾句。美國新聞處當年譯過中文本，吳靄儀日前跟岑逸飛和我到特區政府新聞處去參加語文講座，影印了這篇演詞做參考資料。我當年在美新處工作的時候曾經細細對照過這份中英文本，得益良多，這次重看一遍，覺得中譯雖好，有些詞句還是可以略微改善。

"Four score and seven years ago our fathers brought forth on this continent a new nation, conceived in Liberty, and dedicated to the proposition that all men are created equal." 美新處的中譯說：「八十七年以前，我們的祖先在這大陸上建立了一個新的國家，它孕育於自由，並且獻身給一種理念，即所有人都是生來平等的。」我突然覺得，這第一段話似乎可以譯得更精練

一點：「八十七年前，我們的祖先在這片大陸上建立了一個新的國家，既以自由爲立國之本，並且一心致力體現人人生而平等的理念。」林肯接著說："Now we are engaged in a great civil war testing whether that nation or any nation so conceived and so dedicated, can long endure."中譯本說：「當前，我們正在從事第一次偉大的內戰，我們在考驗，究竟這個國家，或任何一個有這種主張和這種信仰的國家，是否能長久存在。」爲了跟前文的「立國之本」遙相呼應，我想，這句話不妨弄得更加緊湊：「當前，我們正在從事一次偉大的內戰，考驗這個國家或任何一個以此爲張本與信念的國家究竟能否長治久安。」接下去的英文是："We are met on a great battle-field of that war. We have come to dedicate a portion of that field as a final resting place for those who here gave their lives that that nation might live. It is all together fitting and proper that we should do this."我只嫌中譯本用了太多「一個」和「那個」，文氣因而渙散：「我們在那次戰爭的一個偉大的戰場上集會。我們來到這裡，奉獻那個戰場上的一部分土地，作爲在此地爲那個國家的生存而犧牲了自己生命的人永久眠息之所。我們這樣做，是十分合情合理的。」我試試減掉一些字：「我們聚集在那次戰爭的偉大戰場上。我們來了，爲的是將戰場上的一部分土地闢爲在這裡保全家國而犧牲生命者的長眠之所。我們這樣做，自是合情合理的。」

林肯說，我們無從點化這片土地爲萬人景仰之地，因爲在這裡戰鬥的勇士已經將之化成神聖之地了，「遠非我們的菲薄能力所能左右」（far above our poor power to add or detract）。中譯「所能左右」的「左右」是支配、操縱之意，斷非林肯所願；林肯說的是「遠非我們菲薄的能力所能增一分光輝、減一分榮耀」。此外“It is rather for us to be here dedicated to the great task remaining before us.”，中譯說，「我們應該在此獻身於我們面前所留存的偉大工作」。我倒覺得「留存」不是太好的中文，「奉獻」和「偉大工作」也用得太多了。不如說「我們應該在此致力完成眼前未竟之大業」。同樣的，“…We take increased devotion to that cause for which they gave the last full measure of devotion.”，中譯本說，「我們要更堅定地致力於他們曾作最後全部貢獻的那個事業」。「曾作最後全部貢獻」也許正是中文常說的「全力以赴、至死不渝」。我們念大學二年級的時候都要背誦大鬍子林肯的〈蓋茨堡演詞〉，匆匆數十年過去了，每一次重讀，竟都傳來不同的金石聲，很怪。

——一九九七年十二月十七日

跋語

近日還了心願，坊間巧遇一柄齊白石摺扇，楠木扇骨是晚清刻扇名家于子安刻的山水，扇子兩面一畫一書都是老人興會之筆。畫是疏疏一簇青翠的水仙，字是款款幾句密膩的寄託，風致大佳。齊老寫了這樣幾句話：

板橋老人有「樓上佳人架上書，燭光微冷月來初，偷開繡帳看雲鬟」句，予戲為更「看雲鬟」三字為「加鴛被」，丞「燭光微冷」，何如？予自謂多事！

三字之易，三昧迥然。鄭板橋掀開繡帳悄悄細賞美人濃美的秀髮，動的是綺念；齊白石輕輕給她加蓋一幅繡著鴛鴦的錦衾，動的是深情。兩相掂量，板橋的境界縱然迭宕，到底輸給齊璜那一念的品味，連上句的「燭光微冷」都照應得體體貼貼，繡帳裡的人說甚麼也不會怨他多事。

從看雲鬢攀升成加鴛被，那是閱世的體念，更是文人推敲筆底品味的歷程。人間冷了，人情還是溫的好，白石老人寫出那樣的舊夢，解構的正是人文掀帳人心頭的千千結。

——二〇〇一年十一月十八日

特載

帝國餘暉裡的拾荒者

——論董橋散文

鍾怡雯

前言

專欄是香港文學的特色，充滿時代感的短小形式，具有強烈的消費和市場性格，除了言情、歷史、武俠、推理、科幻小說連載之外，數量最多的是專欄雜文／散文，或稱「框框雜文／散文」。混合著隨筆、雜文、小品、時事評論等多種形式的即時消費文字，以短小篇幅承載輕薄內容，娛樂、飲食、文化、男女、財經等等無所不包，是當下生活的立即反映。專欄散文／雜文是非常値得討論的議題，有的被視爲流行文化的載體，通俗文學重要的一環，都市文化中的商品文學，有流行感而無文學性，也有的被置於天秤另一端，視爲「嚴肅的香港文學」，評價兩極。[1]

一、折射出古老的色澤

董橋的專欄正是誕生在以流行文化／通俗文學爲主流的香港。其散文／雜文涵蓋天文地理，出入古今，可謂無所不包，以其旁徵博引之筆悠遊流行文化、經濟財經、政治科學、文學文化和哲學領域。討論語文問題，特別能見出董橋的中西學養。《明報》專欄結集而成的《英華沉浮錄》，跋語嘗言：

> 《英華沉浮錄》是以語文爲基石的文化小專欄，既有舊時月色的影子，也有現代人事的足跡，走筆之際，往往妄想自己一下子脫胎換骨，變得才雋而識高，采博而鑑細，小題文章也能透入神竅。[2]

---

1 香港的專欄討論，可參考黃維樑〈香港專欄通論〉、朗天〈附錄：面對現實．具體批判——回應黃維樑〈香港專欄通論〉〉、也斯〈公眾空間中的個人論說——談香港專欄的局限與可能〉，均收入盧瑋鑾編：《不老的繆思——中國現當化散文理論》（香港：天地圖書，一九九三）。亦可參考梁秉均編：《香港的流行文化》（香港：三聯書店，一九九七），其中有專文討論香港專欄。

2 董橋：《紅了文化，綠了文明》（台北：遠流，二〇〇〇），頁二五三。

大體而言，這段夫子自道確實可以概括董橋的爲文態度，強調「學、識、情」的散文／雜文基礎，自然背離大眾／流行文學的美學要求。柳蘇在〈你一定要看董橋〉斷言：「董橋的散文不僅證明香港有文學，有精緻的文學，香港文學不乏上乘之作，不全是『塊塊框框』的雜文、散文……董橋可以說就是香港」。[3]「董橋可以說就是香港」或許言之太過，然以「精緻文學」而非「大眾文學」定位董橋，卻是不爭的事實。董橋百科全書式的散文，顯然是寫給「識貨」的讀者看的。柳蘇說「你一定要看董橋」，說他是香港名產，卻又爲他在香港（此文發表於一九八九年）沒有相應的知名（或是市場反應吧！）叫屈，其實，那正是精緻文學在流行文化的必然位置和「正常」現象。

異於《英華沉浮錄》的雜文筆調，董橋在《壹週刊》所寫專欄收入《從前》，故事性強，議論少而感懷多，懷舊記往之作，風格明顯異於《明報》時期的雜文和隨筆，而更傾向於傳統散文。因此討論董橋，必須放在廣義的散文定義下方能窺見全豹，他筆下的雜文、小品、隨筆，以及所謂狹義的散文（或稱「純散文」）皆須納入討論範圍之內，以下爲討論之便，使用「散文」一詞。

《英華沉浮錄》於二〇〇〇年在台灣的遠流出版社出版，從原來的十冊重編成六冊，從新編的書名《鍛字鍊句是禮貌》、《給自己的筆進補》可約略窺見董橋對文字的關注。原來的「英華」二字則可見其出入中西（西者，指的是英國）的「比較文學／文化」背景。董橋生於晉江，在一歲時遷居曾是荷蘭、英國殖民地的印尼，負笈台灣讀的是外文系，曾謀食於倫敦，而今定居香港。這樣的經歷看來十分洋派，彷彿董橋應該用流利的英文，而非典雅的中文寫著現代感的隨筆和小品。然而董橋的生命情調卻比較接近五四作家，胡適、周作人和林語堂等人一派，受洋派教育，用白話文寫現代人的生活，骨子裡卻是中國老式文人的教養，舊文化是他們的底子。〈媚香樓裡的捉刀人〉自稱是在藝術品中長大的一代：

家學和良師外，跟舊書、舊人、舊物因緣深厚，該是我的中文底子。[4]

這段文字一連用了三個「舊」字，正可溯源董橋的散文譜系——背後那個聯繫著古老精神文明的精緻世界，早已被歷史的毀滅性風暴化爲廢墟的貴族生活，明清小品的文人趣味，士大夫的生活美學，五四時代知識分子出入古今中外的語文造詣，物的收集者鑑賞者守護者，這些消失在高度商業化香港社會的「舊」，被文革革掉的「舊」，當代創作者缺乏的「貴族血統」，使董橋散文暈染著古老帝國的餘暉。他筆下的線裝書、藏書票、古董、字畫、印章等與時代脫節的前現代產物，是構成董橋內在經驗的要「物」。

3 柳蘇：〈你一定要看董橋〉，收入陳子善編：《你一定要看董橋》（上海：復旦大學，一九九七），頁十三。

4 董橋：《給自己的筆進補》（台北：遠流，二〇〇〇），頁一八八。

「物」是討論董橋散文的一個重要關鍵。它可以形而下的解釋爲具象之物，即收藏品。「物」的意義卻不止如此，「物」尚且構築成一道圍牆，把「外部世界」還原爲「內在世界」，過去化爲現在的堡壘；其次，「物」也是折射層，構成作品和現實世界之間的再現關係，折射出董橋帶著古老色澤的散文。

董橋對「物」的熱情，令我們想到「拾荒者」班雅明（Walter Benjamin, 1892-1940）。不同的是，班雅明過著不事生產的拮据生活，收集書之外（他一度想開一家舊書店），收藏的是一些玩具、明信片之類的「無價」（沒有商業價值）瑣碎之物，不折不扣是個落拓的拾荒者。董橋從事的是與時代緊密相依的媒體業，安穩的生活條件容許他收藏「無價」之物，甚至發出布爾喬亞式的感嘆：「至今痴愛竹木玉石雕成的文玩，花掉太多心力財力。」[5]

唐諾在〈唯物者班雅明〉指出，班雅明對人的拯救，是包含於物的拯救之中：

（物）把人從分類秩序中（如市場）分離出來，讓他不再只是使用價值，或甚至只是交易價格，從而讓人恢復了人的完整尊嚴及其價值。[6]

對董橋而言，物也有這樣「讓人恢復人的完整尊嚴及其價值」的意義，尤其像董橋這樣眷戀「舊」時代的寫作者，又身居吞吐資訊的媒體要職，「物」所構築的城牆之內是一座象徵性的後花園，既是休憩的所在，也是推離後現代這場毀滅性風暴的隱蔽之地。「物」把人從市場分離出來，建立起與當代／現實的籓籬：

收藏者的態度是繼承人的態度。在這種收藏中，靈魂徜徉在過去的精神財富之中，這個過去是其生存的土壤。像一個在商品世界中漫步的遊手好閒者，收藏者在這裡得到閒暇的滿足。[7]

這段文字恰可以用來說明董橋，一個在商品世界中漫步的「遊手好閒者」。現實世界的董橋當然不是「遊手好閒者」，只有棲身物的世界，遊手好閒者的身分才能誕生。從這個意義來看，遊手好閒者指的是「收藏者」。他首先必須是抽離現實的漫遊者，漫「遊」在「物」的世界中，從過去的土壤吸收養分。因此「物」所建構的城牆，形同董橋沉思的後花園。沒有這座後花園，董橋無從抒發「華麗而高貴的偏見」[8]；月旦人物、褒貶時事的從容和自信，

5 董橋：《竹雕筆筒辯證法》（台北：遠流，二〇〇〇），頁三。
6 唐諾：〈唯物者班雅明〉，收於班雅明著，張旭東、魏文生譯：《發達資本主義時代的抒情詩人：論波特萊爾》（台北：臉譜，二〇〇二），頁二十一。
7 陳學明：《班傑明》（台北：生智，一九九八），頁三十四—三十五。
8 楊照：〈華麗而高貴的偏見——讀董橋的散文〉，收入董橋：《董橋精選集》（台北：九歌，二〇〇二），頁十七。

除了源自家學之外，必須隨時從現實補充養分。養分的來源，仍是舊人、舊事、舊物。董橋就像是班雅明從波特萊爾散文中發現的拾荒者。

「拾荒者」的意義有二，一是指董橋的舊物收藏，比較接近戀物者；二則是撿拾被大都會鄙棄之物，再重新整理，分門別類。這些鄙棄之物，對董橋而言，就是繁雜的資訊，他可能從數百條新聞裡撿出一兩條，用學養去發展、延伸出「董橋式的觀點」，那「華麗而高貴的偏見」。高貴，是因爲有士大夫式的美學與舊文化底子。例如〈Notting Hill 浮想〉說：「我很偏見，老覺得美國電影滲進一些歐洲意識形態常常更見深度」[9]，董橋的偏見顯然來自文化深淺的比較，跟含蓄內斂，像個滄桑中年的歐洲比起來，美國當然是年輕淺薄的少年。〈還王度廬一個公道〉就有這樣的告白：

> 像我這樣的老鬼，時髦的言情小說是看不下去了；有詩爲證的章回小說也嫌妖嬈……王度廬的作品以乾淨的現代白話寫古典的鄉土風情，剛陽照悲情，鐵肩擔道義，個中文化鄉愁倒是很可以細細尋味了。[10]

王度廬的小說符合董橋喜歡的「很老很老的故事，很舊很舊的人物」，「文化鄉愁」更是其散文的基調。在華洋雜處講廣東話的香港，文化鄉愁自然只有從文學和藝術中找，這也符合董橋認爲文學的基調是遺憾——他筆下的那種「遺老氣」，正建立在遺憾上。〈時代太新太冷了〉感嘆「時代確是太新太冷，我收到一封手寫的信竟像跟相好重逢，會開心幾天。人都快如複製了，眞希望接吻這樣古老的語言不會太快過時」[11]，書和朋友自是老的好，如此不與時人同調的言論，正如他筆下的蘇東坡，一肚子不合時宜。

筆起筆落之際，出入古今之際，蒼蒼英倫街頭的一些老牌匾紛紛迎風搖曳，飄散的是老店的霉味和報人的書香。[12]

愈是懷舊和思古，董橋愈覺得自己讓電腦和網路狂潮弄得更像古人。這種打從心裡的固執堅持，卻是董橋散文風格的來源。林文月在〈董橋其人其文〉所勾勒的董橋是西化、商業和娛樂的香港對立面，古典、文化而精緻[13]，換言之，董橋繼承了中國的文人傳統。跟班雅明一樣，董橋也是在傳統沒落之後，「在它（傳統）的碎片上漂流」[14]。這些碎

9　董橋：《心中石榴又紅了》（台北：未來書城，二〇〇一），頁七十二。
10　董橋：《回家的感覺眞好》（台北：未來書城，二〇〇一），頁四十。
11　董橋：《心中石榴又紅了》，頁七十一。
12　董橋：《回家的感覺眞好》，頁七十一。
13　林文月〈董橋其人其文〉，收入《心中石榴又紅了》，頁二六一。
14　張旭東〈班雅明的意義〉，收入《發達資本主義時代的抒情詩人：論波特萊爾》，頁四十七。

片對董橋這類踩在帝國餘暉裡的高雅拾荒者而言，就是那些文物珍玩。舊時代不再，唯有透過「物」，去摹想追懷，〈水聲樹影舊橋邊〉寫因校對之誤，「董橋」成了「舊橋」，他覺得「反倒隱約描出煙雨江南的幽深情景，出版社錯得雅致」[15]，抒情筆調一轉，董橋把古典的想像接到當下的政治：

> 近來特區政府適逢多事之秋，特區首長彷彿運交華蓋，有挺董，有倒董，我這姓董的小市民感同身受，偶爾飄飄然，偶爾戚戚然，暗地裡常常祈求祖先顯靈，佑我舊池台，傳我舊家風。[16]

這句話是典型的董橋式句子，故紙堆藝術品中長大，「舊」到骨子裡的董橋，是中國傳統的繼承者。在華洋雜處的香港，傳統不斷壞毀，董橋每日在新聞的前線對著充斥病語病句的文章和報導，說話不得體的官員，忙於寫短文捉字虱之餘，可想而知，他是如何懷念那「踩著歷史走回傳統的歷程」[17]。

二、帝國餘暉的收藏

如何踩著歷史走回傳統？很大的支持力量來自那些散發著帝國餘暉的收藏，他像個拾荒者在廢墟中挑選流逝世界的遺物，那是文化傳承的部分，「收藏眞的是大有大買、小有小玩。……我認識不少中、港、台三十出頭到五十開外的人業餘沉迷集藏，出得起大價錢的不少，萬兒八千的怡情文物才是他們的目標，而且都親自去找去碰運氣。那是文化傳承的遊戲了」[18]，於是我們終於理解，何以董橋筆下一再出現和文革相關的主題。從《這一代的事》到《英華沉浮錄》，文革是其中一個主要的題材，尤其《從前》所感所記的文革人事，他那帶著感傷懷舊的筆調，令人感受到傳統已成廢墟。他甚至發出憤慨的批判：「中共搞這場浩劫摧殘大半個中國的人物和事物……在上一輩人這樣婉約溫潤的風采之下，那些共幹的嘴臉一定更顯得像狗屎了」[19]。作爲上個時代留下的碎片，古物是用來「留個念想」，以發思古之幽情。

必然要有這些傳統的碎片，或藏書票、字畫、古書用以怡情養性，把現實暫時隔離在外。「閒」，是文人不可缺少的生活，「『閒』是學問。閒而無趣，那是糟蹋情致；閒而空疏，不啻褻瀆性靈」[20]。從「閒」、「情致」、「性靈」這幾個概念來看，董橋散文的美學可

15 董橋：《回家的感覺眞好》，頁七十二。
16 董橋：《回家的感覺眞好》，頁十五。
17 董橋：《回家的感覺眞好》，頁七十一。
18 董橋：《心中石榴又紅了》（台北：未來書城），頁二三七。
19 董橋：《心中石榴又紅了》（台北：未來書城），頁二一八。
20 董橋：《鍛句鍊字是禮貌》（台北：遠流，二〇〇〇），頁一八九。

上溯明朝公安派等人，他們的小品既要求文章建立在「博學而詳說」，同時也以士大夫式的閒情逸致避免文章的道學氣，增加散文的性靈。董橋亦十分重視文章的靈氣：

> 中國人學藝講究學養。這兩個字英文殊難迻譯。胸中積學，養成靈氣，那確實比死在前人的框框裡要好。[21]

學養是寫作的基礎，是靈氣的來源，那是因爲董橋的散文基本上是以「知識」爲骨幹的知性散文，知識要以靈氣潤養，二者結合，方成其大。這神祕主義似的要求接近公安派的「獨抒性靈，不拘格套」。因此雖然董橋要求「文字以經世致用之學爲根基，當然要比一味空疏虛無可取」[22]、「文字必須追求更高的專業水平」[23]，這類乍看「載道」，與「天生的性情決定作品的品味」[24]天才論（「雖在父兄，不可以移子弟」）的觀點矛盾，其實是董橋強調的「學養」，既有先天（包括遺傳、家學）也有後學。

董橋令人聯想到周作人，不只是因爲他喜歡周作人的書和字，〈「美麗的錯誤」〉表示自己曾摹仿他的筆調，覺得他的隨筆寫得有個人風格。[25]實際上，他博學而詳說的散文，也輕易地令人聯想到周作人。楊照在〈華麗而高貴的偏見——讀董橋的散文〉說：

> 這一千字的篇幅設計，是很「香港」的輕薄短小。然而背負沉重中西知識傳

統，「文人氣」很深很醇很厚的董橋，其實是輕不來也薄不來的。於是他半自覺半強迫地，走上了「隨筆」、「小品文」的路子，大量向西方的 essay 傳統，以及中國到周作人戛然而止的小品文寫作，汲取養分。[26]

楊照指出董橋「背負沉重中西知識傳統」和「文人氣」，以及尾隨周作人走向隨筆的路子，確實沒錯，然而董橋的散文基調毋寧更接近另一位也背負著中西知識傳統，文人氣外加名士氣的散文大師林語堂。周作人的沖淡散文其實壓抑著苦味和火氣，那是整個時代的苦悶，動蕩的政局和沒甚麼進展的五四文學革命都令周作人鬱悶，那沖淡的生存方式純爲自我開解和自救。周作人被界定的閒散風格，其實主要來自《雨天的書》和《澤瀉集》，這兩本散文集覆蓋了他早期雜文中對現實和政治的批判，以及民族改造的熱情，這位苦雨齋主人在此二書

21 董橋：《鍛句鍊字是禮貌》，頁八十九。
22 董橋：《竹雕筆筒辯證法》，頁四。
23 董橋：《鍛字鍊句是禮貌》，頁三十二。
24 董橋：《竹雕筆筒辯證法》，頁二十二。
25 董橋：《回家的感覺眞好》，頁二二四。
26 楊照：〈華麗而高貴的偏見——讀董橋的散文〉，收入《董橋精選集》，頁二十六—二十七。

中欲以「中庸之道來調和極端的那種沖淡生存方式」[27]，因此要在苦雨齋中聽苦雨、喝苦茶，品味其苦澀人生，過著沒火氣的平衡人生。

董橋的生命風格不同於周作人，他的散文並不苦澀，也不沖淡，甚而如楊照所說是「華麗」的，也時有溫良的嫉俗，那是對舊時代的眷戀和名士氣。當然，他們均擅長議論，以旁徵博引的知識散文著稱。董橋論文章藝術講究靈氣，和另一位也講「性靈」，標榜「以自我爲中心，以閒適爲格調」的林語堂更近。根據范培松的論點，「林語堂心目中的文化的最高理想人物，主體形象是『對人生有一種建於明慧悟性的達觀者』」[28]。

「明慧悟性」必須和林語堂講的「性靈」、「筆調」（personal style，即個人風格）以及「幽默」結合，因爲明慧悟性可獲致達觀，達觀方有幽默，建立自己的個人風格。性靈和董橋所說的靈氣相近，幽默則是董橋散文所長。〈多帶一條褲子備用〉寫英國財政部長出門得多帶條褲子，以防宵小趁他熟睡時下手。「多帶條褲子」是應付經濟蕭條、治安不好的政策。「睡前讀維多利亞時代淫書三十八頁，甚佳甚佳。年來多以淫書清洗心中之使命感。多讀英文古今淫書，可沖淡自己筆下英文之學究氣」[29]，幽默可以消遣別人也消遣自己，他尤喜歡幽默的老一輩文人「老一輩文人學者深諳幽默，而且幽的都是有文化之默」[30]。幽默還得有文化，顯見董橋的品味。

董橋直言不喜歡魯迅戰鬥式的雜文，霸勁太強，喜歡的是他的小說、散文、小楷，乃至魯迅收集箋譜、閒逛等逸事，董橋的理由是：

> 過了半百的人了，大半輩子流離國外，我偏愛中國的舊人物舊文化，那該是合理的鄉愁了。[31]

董橋溫文的散文和魯迅犀利的雜文當然風格迥異，魯迅〈小品文的危機〉批評的小擺設正是周作人、林語堂、董橋一脈的小品文，既不是匕首，也非投槍，沒有戰鬥的作用，只靠著低訴或微吟磨平人心。〈小品文的危機〉這段文字彷彿正是對著董橋這類出身「舊家」的文人：

> 但如果他出身舊家，先前曾有玩弄翰墨的人，則只要不很破落，未將覺得沒有用的東西賣結舊貨擔，就也許還能在塵封的廢物之中，尋出一個小小的鏡屏，玲

27 范培松：《中國現代散文史》（南京：江蘇教育，一九九三），頁二四二。
28 范培松：《中國現代散文批評史》（南京：江蘇教育，二〇〇〇），頁七十四。
29 董橋：《這一代的事》（北京：三聯書店，一九九二），頁一二六。
30 董橋：《酒肉歲月太匆匆》（台北：遠流，二〇〇〇），頁二一〇。
31 董橋：《竹雕筆筒辯證法》，頁四。

> 瓏剔透的石塊，竹根刻成的人像，古玉雕出的動物，鏽得發綠的銅鑄的三腳癩蛤蟆，這就是所謂「小擺設」……那些物品，自然決不是窮人的東西，但也不是達官富翁家的陳設……那只是士大夫的「清玩」。[32]

魯迅雖也和周作人一樣在文中推崇明末小品，卻特別提醒明末小品並非全是吟風弄月的幫閒文臣筆鋒，而著重於其諷刺、攻擊和破壞的一面；當然魯迅也批評取法美國的隨筆，以爲他們的幽默、雍容、漂亮像是「小擺設」，供人觀賞，青年們會因此由粗暴而變風雅。這番話大概是針對周作人、林語堂、梁實秋這些小品文作家說的，如果董橋生在彼時，可想而知，他必然也在名單上。

董橋幽默、雍容、漂亮的散文，卻不完全是「小擺設」，和周作人要過沖淡不理世事的人生觀不同，董橋的雜文十分入世，例如以下的引文：

> 我最想做到的正是從宏觀角度去衡量語言文字的文化內涵和社會寓意；或者倒過來借古今中西語言文字去闡釋當前一些社會現象和文化趨勢。此路殊不易走，往往足跡遍荒徑，提燈照不見半戶人家；驀然回首，也許竟置身雅舍矮簃之間，茶苦雨疏，聽人漫說前塵影事，渾忘今年是何年了。[33]

當前社會和文化一直是他關注的主題，於「英華」中「沉浮」，那既是謀生所需，也是人格特質。異於一般時事政論的是，他講求「學」、「識」之外，往往下筆帶「情」。以上引文前半段寫的是個人的寫作理念，乃理性的闡述；後半段筆鋒一轉，以連綿的意象發展出感性的思維。這是十分董橋的寫法，他認爲政論既要時人時事爲實例，也要背景資料，議人議事之外，引經據史，「還要一枝帶著三五分感情的筆」[34]，從政治裡讀出人情味。

容或長於議論，董橋的整個散文風格卻是「浪漫」的。「舊時月色」既曾成爲他的篇名，也多次在散文中提及，在早期這浪漫表現在偶然的感傷和懷舊，後來卻是有意爲之，他寫那些蒼茫的老故事似乎更見帝國餘暉的韻味。《從前》的序提到他早期讀美國小說家 Carson McCullers：

> 故事縹緲，人物幽遠，難忘的是筆下沉實的輕愁和料峭的溫煦，隱隱然透著帝俄時代那些風雲巨著徹骨的清氣，像酒，像淚。[35]

32 魯迅：〈小品文的危機〉，收入王鍾陵編：《二十世紀中國文論精華・散文卷》（石家莊：河北教育，二〇〇〇），頁五十二。

33 董橋：《鍛句鍊字是禮貌》，頁一七五。

34 董橋：《竹雕筆筒辯證法》，頁一七四。

35 董橋：《從前・自序》（台北：九歌，二〇〇二），無頁碼。

《從前》解開議論的束縛，抒發感性的回憶，對過往的留戀確實是「沉實的輕愁和料峭的溫煦」，連自序〈煙柳拂岸，暮雲牽情〉也有六朝煙水味。第一篇〈舊日紅〉一開頭便揭開了底牌：「我偏偏愛說我是遺民」、「文化遺民講品味，養的是心裡一絲傲慢的輕愁」[36]。傲慢的、輕愁的遺民，那是董橋的生命風格，也是散文風格形成的要因。〈諜影〉裡那個布爾喬亞品味的南洋留學生、文革期間令人心痛的文人遭遇、說不盡的滄桑小故事，董橋撿拾的依然是舊時代的遺珠，也合了魯迅筆下「小擺設」的氣味。當然，傲慢的文化遺民是不在意的，那是他們的底，舊的好東西。宿命的說法是，那是無法選擇的命運，胎記般烙印在記憶裡。不想丟、也丟不掉。

結語

必須說明的是，董橋的「遺民」不全是中國式的。殖民地的出生背景、大學讀的是外文系，且在英國倫敦居住相當長時間，而今定居香港，他的遺民情調毋寧也是英國的，這沒落的帝國有著深長的歷史和文化，足夠董橋涵泳品味，因此他總是很自信的談怎樣的英文才漂亮，如何翻譯才準確而達意，特別喜愛中英文俱佳的人物，如中英文舊學都好的葉公超、深刻體會中英文化的吳靄儀等。林文月說「英倫可能是他心靈的故鄉」[37]，誠然。最具象徵意義的是，他居住時間最長的香港，也是一個映著帝國餘暉的城市，董橋竟像是香港的縮影，中西（英）文化的交會，碰撞出雜糅著浪漫情懷的小品文。像上個世紀的拾荒者，他在帝國餘暉裡撿拾著傳統的碎片。

◎本文作者鍾怡雯，現任元智大學中語系教授。著有散文集《河宴》、《垂釣睡眠》、《聽說》、《我和我豢養的宇宙》、《飄浮書房》、《野半島》、《麻雀樹》；論文集《莫言小說：「歷史」的重構》、《亞洲華文散文的中國圖象》、《無盡的追尋：當代散文的詮釋與批評》、《靈魂的經緯度：馬華散文的雨林和心靈圖景》、《內斂的抒情：華文文學論評》、《馬華文學史與浪漫傳統》、《經典的誤讀與定位：華文文學專題研究》、《當代散文論I：雄辯風景》、《當代散文論II：后土繪測》、《永夏之雨：馬華散文史研究》、《翦影之秘：當代中國散文研究》；並主編《華文文學百年選》（十六冊）、《馬華文學批評大系》（十一冊）第多部選集。

36 董橋：《從前》，頁七。

37 董橋：《心中石榴又紅了》，頁二六八。

參引書目

王鍾陵編：《二十世紀中國文論精華．散文卷》（石家莊：河北教育，二〇〇〇）
范培松：《中國現代散文史》（南京：江蘇教育，一九九三）
范培松：《中國現代散文批評史》（南京：江蘇教育，二〇〇〇）
班雅明著，張旭東、魏文生譯：《發達資本主義時代的抒情詩人：論波特萊爾》（台北：臉譜，二〇〇二）
梁秉均編：《香港的流行文化》（香港：三聯書店，一九九七）
陳子善編：《你一定要看董橋》（上海：復旦大學，一九九七）
陳學明：《班傑明》（台北：生智，一九九八）
董　橋：《心中石榴又紅了》（台北：未來書城，二〇〇一）
董　橋：《回家的感覺眞好》（台北：未來書城，二〇〇一）
董　橋：《竹雕筆筒辯證法》（台北：遠流，二〇〇〇）
董　橋：《紅了文化，綠了文明》（台北：遠流，二〇〇〇）
董　橋：《酒肉歲月太匆匆》（台北：遠流，二〇〇〇）
董　橋：《這一代的事》（北京：三聯書店，一九九二）

董　橋：《給自己的筆進補》（台北：遠流，二〇〇〇）

董　橋：《董橋精選集》（台北：九歌，二〇〇二）

董　橋：《鍛句鍊字是禮貌》（台北：遠流，二〇〇〇）

董　橋：《從前》（台北：九歌，二〇〇二）

盧瑋鑾編：《不老的繆思——中國現當化散文理論》（香港：天地圖書，一九九三）

特載

十年一編董橋書

胡洪俠

1

遙想三十多年前在內地初遇董橋文字，閱讀中體會到的種種新鮮、感嘆與衝撞，至今記憶猶新。新千年之後經由香港牛津版文集開始閱讀董橋的年輕人，不容易理解我們那一代讀者讀北京三聯一九九一年版《鄉愁的理念》時的驚喜心情，更難理解一九八九年讀罷《讀書》雜誌上柳蘇（羅孚）那篇〈你一定要看董橋〉後我們內心深處受到的震動。那之後多家出版社爭相印行的董橋文集，帶給我們的何止是中文之美的文體新風景，更是關乎觀念、視野、品位與趣味的文化新時空。

從港版《雙城雜筆》（一九七七）算起，董橋文字在中文世界的出版史與傳播史，迄今已有四十五年。對此我願意以如下方式概述：《明報》、《明月》等曾開設董橋作品專欄的報刊，四十四種繁體初版文集，兩岸三地近百種或簡或繁的重印本、選編本以及墨跡和展覽圖錄，加上他的文玩圖書藏品與書法作品，再加上他本人堅決拒絕重印的幾種譯著……，上述種種共同構成了一個「董橋的世界」。這個「世界」如此精彩與多彩，竟在幾代讀者閱讀史上開闢出了不同方向的「主題」：在文學界，是課題；在傳播界，是論題；在收藏界，是謎題；在普通讀者那裡，是從不缺席的話題；而不知何時何地，又會成為「問題」。換句話說，「董橋的世界」近幾十年間在中文世界點燃了幾種至今未熄的熱情：閱讀的熱情、討論的熱情與收藏的熱情。

當然還有出版的熱情。算起來董先生少說寫了也有兩千五百篇左右的散文隨筆了。這些文字，因為讀者喜歡，各路出版家的出書熱情隨之持續高漲；因為讀者喜歡，各路編者們的選編熱情也此起彼伏地活躍起來。而我，資深讀者、學習者之外，「董橋的世界」中我的另一重身分正是「董橋文字選編者」。截止今日我編過四種董橋文集，有兩種早已問世：《舊時月色》與《董橋七十》。另有兩種時運不佳，出版的可能性早降為零。儘管成功率只有五成，但是已經印行的兩種董書都曾經賣得很好。如此這般的事實再次印證了那句流傳了幾千年的名句：「書籍自有其命運。」

2

二〇〇一年八月我去香港拜見董橋之前，已經熟讀了他的文集內地諸版本，包括北京三聯的《鄉愁的理念》、《這一代的事》，廣東花城的《跟中國的夢賽跑》，浙江文藝的《董橋散文》，四川文藝的《董橋文錄》，遼寧教育的《書城黃昏即事》，湖北人民的《人間書》，天津百花的《董橋小品》，廣東人民的《董橋書房美文》等等。

董先生在位於香港中環士丹利街的陸羽茶室請我午茶時，我壯著膽子說：董先生散文一九九一年進入內地後，先後有十一個出版社出版了各種選本；讀者在呼籲出版精編精裝本。我又說，董先生即將進入花甲之年，正該出版一套新編的文集表示祝賀。當然我不會忘記說，我想編這樣一套文集，希望董先生允准。

董先生竟然同意了。

找好了出版社，確定了「類編」體例，我即大張旗鼓地開始選編，爲此還專門買了一台複印機以在家中「共襄盛舉」。當時設想要編入董先生此前發表的所有文章，按類分卷，每卷單獨命名。如此，則有五分之一內容在內地是第一次同讀者見面，而如此規模的董橋散文一次性推出，當時在內地亦絕無先例。

分類編選董橋散文，我並不是第一個嘗試者，陳子善先生早已經做過了，台灣和香港都出過分類選本。我只不過「選」的胃口更大一些，盡量「選上」而不是「選掉」。然而給董橋文章分類很難。他當初落筆既不是爲日後別人能夠順利分類而寫，文章的內容於是時而似遊龍奔走，難見首尾，時而若蜻蜓點水，痕跡頓消，全憑他一時的文思與一己的品味而定。林文月教授早已發過類似的感慨。她在《董橋其人其文》中說「有些文章原本是在談論時政或人物的，忽焉筆鋒一轉而成爲語文的問題，足見分類之不易」；又說「董橋文內每言爲文之難，我看他分類也曾遭遇困難的樣子」。既然如此，我只好撇開既定的文體概念，轉而向新聞寫作中的「五個W」尋求幫助：我首先辨識出某篇文章中哪個W更重要或最重要，進而判斷董先生寫此文的眞正用意究竟何在。舉例說來，若用意在人，文章即歸入「人物卷」；用意在事，則歸入「時事卷」。

這套擁有十二卷之多的《董橋散文類編》二〇〇二年上半年編定，幾百幅插圖也已拍攝完成，原計劃年底一次性隆重推出，但最終因出版社原因未能出版。二十年過去，舊事重提，當然不是要追責索賠。我只是想分享此次「大規模的失敗」給我帶來的兩大收穫：其一，我發現董先生的文章對於喜歡編選文集的人來說是一個巨大的誘惑。他的文章以單篇爲主，文章既短，內容由博返約，自成世界，質量、產量又都很高，編織起來可以有無數組合方式，爲獨闢蹊徑提供了足夠的創意空間。我甚至覺得自己患上了「分類編選綜合症」——從那之後，每次讀董先生新書新文章，我總會產生一些莫名其妙的「新編法」。其二，沒有這次的「出師不利」，也就沒有《舊時月色》的再戰告捷。

3

如果不是南京張昌華先生編著了那本《他們給我寫過信》（商務印書館，二〇二〇），我都不知道董橋先生和他通過那麼多封信，其中有幾封還提到我。

應該是一九九八年，當時還在江蘇文藝出版社供職的張昌華，寫信給在香港一間大學工作的董橋，希望能出版他的散文集。董先生當時正在給《明報》寫「英華沉浮錄」專欄，每天一篇，吸粉無數，明窗出版社的「英華」小集也一冊接一冊地出，都出到第九冊了。昌華先生顯然是想搶先出版《英華沉浮錄》。董先生在一九九八年六月十二日給張昌華的信中說，他剛結束了大學的工作，有了新的崗位。又說：「我的書在內地先後出了好幾種，不想再炒冷飯了。《英華沉浮錄》十冊是我兩年裡（一九九六—一九九八）的專欄文章結集，但版權歸明報出版社處理……」（《他們給我寫過信》，第三四八頁）

歲月匆匆，轉眼新千年都已經過了，張昌華要出董橋散文的念頭還在，他不僅繼續寫信，而且不斷寄書。二〇〇一年秋天，他給董先生寄去了《蘇雪林散文》，又寫信希望能新編一本董橋散文集。董先生十月四日回信說：「蘇老師的文章正可重溫，高興極了。」然後他筆鋒一轉：「編我的散文集一事，國內出得很亂，我請深圳胡洪俠兄代我處理，由他視情況斟酌。我不想在國內亂出太多書也。」

當時我正在編那套十二卷本的《董橋散文類編》，董先生把張昌華組的書稿交給我編，肯定是考慮到當時他已發表的所有文章我都很熟悉，編起來順手省力。我看了江蘇文藝社的「設想」，覺得除了作者版稅太低、編者稿酬更低得不像話之外，其他也沒什麼難的，就痛痛快快應承下來。能爲董先生編本書在內地出版，我只覺榮幸，哪裡還管什麼千字幾塊錢的編者稿酬？

董先生曾對出版社特別談到文章刪節一事。「我只要求要刪的最好全篇刪去不用，」他說，「千萬不要刪文中字句而若無其事地照登文章。」類似的要求他也和我講過，實話說，我做不到，出版社也做不到。如果全按董先生要求做，或整篇全刪，或一字不刪，那這本書哪裡還編得成？「舊時月色」豈不成了「年年雲遮月」？

我受董先生委託編的他那本文集最後定名《舊時月色》，二〇〇三年十月出版。編這本書時，我翻遍了當時能見到的繁簡版本，研究了陳子善老師業已編印上市的董文「全編」、「選編」、「類編」等各種編法，遲遲拿不準究竟如何才能編出新意。某日忽然想到，董先生文章中多寫「親歷、親見、親聞」之事，很多段落乃至整篇都稱得上是「自傳」文字。既如此，何不依他求學、工作的地點爲序，編織出一幅「自傳」風景出來？他寫作時筆隨意轉，辭由情牽，不會按時間先後與地點變換順序去寫。可是，文章編排時卻可以空間轉換爲序，再適當考慮時間早晚，待出版之後，讀者倘若能從頭讀到尾，那麼，書中所選的百餘篇文章，也就成了時空交替之下董先生讀、譯、編、寫生涯中連續呈現的一百多個片段。將此百餘片段縱橫相連，讀者不僅可讀其美文，同時也能略知其人了。於是，書分五輯，依次爲南洋、台灣、倫敦、香港與內地，共選文一一六篇，始自〈舊日紅〉，終自〈冬安〉。董先生欣然同意我這樣的編法，稱讚說「很有新意」。有一次他還特意轉達廣州王貴忱老先生的一句讚賞的話，具體內容我卻忘了。

此書出版第二個月即加印，一共印了多少次，準確印數是多少，我不知道，董先生也不知道。五年合同到期後，出版社想續簽，董先生不同意。《舊時月色》出版後，董先生又寫新文章無數，其中「自傳指數」比較高的篇章比比皆是。我一直想新編一個《舊時月色》增訂本，二〇一一年甚至還和當時在廣西師大出版社做編輯的曹淩志籌劃過此事，無奈董先生還是不同意。此書出了近二十年了，《舊時月色》果然眞成了舊時月色了。

4

二〇〇二年立秋前三日董先生爲《董橋散文類編》寫了篇小序，開頭即說「匆匆六十」。二〇一一年十一月十二日我爲《董橋七十》寫編書「緣起」時，第一句說的是「董橋先生忽然七十歲了」。朋友曾經問我，七十就是七十，「忽然」什麼？我說，編書「賀花甲」

未遂，久久才將此事放下，某日香港席間得知董先生即將迎來古稀之年，我不由得頓生「忽然」之感。

這次編《董橋七十》，我追求的是以「詳今略古」的原則，營造出「七十自述」的格局，所以只選念事憶人、述己懷舊的文字，而他寫父執、寫師友、寫同輩的文字最合我編選此書的旨趣，因為「他傳往往是自傳」。借編書之際重讀董先生文章，是一件有雙重快樂的事：其一，重溫即重逢，有敘舊之樂；其二，再讀如初讀，得意外之喜。我因此更加明白董先生的文章何以能讓編者產生不盡的樂趣，那是因為太多的篇目經得起一讀再讀。

我先是在當時行世的董著三十三種初版本中選出一百零二篇，然後前瞻後顧，左掂右量，最終刪減成七十篇。每一種書都有文章入選，唯在《從前》、《故事》、《今朝風日好》、《橄欖香》等幾種書中多選了幾篇而已。

5

新冠洶洶，疫情誤事，所誤之一，即是耽誤了《董橋八十》的編選。這些年香港去得少，去年忽然想起董先生八十大壽將至，《董橋八十》該啓動了，遂郵件與他協商。他輕描淡寫地說：「來不及了；八十已過，都八十一了。」

前些天我的「董橋文章編選綜合症」又犯了。忽然想到，疫情當前，交流不便，雖然出書難，賣書更難，《董橋八十》可以暫緩，但目錄卻不可以不編。《董橋七十》出版後，董先生新書又出了至少十一種，有退休前的文集，更有退休後的「專著」（《讀胡適》、《文林回想錄》）。我因此又有了新的編選思路了：這次不再盯著那些「自傳」文字了；《董橋八十》，我會把選文重點放在董先生圖書文玩書畫收藏上。余英時先生〈題《董橋七十》．其四〉：「古物圖書愛若癡，斯文一線此中垂。只緣舉世無眞賞，半解鄉愁半護持。」對，就是這個意思。我一定在今年內編出一份表達「這個意思」的〈董橋八十．目錄〉來。至於新書是否眞的能印出來，我就不管了。

我甚至想，大數據、雲計算統治下的多屏閱讀時代，編書這件事情可能變得更簡單：把「目錄」編出來其實就可以了，讀者大可「按圖索驥」自己制作出獨一無二的文集。如此一來，今後目錄學和編輯學都增加了一個新的研究品種，即「無書籍之目錄」。這樣的目錄，既像未完成的非虛構作品，又像是已經完成的虛構作品。和書籍「分手」後獨立存世的目錄，因失去了檢索功能而憑空增添了文學價值，甚至擠進了文學作品行列也未可知。

這是我編選董橋文集悟出的最新道理。董先生的文章就是如此好玩，就看你能想出什麼樣的玩法。我甚至都做好編選《董橋九十》的準備了。有詩爲證：「贏得從心足自豪，韓潮蘇海正滔滔。吾胸未盡吟詩性，留待十年再濡毫。」（余英時〈題《董橋七十》．其七〉）

◎本文作者胡洪俠，資深媒體人，現任深圳報業集團副總編輯、《晶報》總編輯、深圳報業集團出版社社長。著有書話隨筆集《夜書房》系列、《微書話》，散文集《對照記@一九六三：二十二個日常生活詞彙》（合著）等。為董橋著作重要編者，主編書籍包含《舊時月色》、《董橋七十》等。

新　世　紀　散　文　家　2　2

立體的鄉愁
——董橋文摘

國家圖書館出版品預行編目 (CIP) 資料

立體的鄉愁：董橋文摘 / 董橋著 . -- 增訂新版 . --
臺北市 : 九歌出版社有限公司 , 2023.02
面；　公分 . -- (新世紀散文家 ; 22)
ISBN 978-986-450-527-2 (平裝)

855　　111020735

作　　者——董橋
創 辦 人——蔡文甫
發 行 人——蔡澤玉
出　　版——九歌出版社有限公司
臺北市八德路 3 段 12 巷 57 弄 40 號
電話 / 25776564 傳真 / 25789205
郵政劃撥 / 0112295-1

九歌文學網　www.chiuko.com.tw

印　　刷——晨捷印製股份有限公司
法律顧問——龍躍天律師 ・ 蕭雄淋律師 ・ 董安丹律師
初　　版——2002 年 7 月（原書名：新世紀散文家：董橋精選集）
增訂新版——2023 年 2 月
新版 3 印——2023 年 12 月
定　　價——420 元
書　　號——0106022
I S B N——978-986-450-527-2